suhrkamp taschenbuch 2944

Morgens um halb acht wird Benny Wult von seiner Mutter als Abc-Schütze zur Schule gebracht, gegen Mittag verläßt er sie mit bestandenem Abitur. Bennys Lebenserwartung beträgt 20 Stunden, und in dieser Spanne soll sich sein Leben als Kette von unwiederholbaren Ereignissen abspielen. Deshalb setzt er alles daran, um in das Paradies der Wiederholung zu kommen.

A. F. Th. van der Heijden gilt als der »wohl sprachmächtigste Dichter, den die Niederlande augenblicklich besitzen, der mit Sicherheit sinnlichste, der nun seit fast zwanzig Jahren stampfend, dampfend den Weg vom Himmel durch die Welt der Kloake ausmistet und ausmißt, ein Saft- und Kraftgenie, wie Holland es seit dem Barock nicht mehr hatte«. *Tilman Krause, Der Tagesspiegel*

Adrianus Franciscus Theodorus van der Heijden, geboren 1951, lebt heute in Amsterdam. Im Suhrkamp Verlag erschienen von ihm *Ein Tag, ein Leben* (1992), *Der Widerborst* (1993, st 2628), *Der Anwalt der Hähne* (1995, st 2704), *Fallende Eltern* (1997) und *Die Drehtür* (1997, es 2007).

A. F. Th. van der Heijden

Ein Tag, ein Leben

Roman

Aus dem Niederländischen von
Helga van Beuningen

Suhrkamp

Titel der Originalausgabe:
Het leven uit een dag
Die Übersetzung wurde gefördert aus Mitteln
der Kommission der Europäischen Gemeinschaften
Aktion im kulturellen Bereich
Umschlagfoto: Joyce Tenneson

suhrkamp taschenbuch 2944
Erste Auflage 1999

Druck: Nomos Verlagsgesellschaft, Baden-Baden
Printed in Germany
Umschlag nach Entwürfen von
Willy Fleckhaus und Rolf Staudt

1 2 3 4 5 6 – 04 03 02 01 00 99

Für Minchen, für Totó

L'enfer c'est la répétition
Notiert bei einem Fernsehinterview mit Eugène Ionesco

Das Wunderrad

Der alte Mann trug eine dunkle Brille, aber er war nicht blind.

»Wissen Sie, was ich sehe? Ihrem Sohn steht eine große Liebe bevor«, sagte er zu der jungen Frau, die ihrem Kind gerade die Brust gab. Er hatte die etwas zu laute Stimme eines Schwerhörigen. »Nein, wirklich, ohne Scherz. Eine Liebe, die genauso unvermeidlich ist, wie... wie Blitz und Donner bei einem Gewitter zusammengehören. Wobei er hier, dieser kleine Nimmersatt, natürlich der Donner ist. Dann kann seine Liebste als Licht erscheinen.«

Die Brille hatte er ohne Grund aufgesetzt, nur zum Spaß: Draußen hatte sich die Dunkelheit nicht verstärkt, und hier drinnen verbreiteten zwei Schirmlampen ein alles andere als grelles Licht. Der alte Mann mußte sich weit vorbeugen, um durch die Gläser das Baby sehen zu können, sofern er nicht in erster Linie auf die Brust achtete.

»Ja, Sie lächeln jetzt. Und denken sich: Laß ihn nur schwafeln, den Alten. Aber das ist kein Unsinn, wirklich nicht. Es ist nicht nur so ein Bild. Denn sehen Sie, auch wenn sie jetzt schon zueinander gehören, die beiden, jetzt und bis in alle Ewigkeit, so sieht es zunächst noch so aus, als kämen sie von verschiedenen Horizonten. Wie soll ich das sagen? Sie sind beide Erscheinungsformen ein und desselben Mysteriums, aber sie suchen sich noch. Der Form halber, will ich mal sagen. Als Paarungstanz.«

Die Frau im Lehnstuhl blickte auf ihr trinkendes Kind, das zufrieden schluckte und schmatzte. Zeige- und Mittelfinger lagen als festes V um ihre Brustwarze. Dann und wann sah man, wenn ihre Haut sich glänzend spannte, daß sie etwas fester drückte. Das Baby, dessen Augen noch immer fest geschlossen waren, saugte bereits weniger gierig als zu Beginn.

»Er will noch nichts davon wissen«, sagte der Alte, »doch unversehens wird seine große Liebe am Horizont erscheinen. So durchscheinend, müssen Sie sich vorstellen, daß nur die Adern, durch die ihr goldenes Blut fließt – darunter tun wir es nicht –, zu sehen sind, und auch das nur für einen Moment. Na ja, solange es sich nicht reimt, passiert noch nichts. Also – sie lockt ihn mit reinem Licht. Und er ... er ruft sie. Was sage ich? Er brüllt vor Brunst, ganz ordinär. – He, Willy ... Willy! Hast du das verdammte Ding immer noch nicht gefunden?«

Letzteres wurde in plötzlich blaffendem Ton zu einer Ecke des Raums hin gesprochen, wo eine Kellertür offenstand.

»Wir kommen zu spät, Mann. Die Sonne wartet mit dem Aufgehen nicht auf dich alten Trödler.«

»Immer mit der Ruhe«, ertönte eine brüchige Stimme aus der Tiefe des Kellers herauf. »Sie muß hier irgendwo liegen, ich schwör's dir.« Schubladen wurden polternd auf- und wieder zugemacht. »Und nerv meine Tochter und meinen Enkel nicht so mit deinen blöden Geschichten. Ich hab dich gehört, alter Quasselkopf, mit deinem Gesülze.«

»Was hat der da immer in seinen Bart zu brummeln? Wie ich schon sagte: Der Junge antwortet seiner Liebsten. Brüllend, daß die Erde erzittert. Jedesmal, wenn sie sich gezeigt hat, ist er mit seiner Antwort wieder etwas schneller da. Er eilt sozusagen hinter ihr her, und es kann nicht mehr lange dauern, bis er sie eingeholt hat. Und sie macht es ihm leicht, indem sie öfter erscheint. Mal hier, mal da. In ihrer kapriziösen Art. Ein bißchen sprunghaft. Sie kommen sich immer näher. Aber, und jetzt kommt es ...«

Der andere, Willy, tauchte mit einer altmodischen Sonnenbrille in der Hand aus dem Keller auf. Sie hatte ein Schildpattgestell. »Hör bloß nicht zu, Liebes« – er blies den Staub von den Gläsern und hustete – »was dieser alte Narr da alles zusammenphantasiert. Ich habe ihn diese Geschichte letzte Nacht schon x-mal abspulen hören. Bei jedem, der sie nur hören wollte. Immer dieselbe Leier.«

Die Mutter lächelte.

»Nein, nein, hören Sie, jetzt kommt das Besondere. Weil sie nicht glauben wollen, daß sie einander bereits haben ... daß sie zwei Seiten ein und derselben Erscheinung sind ... der Liebe ..., reden sie sich selbst und einander ein, daß sie erst eins werden können, wenn sie im wörtlichen Sinn zusammentreffen. Zum Beispiel, indem sie sich gleichzeitig an irgend etwas aus der Landschaft Herausragendem festhalten. Einem Kirchturm. Einem Heuschober. Egal was. Um ganz ineinander aufgehen zu können, müssen sie erst, so ist ihre Überlegung, etwas anderes auf ihrem Weg zerstören. So finden sich die beiden, er und sie, in einem Baum.«

»Was du nicht sagst«, brummte der alte Willy und fuhr mit dem Ärmel über die Gläser der Sonnenbrille.

»Und was passiert jetzt? Mit ihr als seinem Schwert bohrt er sich, wie ein Löwe brüllend, in den gesunden Baum, der sich bis zu den Wurzeln spaltet. Stöhnend, ächzend, wie nur lebendes, saftiges Holz stöhnen und ächzen kann ... Das macht die Liebe.«

»Denk lieber an dein Herz, du altes Orakel.«

In der Tat schien die Tirade ihn ziemlich mitgenommen zu haben, denn er sah plötzlich grau aus, und seine Wangen waren eingefallen. Weniger forsch fuhr er fort: »In diesem engen Spalt ... ganz tief unten im versengten Holz ... nein, tiefer, zwischen den Wurzeln ... tief im Boden, wo das Opfer sich noch vergebens festkrallt ... ja, da, tief in der Erde, werden sie einander finden, der Donner und der Blitz.«

»Ein schönes Ende«, sagte Willy. »Ich habe noch nie ein Gewitter erlebt.«

»Und während die beiden Hälften des Baums, aus frischer Wunde blutend, jeder mit seinem Teil der Krone raschelnd zur

Seite fallen, werden die Menschen sagen: ›Hast du das gehört? Es hat eingeschlagen ...‹«

In diesem Moment ließ das Baby die Brustwarze aus dem Mund gleiten, machte ein Bäuerchen und blickte mit weitaufgerissenen Augen in Richtung des Mannes, der gesprochen hatte. Es war schon nicht mehr der Blick eines Säuglings.

Das »alte Orakel« wollte noch etwas sagen, aber sein Freund schnitt ihm die Worte ab. »So, jetzt reicht's aber, böse Fee. Häßliche alte Hexe, mit deinen reizenden Wettervorhersagen. Es kann noch Generationen dauern, bis ein Gewitter kommt. Schwarzseher. Und – wer hält jetzt den Laden auf? Wir hätten schon längst am Strand sein können.«

Willy klappte die Bügel seiner Brille auf und hielt diese gegen das Licht einer Schirmlampe. Im linken Glas war ein Netz feiner Sprünge.

»Wolltest du damit den Sonnenaufgang beobachten?« fragte der andere naserümpfend. »Ich glaube, damit siehst du die Sonne geschält. In Stückchen.«

»Jetzt aber los, alter Meckerfritze.«

Trotzdem blieben die beiden noch eine Weile stehen und schauten voller Altmännerrührung auf das Kind, vielleicht, weil sie wußten, daß es bei ihrer Rückkehr, sofern sie überhaupt zurückkehrten, kaum mehr ein Kind sein würde.

»Er sieht mich schon richtig vernünftig an«, sagte der Großvater, eher bedauernd denn stolz.

Jetzt erst schaltete sich die Mutter ein, ein wenig jammernd. »Ist es schon vorbei, was meinst du? Meine Brüste sind noch so schwer ...«

Aber sie waren leer.

»Er ist auch tüchtig gewachsen«, sagte Willys Freund. »Wenn wir zurückkommen, geht er schon zur Schule. Wie heißt er eigentlich?«

»Ben«, sagte der Großvater.

»Benny«, verbesserte die Mutter.

»Dies ist eine Generation, die keine Dunkelheit kennen wird«, sagte Willy. »Höchstens im hohen Alter.«

»Eine Generation der Sonne«, pflichtete ihm der andere bei. »Komm, wir wollen uns unseren Teil nicht entgehen lassen.«

»Ja, denn mehr als einen Teil werden wir wohl nicht abkriegen.«

»Wenn es zu lange dauert«, sagte die Frau zu ihrem Vater, »dann komm zurück. Sonne hin, Sonne her, ich will dich noch mal sehen.«

Sie bedeckte die Brust, die ebenso bleich war wie ihre übrige Haut. Schließlich war sie mitten in der Nacht geboren...

Willy küßte seine Tochter. »Und wenn ich nicht mehr lebend zurückkomme, du hast den Tresorschlüssel. Tschüs, mein kleiner Ben. Was bist du groß geworden.«

Der Kleine machte ein Bäuerchen (aber lauter als Säuglinge) und sah erstaunt von einem Mann zum anderen. Dann begann er leise zu weinen. Die Mutter schob die Oberlippe ihres Sohnes mit dem Daumen hoch. Hier und da brach etwas Formloses, Weißes durchs Zahnfleisch. »Wachsen ist auch eine Form von Zerstörung«, sagte sie bedrückt.

»Nicht zu ändern. Mach's gut, mein Kind.«

Die beiden Alten gingen die paar Stufen zur Straße hinunter.

»Siehst du? Seit ich dich vorhin hereinließ, ist der Himmel schon wieder etwas heller geworden.«

»Ach wo, das meinst du nur. So schnell geht das nicht. Noch merkt man keinen Unterschied.«

»Du nicht, mit deiner dämlichen Brille. Ich schon.«

Der andere setzte die Sonnenbrille ab. »Ja, ohne diese dunklen Gläser muß das wohl... relativ gesehen...«

Während sie sich so kabbelten und nach Art alter Männer immer wieder am Ellbogen packten, begann ein Stück vor ihnen in einem Baum ein Vogel schrill zu pfeifen. Fast im gleichen Augenblick antwortete ein zweiter, in der Krone über ihren Köpfen, noch schriller. Das schien das Signal für alle Vögel der Umgebung zu sein, den Schnabel aufzutun. Die Straße mit ihren Bäumen und gußeisernen Treppen hatte sich in eine Orgel schrillster Pfeifen verwandelt.

Als sie stehenblieben, sahen die beiden Männer, daß auch die Augen des anderen naß wurden. Das hatten sie seit frühester Jugend nicht mehr gehört, und damals hatte es außerdem ganz anders geklungen – verschleierter, gedämpfter –, denn damals war es Sommer und Abend gewesen. Um sich so wenig wie möglich von der Welt entgehen zu lassen, waren sie spät schlafen gegangen und früh wieder aufgestanden.

Viele Menschen standen in den Türen ihrer Häuser, viele mit leuchtenden Augen, und schauten kopfschüttelnd in die Höhe, in diese dichten Kronen so voller Leben, ohne daß ein Vogel zu sehen war. Über und hinter den Bäumen hing schwer, noch schwerer jetzt, die Stille der Nacht. Die beiden setzten ihren Weg fort, schweigend.

Es waren fast nur alte Männer, die, als hätten sie sich abgesprochen, über die Brücke in den anderen Teil der Stadt eilten, der einen nach Südosten gelegenen Strand hatte. In ihrer Aufregung kümmerten sie sich nicht um die Autos, die, von so vielen Fußgängern umspült, nur noch Schritt fahren konnten. Einige ganz Alte ließen sich von rüstigen Altersgenossen in Rollstühlen dort hinüberschieben. Ab und an brach einer bereits auf der Brücke zusammen und wurde von einem gutherzigen Autofahrer wieder mit in die Innenstadt genommen oder starb hoch über dem Fluß, ohne das Wunder miterlebt haben zu dürfen.

Am Strand, beim Rummelplatz, da strömten sie zusammen. Rollstühle blieben im Sand stecken, der grauweiß und voller Kuhlen in der morgendlichen Dunkelheit aufleuchtete. Hier und da lagen bereits dunkle Gestalten auf dem Boden, manche steif ausgestreckt, andere in verkrampfter Haltung zusammengerollt, manch einer noch lebend auf den Knien, leise jammernd, vor Schmerz oder Bedauern.

»Wir sind da«, keuchte der alte Willy, die Hand am Herzen.

»Wir haben es geschafft«, bestätigte sein Freund, ebenfalls hörbar außer Atem.

Zu ihren Füßen murmelte der Ozean von einem Kontinent auf der anderen Seite, wo bereits etwa eine Generation lang die Sonne scheinen mußte. Links in der Ferne versperrte ihnen ein Ausläufer der langgestreckten Insel die Sicht, doch weiter zur Rechten, genau vor ihnen, grenzte das Meer am Horizont gerade und scharf und mattschimmernd wie eine Messerschneide an den hellen Himmel.

»Das allein schon ist so schön ... und gleich ...«

Ganz in der Nähe sackte ein Mann, nicht viel älter als sie, leise jammernd in sich zusammen. Im Sand kniend, zerrte er, offensichtlich aus Atemnot, so heftig an Krawatte und Kragen, daß die Knöpfe absprangen. Bis zum Nabel entblößt, rollte er auf den Rücken, den Kopf nach Osten gewandt. »Ist egal«, murmelte er noch und lag dann still. Willy und sein Freund standen zu sehr im Banne des Wunders, um ihm viel Beachtung zu schenken.

Als sie die Beine vom langen Stehen steif werden fühlten und ihre nur an Dunkelheit und elektrisches Licht gewöhnten Augen vom Starren auf den Horizont brannten, beschlossen sie, am Strand auf und ab zu gehen. Willy machte seinen Freund auf das Riesenrad aufmerksam, in dem sie zum letzten Mal als junge Männer gesessen hatten, mit ihren Mädchen.

»Ja«, sagte der andere, »sie hatten die Lichter an dem Ding gerade angeknipst. Bunte Kreise in allen möglichen Farben ...«

»Aber richtig dunkel war es noch nicht ...«

»Nein. Wenn man oben war, konnte man am gelben Dunst und den roten Streifen sehen, wo die Sonne verschwunden war.

Es erinnerte mich an eine schlecht heilende Wunde. Und das war es natürlich auch.«

»Nicht lange nach dieser Fahrt habe ich geheiratet. Du etwas später, wenn ich mich nicht irre. Geküßt haben wir jedenfalls schon in der Gondel.«

»Ich glaube, daß es auch dann noch nicht ganz dunkel war. Bei meiner Hochzeit, meine ich.«

Das »Wunderrad« stand nun hoch und unbeweglich nach Osten gewandt, wie eine riesige Schüssel aufgerichtet, um die ersten Sonnenstrahlen einzufangen.

Als es endlich soweit war, übersäten den Strand Körper Sterbender und Gestorbener, von denen viele mit der Hand eine Sonnenbrille umklammerten. Die Überlebenden, weit in der Minderheit, hatten nur noch wenig Kraft. Sofern sie dazu in der Lage waren, bewegten sie sich äußerst langsam voran, wobei sie sich oft aufeinander stützten, ohne daß der eine dem anderen wirklich eine Stütze war. Füße schleiften durch den Sand. Wer nicht an einem Herzschlag starb, plötzlich, siechte langsam, aber sicher dahin, allein von der Hoffnung auf den Beinen gehalten, wenigstens einen Blick auf das Wunder werfen zu können.

Die Sonne hatte bereits so viele rote und goldene Signale vorgeschickt, die von dünnen Wolkenbänken festgehalten wurden, daß sich schwer ausmachen ließ, was noch Spiegelung und was bereits echt war. Willy, steinalt inzwischen, erspähte mit müdem Blick den Himmelskörper als erster.

»Sie kommt...! Da ist sie...!«

Er hatte sich mit dem Schrei übernommen. Nun mußte er sich die Tränen aus den Augen wischen, um erkennen zu können, ob er nicht zu früh gejubelt hatte. Nein, es war so, und mehr alte Männer erhoben, wild gestikulierend, mit letzter Kraft ihre Stimme. In rascherer Folge fielen auch sie jetzt hin und starben ohne weiteres Aufhebens.

So lag auch Willys Freund mit einemmal tot zu seinen Füßen, aber keinerlei Emotion, selbst nicht die Angst vor dem eigenen Tod, konnte etwas gegen das überwältigende Glücksgefühl ausrichten, das die Geburt des Himmelskörpers auslöste, der sein Leben lang in erster Linie ein Mythos gewesen war. Sogar der Mond, seit jeher als »neu« beschrieben, hatte nicht von der Sonne künden können und war selbst noch immer ein Mythos.

Was Willy bislang davon wahrnahm, erinnerte ihn an die Rundung des rotglühenden Hufeisens, das er vor langer Zeit, als Kind, in der Zange eines Schmieds gesehen hatte. Es war hinten in einer dunklen Werkstatt. Das gebogene Eisen zischte bei der Berührung mit dem kalten Amboß...

Das Schmieden des Hufeisens dort am Horizont ging ohne das Schlagen von Metall auf Metall vonstatten. Nur das Raunen des Meers war zu hören. Willy setzte rasch seine dunkle Brille auf, doch dieses kleine Stück Sonne hatte bereits einen dunkelblauen Fleck in seine Netzhaut gebrannt, der nicht mehr verschwinden wollte. Ein Hufeisen, ach... Willy war schon dabei, alles nach Bildern aus seiner frühesten Jugend zu verkleinern. Als er dann ohne jähen Schmerz, eher aus Schlaffheit in den Knien einsackte, wobei er sich halb um die Achse drehte, sah er, daß das Riesenrad mit seinen Speichen und netzartigen Querstreben tatsächlich das noch schwache rote Licht einfing. Doch das einzige, was ihn interessierte und bis in den Tod hinein lächeln ließ, war, daß das »Wunderrad« ihn an einen Papierfächer erinnerte, der sich um volle 360 Grad entfalten ließ und vor langer Zeit hier in seinem Sorbet gesteckt hatte.

Die Brille war ihm vom Kopf in den Sand gerutscht und lag mit den Gläsern nach Osten. Das spinnwebenartig gesprungene Glas reflektierte das Sonnenlicht in mosaikartigen Bruchstücken.

»Nichts wird zweimal erklärt«

Während sich die Muttermilch langsam in ihm zersetzte, ging er in die Schule, der junge Wult.

Es war halb acht am Morgen eines wahrscheinlich bis zum Ende ungetrübten Sommertages, als seine Mutter ihn zu dem großen Gebäude brachte. Sie hatten die Sonne zuerst im Rükken, und Benny sah, wie sich ihre Schatten langgestreckt über den Asphalt schoben, der ihre dreimal so lang wie sein eigener. Es schien schon recht warm zu sein, aber als sie, in einer Seitenstraße, den Schatten eines hohen Gebäudes durchqueren mußten, konnte der Junge die Kühle an den nackten Beinen fühlen, als würde die von der Steinmasse ausgestoßen.

Seine Mutter führte ihn an der Hand, und auch diese Verbindung war in dem monströsen Schattengebilde festgehalten. Sie hatte ihm einen kleinen Ranzen umgeschnallt, in dem außer den neuen Heften auch ein Apfel war, der ihn zwischen den Schulterblättern drückte. Das Gesicht der Frau war ernst und ein wenig bekümmert, aber wenn sie merkte, daß der kleine Junge zu ihr aufschaute, lachte sie ihn an.

»Freust du dich, daß du in die Schule kommst?«

»Ja.« Er sagte es ohne Überzeugung.

Beim Einbiegen in die nächste Seitenstraße, die nach Norden verlief, drehten sich die Schatten wieder zur Seite, und kurz darauf gingen diese im viel kompakteren Schatten einer Häuserreihe auf. Kühle. Das Sonnenlicht (und Benny sah, wie die weißblonden Härchen auf seinen Armen sich aufrichteten) fiel erst wieder schwer und warm auf sie, als die Häuserreihe von einer Baugrube unterbrochen wurde, aus der rostige Stäbe in die Höhe ragten. Alle Männer dort unten trugen gelbe Helme.

In der Straße, an deren Ende das Schulgebäude lag, glitten die Schatten wieder lang und gerade vor Mutter und Sohn her, und das gab Benny ein vertrautes Gefühl. Mit diesem schwarzen Fleck vor den Füßen war die Frau viel gegenwärtiger.

Am Tor, wo sie Abschied nahmen, konnte die Mutter nicht länger an sich halten. Als sie sich zu dem kleinen Jungen vorbeugte, landete die Träne aus ihrem rechten Augenwinkel auf der linken Wange, und auch die andere Träne ging den verkehrten Weg; sie kreuzten sich dicht unterhalb der Nasenwurzel. Benny war von diesem Wunder der sich kreuzenden Tränen so fasziniert, daß er vergaß, mitzuweinen.

»Paßt du auch gut auf? Nichts wird zweimal erklärt.«

Sie küßte ihn. Er schmeckte das Salz auf ihrem nassen Gesicht. Als sie sich, eine Hand in den Rücken gestützt, im vollen Sonnenlicht wieder aufgerichtet hatte, sah Benny, daß sich weiße Fäden durch ihr Haar zogen. Auf dem Weg hierher waren sie noch nicht dagewesen: Sie mußten beim Abschiednehmen wie diese eigenwilligen Tränen aus ihrem Kopf geschossen sein. Sie blieb natürlich seine schöne Mutter, aber es machte ihn doch traurig, dieses widerspenstige Weiß, und nun weinte er selbst, mit Tränen, die schnurgerade herabfielen. Da ging sie bereits, der Sonne entgegen, den Schatten wie eine träge Schleppe hinter sich, drehte sich aber rasch wieder um und war mit wenigen Schritten bei ihrem Sohn. Sie kniete sich vor ihn, nahm ihn an den Schultern, über die die Ecken seines Ranzens ragten.

»Du, ich muß dich noch einmal richtig anschauen, wie du jetzt bist. Nachher, wenn du nach Hause kommst, bist du groß und mußt schon fast zum Militär... Erschrickst du dann auch nicht, wenn du deine alt gewordene Mutter siehst?«

Benny Wult kam in eine Klasse mit einer Menge Kinder etwa seines Alters, die alle bei Tagesanbruch geboren waren.

Alles brachte man ihm bei, im Verlauf eines Vormittags. Lesen, Schreiben, Rechnen. Es fing stets ganz einfach an, aber der Stoff wurde immer komplizierter. Und »nichts wurde ein zweites Mal erklärt«. Die Lehrer wechselten sich ab. Manchmal starb einer. In der Pause aß Benny seinen Apfel.

Der Geologielehrer erklärte ihnen, wie vor unvorstellbar langer Zeit die noch formbare, zunächst eiförmige Erde eine immer birnenförmigere Gestalt angenommen hatte und wie sich zum Schluß der obere Teil der Birne gelöst hatte, um weiter oben den Mond zu bilden.

»Auf dem Grund dessen, Kinder, was später der große Ozean wurde«, erläuterte der Lehrer, »sind noch immer die Spuren dieses Risses zu sehen. Dieses dramatischen ... äh ... Geburtsvorgangs, sozusagen. Die Wunde ist nie ganz verheilt. Dort, in der Kruste, ist immer noch zuviel Spiel, um es so auszudrücken. Und das verursacht von Zeit zu Zeit diese dramatischen Erdbewegungen. So dramatisch die aber auch sein mögen, für die Menschen, deren Leben in die Nacht fällt, steht der Mond da wie eine Laterne, eine Bake, ein Zeichen des Trostes, als Beweis, daß es tatsächlich eine Sonne gibt, wenn auch auf der anderen Seite der Erde ... Das gilt natürlich nicht für die vorvorige Generation, die tragischerweise unter dem ›Neumond‹ leben mußte. In abgrundtiefster Melancholie. Aber darüber kann euch der Kollege Geschichtslehrer bestimmt mehr erzählen.«

Im Laufe des Vormittags wuchs Bennys Körper mit seinem Wissen. Drei- oder viermal mußte er wie seine Klassenkameraden um eine größere Schuluniform bitten. Aber er schien auch, während er größer wurde, aus seiner Haut zu platzen. Erst hatte er in seiner Kleinjungenvorstellung diesen schrumpeligen Auswuchs da unten an seinem Bauch zu so etwas wie einem dehnbaren Reserveteil seiner Haut erklärt. Als er sich gegen Ende seiner Schulzeit noch einmal absonderte, und diesmal nicht, um Wasser zu lassen, stellte er fest, daß die Haut sich da in der Tat dehnte, aber anders, als er erwartet hatte. Während er an seinem Körper hinunterschaute, entdeckte Benny beunruhigt so etwas wie die verschlissene Stelle eines Ärmels, durch die sich der Ellbogen bohrt. Er besaß also noch einen geheimen Körper dicht unter der Haut, der sich aufbäumen konnte und aus den Nähten platzte.

Wahrscheinlich war Benny zu früh dran, früher als seine Altersgenossen, denn erst eine ganze Weile nach dieser Entdekkung redete der Biologielehrer von der »Vorbereitung des menschlichen Körpers auf die Fortpflanzung«.

Der Akt, der damit verbunden war, wurde nachdrücklich als etwas Einmaliges und nicht Wiederholbares dargestellt – was Benny nicht überraschte, denn alle wichtigen Dinge in seinem Leben hatten sich bislang nur ein einziges Mal ereignet, und nichts deutete darauf hin, daß sie sich wiederholen würden. (Außer dem Essen, etwas später, ungefähr nach seinem Militärdienst – doch das war im Grunde schon etwas ganz anderes als die Muttermilch, mit der sein Leben begonnen hatte.)

Es komme darauf an, so der verlegene Lehrer, »sich nicht vorzeitig zu ergießen«.

»Beim Mann ist es im allgemeinen so, daß nach dem ersten Samenerguß, ob der nun während des Beisammenseins mit einer Frau oder allein im stillen Kämmerlein erfolgt, die Sexualorgane absterben, schrumpfen. Eine Wiederholung des Akts ist so gut wie ausgeschlossen. Natürlich sind, biologisch gesehen, Ausnahmefälle bekannt ... aber in der Regel ... nun gut. Für die Frau gilt, daß sie höchstens einmal schwanger werden kann, oft mit einem Zwilling oder Drilling. Nach der Schwangerschaft stellt sich heraus, daß sie sexuell nicht mehr funktioniert. Das ist überflüssig geworden. Es ist nicht ausgeschlossen, daß sie die Lustgefühle, die es dem Mann erleichtern sollen, sie zu befruchten, schon öfter erlebt hat. Haben die aber einmal zu einem Orgasmus geführt, der sich von der Intensität her mit dem des Mannes vergleichen läßt, dann sterben ihre Sexualorgane vorzeitig ab. Schrumpfen. Trocknen buchstäblich ein. Man könnte sagen, daß der Orgasmus die Sexualität ausbrennt. Die Lust kehrt nie mehr zurück.«

Ein Junge, etwas älter als Benny, meldete sich. »Herr Lehrer, ich habe von einer Frau gehört, die noch ganz jung war und schon Mutter, und die später noch mit einem Mann beisammen war.«

»Dann kann es nichts anderes gewesen sein als eine brutale Penetration. Bei einer Frau in dieser Situation bleibt nicht das geringste Lustgefühl. Keinerlei Möglichkeit, sich am Akt zu beteiligen. Für den betreffenden Mann ist es außerdem so etwas wie sexueller Selbstmord, denn er hat seinen Samen in einen unfruchtbar gewordenen Körper ergossen. – Sonst noch Fragen?«

Derselbe Junge fragte, und Benny beneidete ihn um seine Hartnäckigkeit: »Herr Lehrer, ich habe viel von Liebe und so gehört... von Verliebtheit, die so einem Akt, wie Sie ihn beschrieben haben, vorangehen kann... Ist es möglich, wollte ich fragen, daß eine solche Verliebtheit auch danach... nach diesem Akt, meine ich... hinterher noch...«

»... weiterbesteht, meinst du wohl, trotz der schrumpfenden sexuellen Kapazitäten?«

»Ja, Herr Lehrer, das meine ich.«

In der Klasse wurde Stimmengewirr laut. Der Lehrer ging, sich das Kinn reibend, vor den Bänken auf und ab. »Es sind in der Tat Fälle bekannt von Paaren, bei denen die Verliebtheit den Liebesakt eine Weile überdauerte. Eine höchst unglückliche Disharmonie zwischen der Natur und etwas spezifisch Menschlichem. Aber nie für lange. Denn auf die Dauer läuft sich das gegenseitige Verlangen, das zwangsläufig unerfüllt bleibt, von selbst tot. Und damit der Groll gegen die Nichtwiederholbarkeit der Liebe. Wie dem auch sei, das sind Ausnahmen. Habe ich damit... äh, wer wollte das wissen?«

»Ich, Herr Lehrer.«

»Habe ich damit deine Frage ausreichend beantwortet?«

»Ja, Herr Lehrer. Danke, Herr Lehrer.«

Sehr von Herzen, sah Benny am Gesicht des Jungen, kam es nicht. Er saß da und blickte mürrisch – wie es schien, sogar schockiert – vor sich hin.

Manchmal, wenn sie in der Pause zwischen zwei Fächern auf den Schulhof durften, sahen sie, daß in der Zwischenzeit auf der anderen Straßenseite alte Häuser abgerissen worden waren und neue, höhere gebaut wurden. Auch die neuen blieben nicht lange neu, sondern wurden abgerissen und durch noch höhere ersetzt. Die Schule galt inzwischen als das älteste Gebäude im ganzen Umkreis, und das war am Dunkelbraun der Steine, dem Moos in den Fugen, dem aus Rissen hervorkriechenden Gras zu erkennen.

Die Schüler hatten sich so an den Baulärm gewöhnt, daß sie sich während des Unterrichts nicht davon ablenken ließen.

Das Sonnenlicht, das anfangs fast horizontal durch die hochliegenden Fenster in die Klasse geschienen hatte, war auf der gegenüberliegenden Wand im Verlauf von Bennys Schulzeit unmerklich heruntergeklettert. Ein Junge, der dicht an der Wand saß, auf die die Sonne das Balkenkreuz eines Fensters warf, hatte auf der getünchten Tapete mit Bleistiftstrichen die nacheinanderfolgenden Sonnenstände vermerkt. Da der Himmelskörper nicht senkrecht stieg, sondern in schräger Linie nach Süden wanderte, war aus der Zeichnung eine Art Treppe geworden, die zu dem hypothetischen Strich hinabführte, der, vom Astronomielehrer gezogen, das Ende ihrer Schulzeit markierte.

Als die Sonne diesen letzten Strich, der sich gerade noch oberhalb der Fußleiste befand, fast erreicht hatte, erschien als letzter Lehrer ein Priester. Er habe die Aufgabe, alles, was »die jungen Leute« bislang gelernt hätten, »in einen metaphysischen Zusammenhang zu stellen«, wie er es nannte.

Der Priester knüpfte an das an, was der Biologielehrer über die Nichtwiederholbarkeit des Liebesakts gesagt hatte. »Euer ohne Zweifel ausgezeichneter Lehrer hat natürlich nichts über den höheren Sinn dieser Einmaligkeit gesagt, denn das fällt nicht in seine Kompetenz. Nun, was für das Leben insgesamt gilt, daß es nämlich nur einen Tag dauert und – zumindest in seiner irdischen Form – nicht wiederholbar ist, gilt auch für das Liebesleben des Menschen. Und es ist gut und richtig, daß unsere höchste metaphysische Instanz es so gewollt hat, denn aus dieser Einmaligkeit beziehen unser Leben und darin die Liebe ihre große Intensität. Das höchste Gut ist nicht wiederholbar. Dafür ist der Himmel der beste Beweis ...«

(Es fiel Benny, der in seiner frühesten Jugend oft von ›Gott‹ hatte reden hören, auf, daß der Priester den Begriff *höchste metaphysische Instanz* benutzte. Als ob er damit einen wissenschaftlichen Ton anschlagen wollte.)

»In der Welt, die wir als den Himmel zu bezeichnen gelernt haben und in die wir nach einem vorbildlichen Leben hier auf Erden eingehen, spielt das Dasein sich in einem nahezu unteilbaren Moment ab. Fast unendlich kurz ist es und zugleich von einer schier unendlichen Herrlichkeit. Kein ›früher‹ oder ›später‹ läßt sich darin mehr unterscheiden. Keine voneinander zu unterscheidenden Taten oder Gefühle, geschweige denn eine Wiederholung dieser Taten oder Gefühle. Es ist die höchste Qualität des Lebens selbst, die sich da manifestiert: alle guten Dinge zusammengeballt zu einer wunderbaren Empfindung absoluter Wohltat. Einer Wohltat, die durch ihre Absolutheit jede Wiederholung überflüssig macht, jeden Wunsch nach Wiederholung im Keim erstickt. – Ja?«

»Wie sollen wir uns diese wohltuende Empfindung denn vorstellen?« Das war wieder dieser merkwürdige, skeptische

Junge, der sich für das Hochstrecken des Fingers zu schämen schien und seinen Arm nur kurz aus der Bank hängen ließ.

»Junger Mann...« begann der Priester, den Blick in die Ferne gerichtet. Seine Hand verschwand in einer Art Eingrifftasche an der Seite seines Gewands, aber es war keine Tasche, sondern vielmehr ein sorgfältig aufgetrenntes und umsäumtes Teil der Naht, ein Spalt, der Zugang zu der Tasche einer kurzen Hose gab. So lang war der Spalt und so weit öffnete er sich, daß ein Stück der weißen Altmännerbeine zu sehen war. Hier öffnete sich in einem geschlossenen, metaphysischen Gebäude ein Fenster zu einer viel zu menschlichen Welt. Aus der Tasche seiner Shorts zog der Priester ein beiges Taschentuch. »Junger Mann, hier kann man sich nur mit Bildern und Metaphern behelfen. Wenn man in den BÜCHERN zwischen den Zeilen zu lesen versteht, kommt man zu dem Schluß, daß der Himmel so etwas wie eine Flamme ist, die – unendlich kurz, wie gesagt – durch die Seele eines Verstorbenen züngelt. Diese Flamme ist eine vollkommene Synthese aller trefflichen Gefühle und Eindrücke und Gedanken, die das zu Ende gegangene Leben hervorgebracht hat, und die dann noch einmal zur höchsten Vollkommenheit auflodert. Gerade als Synthese... eine Synthese ist bekanntlich stets mehr als die Summe der einzelnen, oder vielleicht sollte ich sagen: der sich verbindenden Teile... ja, gerade als Synthese, in der die Gefühle und Gedanken nicht aufeinander folgen, keinen zeitlichen Ablauf haben und bei der der Gegensatz von Kummer und Leid entfällt, sind die guten Dinge vollkommen.«

Wieder meldete sich der aufsässige Junge mit einer seitlichen Bewegung seines Arms zu Wort.

»Ja, bitte sehr«, sagte der Priester. Er steckte sein Taschentuch wieder ein, ohne es benützt zu haben.

»Tut mir leid, aber ich sehe eher einen goldenen Händedruck Gottes darin. Schnell noch ein Potpourri aus allem Guten und

Schönen, und dann sind seine Geschöpfe entlassen. Eine feine Art, tote Seelen loszuwerden... Wer sagt mir, daß nicht der irdische Gegensatz von Glück und Leid, von Euphorie und Trauer herrlicher ist als die sterile Flamme Ihres Himmels?«

Benny beteiligte sich am mißbilligenden Gemurmel seiner Klassenkameraden, aber insgeheim beneidete er den Jungen um dessen Aufsässigkeit.

»Sie sagen das«, begann der Priester mit versöhnlichem Lächeln, »nicht nur, weil Sie in der Blüte Ihres Lebens stehen und die schönste Zeit noch vor sich haben, sondern auch, weil der Himmel etwas Unfaßliches ist. So unfaßlich, daß wir nur in unzulänglichen Metaphern von ihm sprechen können. Meine unzulängliche, positive Bildersprache gibt der Ihren, die negativ ist, Nahrung. Wir liegen alle beide falsch, aber auf verschiedene Weise. Ich greife in meinem Lobgesang nicht hoch genug. Sie schätzen den Himmel zu gering ein. Aber lassen Sie mich, um Ihnen zu zeigen, wie unrecht Sie haben, ein Gegenbeispiel anführen. Wenn es Gott um das ›Loswerden der Seelen‹, wie Sie es nennen, ginge, warum hat er dann für die Sünder, deren Zahl möglicherweise viel größer ist, eine zeitraubende Hölle eingerichtet? Die Hölle gilt ja bekanntlich als die Welt der Wiederholung. Anstatt daß sich wie bei den Himmelgängern das Leben zu einem sublimen, unteilbaren Augenblick verdichtet, wird den Höllenfahrern Aussicht auf die niemals endende – hundertfache, tausendfache – Wiederholung dessen geboten, was sich hier auf der Erde an einem einzigen Tag abspielt. In der Welt der Hölle wird sich ein Tag kaum vom anderen unterscheiden. Es wird gerade soviel Unterschied geben, um Abwechslung vorzugaukeln, eine Abwechslung, die die tödliche Gleichförmigkeit aller Tage nur noch betont. Nichts ist schlimmer als die Wiederholung dessen, das beim erstenmal schon trefflich war. Es bedeutet das Zunichtemachen dieser Vortrefflichkeit. Die Hölle, das ist das unaufhörliche Zunichtemachen all dessen, was im Ansatz, das heißt dank seiner Einmaligkeit, gut war. Der Liebe, zum Beispiel. Die Hölle garantiert die nahezu unbegrenzte Wiederholbarkeit des Liebesakts. In dieser Wiederholung wird die Liebe ausgelöscht, der Akt wird zur Qual. Selbsterniedrigung durch Genuß ...«

In der Klasse wurde nun Gemurmel laut, das den Worten des Priesters eindeutig zustimmte. Wiederholung – niemals. Der skeptische Junge sah gelangweilt auf die Wand, die von der Sonne beschienen wurde. Benny Wult, der aufmerksam zugehört hatte, pries sich glücklich, in einer Welt geboren zu sein, in der alles, jedes Ding, jede Handlung, Bedeutung und Intensität aus seiner Nichtwiederholbarkeit bezog. Ein Mädchen fragte: »Aber wie sieht diese Hölle denn aus?«

Sofort wurde es still. Die Sonne hatte fast den Strich des Astronomielehrers erreicht.

»Seht euch um. Die Hölle ... die Welt, die wir die Hölle zu nennen pflegen ... sieht nicht viel anders aus als unsere eigene Welt. Möglicherweise gibt es überhaupt keinen äußerlichen Unterschied. Die Hölle besteht ... in einer anderen Zeit. Und damit, Kinder – ach nein, ihr seid ja gar keine Kinder mehr –, meine ich nicht, daß die Hölle irgendwo in der Vergangenheit oder in ferner Zukunft liegt, nein, die Zeit läuft dort anders als in der uns vertrauten Welt. Nach jedem vollendeten Tag, der den Höllenbewohner nicht wahrnehmbar älter werden ließ, beginnt ein neuer, einer, der sich kaum vom vorherigen unterscheidet. So schreitet aufreizend, zum Wahnsinnigwerden langsam ein Leben in dieser Welt voran. Ein Leben dehnt sich dort so endlos, daß man es getrost als ewigdauernd bezeichnen kann. Wie der Himmel befindet die Hölle sich also in einer anderen Ebene, einer anderen Dimension der Zeit, wie wir sie kennen. Himmel, Hölle, irdisches Dasein ... das sind drei Welten, die sich gegenseitig durchdringen, ohne füreinander wahrnehmbar zu sein. Die Himmelgänger sind unter uns, aber wir hören ihr kurzes Jubilieren nicht. Genausowenig können wir die endlos wiederholten Wehklagen der Höllenfahrer auffangen. Jeder bleibt in seiner eigenen Zeit eingeschlossen. Die BÜCHER bürgen dafür. Aber um noch schnell auf die äußerlichen Unterschiede zwischen unserer Welt und der Hölle zurückzukommen... die werden sich, sofern sie überhaupt wahrnehmbar sind, als äußerst gering für den erweisen, der dort gelandet ist. Was dagegen deutlich verschieden ist, dort und hier, ist den BÜCHERN zufolge die Intensität der Wahrnehmung von Dingen und Erscheinungen. Durch die Einmaligkeit aller wichtigen Ereignisse in unserer Welt nehmen wir mehr und tiefer in uns auf. Schärfer vor allem. Details... Nuancen... Gerade bei dem, was sich als unwiederholbar darstellt, fehlt direktes Vergleichsmaterial. Unsere Antwort auf das, was wir sehen, ist daher oft bildlich, eine Metapher... Die Bewohner der Hölle sind abgestumpfter, sehen mehr vom selben und dadurch weniger. Sie denken weniger als wir in Bildern und Vergleichen. Oder lassen Sie es mich so ausdrükken: Wenn sie mit einem Phänomen konfrontiert werden, suchen sie nach einer Metapher, während bei uns während einer solchen Konfrontation eine Metapher entsteht. Entsprechend sind unsere Erinnerungen an das, was wir einmal gesehen oder erlebt haben, auch schärfer...«

Dem Sonnenstand nach zu urteilen, wurde es jetzt Zeit für die Reifeprüfung, aber der skeptische Junge hatte noch eine Frage. Eine tückische.

»Sie haben es bisher versäumt, uns zu erklären, was wir tun müssen, um die Hölle zu verdienen.« (Er sagte, und Benny schämte sich für ihn, nicht: »den Himmel zu verdienen«). »Wir haben hier viel von Verfehlungen und Missetaten gehört... aber was haben wir denn konkret darunter zu verstehen?«

Der Priester zählte die Sünden auf, die »den BÜCHERN zufolge« den Zutritt zur Hölle garantierten. Verrat und Vergewaltigung und Mord hob er am stärksten hervor. Wer sich großer Sünden enthielt, konnte mit der himmlischen Flamme rechnen.

»Wenn ich meinen Nächsten töte«, wollte der Junge wissen, »und von Gesetzeshütern gefaßt und zum Tode verurteilt werde, bin ich dann nicht genügend gestraft, um der Hölle zu entgehen?«

»Nun, ganz kurz, denn unsere Zeit ist um. Die göttliche Gerechtigkeit, junger Mann, waltet völlig unabhängig von der weltlichen Gerichtsbarkeit. Wer nach den hier auf der Erde, in unserer Gesellschaft, geltenden Gesetzen vor Gericht gestellt und bestraft wird, ist damit noch nicht vor einer metaphysischen Strafe gefeit.«

»Aber das ist ungerecht. Und unlogisch. Wenn ich einen Mitmenschen totschlage und fliehe und damit meiner weltlichen Strafe entgehe, komme ich erst heute am späten Abend, nach meinem natürlichen Tod, in die Hölle. Damit habe ich nicht nur meine metaphysische Strafe hinausgezögert, sondern mein Leben auch noch in vollen Zügen genießen können.«

»Das ist ein zu vernachlässigender Vorteil, eine Bagatelle, verglichen mit der Wiederholung bis in alle Unendlichkeit, die die Hölle danach für Sie bereithält. Und dabei möchte ich es gern belassen.«

Der Ventilator

»Gianni, kennst du den? Wenn es heißt: ›Du hast noch den ganzen Tag..‹ Gianni, hörst du zu?«

An der Stirnseite der Bar, nahe dem Eingang, nahm ein Mann ungeduldig einen Schluck von seinem Bier. Obwohl blind, trug er eine normale Brille, ohne dunkle Gläser. Er blickte mit toten Augen in Richtung Barkeeper, der einen anderen Gast bediente.

»Wenn es heißt... Gianni?«

Der Blinde saß nicht, sondern stützte sich, zwischen zwei Barhockern stehend, auf die Aluminiumtheke. Mit Lippen, die von den noch nicht ausgesprochenen Worten zitterten, trank er wieder von seinem Bier. Die Sonne, die bereits hoch am Himmel, wenn auch noch lange nicht im Zenit stand, schien schräg herein, und der Mann stand im vollen Licht, das nicht weiter als bis zum zweiten Hocker von der Ecke aus in den Raum drang.

»Ich höre«, sagte der Barkeeper abwesend.

»Wenn es heißt: ›Du hast noch den ganzen Tag vor dir‹...«

»Ja?«

»...dann bedeutet das meist, daß schon ein großes Stück vorbei ist.«

Der Barkeeper grinste.

»So ist es doch?«

»Genau.«

»Stimmt's oder stimmt's nicht?«

»Stimmt genau.« Der Barkeeper grinste noch immer.

Der Gast, der gerade einen Whisky eingeschenkt bekommen hatte, beugte sich zu Benny Wult, der im schattigen Teil des Lokals auf einem Barhocker saß. »Dabei ist der früher ein ganz hohes Tier gewesen, der Mann da«, flüsterte er. »Berater des Präsidenten. Mindestens.«

»Ach, meine Jugend spielte sich im letzten Teil der Nacht ab«, fuhr der Blinde fort. »Viel habe ich mit gesunden Augen also nicht sehen können. Bei Tagesanbruch wurde ich blind.«

Es war nicht ganz deutlich, ob diese Bemerkungen auch für »Gianni« bestimmt oder ob sie ein Kommentar zu den Worten des whiskytrinkenden Gastes waren. Er konnte das Flüstern auf diese Entfernung unmöglich verstanden haben. Oder doch? Der Mann wandte sich, das Glas in der Hand, rasch ab.

Es war die Zeit des Durstes und des Trinkens. Benny Wult, hochgewachsen und schlank in seiner Luftwaffenuniform, trank Bier. Ein drehbarer Wandventilator, der hinter ihm zwischen zwei Spiegeln angebracht war, bestrich halbkreisförmig einen großen Teil des langgestreckten Lokals. Immer wieder, wenn das Gerät herumschwenkte, spürte Benny den Luftstrom über seinen warmen Rücken streichen. Ein Stück weiter an der langen Bar und an den kleinen Tischen an der hinteren Wand saßen noch ein paar Gäste in Bennys Alter, einige in Uniform, hier und da auch eine junge Frau.

»Gianni, ich kann mich noch so betrinken ...« Der Blinde redete unablässig auf den Barkeeper ein, der mit seinen Gedanken nicht ganz bei der Sache war. »Ich kann mich noch so betrinken – ich sehe nicht doppelt.«

Gianni vergaß zu lachen. »Aber die Augen, Signore ... äh ... die Augen, das Sehen ... das ist doch das Wichtigste für einen Menschen. Seine ganze Welt. Wenn er, ohne zu sehen, leben muß ...« Er sprach mit düsterem italienischem Pathos, in dem freilich eine gewisse Schadenfreude mitschwang, wahrscheinlich aus Rache für das Geschwafel, das er schon öfter zu hören bekommen hatte. Der Barkeeper beendete seinen Satz nicht, sondern deutete mit gespreizten Fingern auf seine Augen.

»Als ich blind wurde, hatte ich alles gesehen, was es zu sehen gibt. Seitdem ...« »O, Fräulein bitte«, unterbrach er sich selbst, wobei er das Gesicht mit den nichts sehenden Augen zur anderen Seite drehte, »geben Sie acht mit Ihrem Haar.«

Benny schaute sofort von seinem Glas auf. In der Spiegelwand hinter der Bar sah er ein Mädchen, daß sich gerade an den kleinen Tisch unter dem rotierenden und schwenkenden Ventilator setzen wollte. In einer Reflexbewegung ließ sie den Kopf zur Seite fallen, wobei sie für einen Moment in dieser Haltung zwischen Stehen und Sitzen erstarrte. Es war schwer zu erkennen, ob die Warnung des Blinden sie alarmiert hatte oder der plötzlich nahe, sausende Luftstrom, aber ein Wunder war es so oder so, denn sie trug Kopfhörer, und das metallische Gezirpe der Musik war selbst durch das Ventilatorgeräusch zu hören.

»Da ist zwar noch ein Gitter davor«, rief der Blinde, »aber das hat's hier doch schon öfter gegeben, Frauenhaare im Propeller.« (Er gehörte zu der Sorte Stammgast, die sich mit der Zeit, blind hin, blind her, ihr Glas selbst holt.) »Sie werden zwar irgendwie von den Flügeln weggeblasen, können sich aber trotzdem noch herumwickeln.«

Benny hatte das Mädchen nicht hereinkommen hören. Er fragte sich, wie der Blinde so schnell hatte reagieren können. Eine leichte Veränderung im Surrgeräusch, weil ein Kopf sich dem Apparat näherte? Aber er hatte »Fräulein« gesagt... Wie konnte er gehört haben, daß es sich um eine Frau, mehr noch, um ein Mädchen handelte?

»Oh, vielen Dank«, sagte sie, nach ihren Haaren greifend. »Vielen Dank.« Und da sie sah, daß es ein Blinder war: »Wie haben Sie das so schnell gemerkt? Ich schleiche doch auf Katzenpfoten mit meinen Turnschuhen.«

»Genau, ja, auf Katzenpfoten. Daran und an ein paar Besonderheiten Ihrer Art zu gehen höre ich, daß wir es hier mit einer jungen Dame zu tun haben. Und junge Damen tragen oft lange Haare. Außerdem hatte ich Sie schon gehört, als Sie über den Bürgersteig angerollt kamen. Sie haben Ihre Rollschuhe an der

Tür ausgezogen. Sie stehen unter dem Gestell, in dem Giannis Billardqueues sich in der Hitze verziehen. Kurz und gut...«

»Kompliment, da bin ich platt.« Wenn sie das leicht spöttisch sagte, kam das durch ihre Verlegenheit.

»Noch mehr Details? Unter der Sohle Ihres linken Schuhs klebt ein plattgetretener Kaugummi. Das macht beim Gehen so ein schmatzendes Geräusch...«

»Ja, ja, ich glaub's Ihnen.«

In der Tat hatte sie langes Haar, rötlichblond, aber sie trug es aufgesteckt, bewußt unordentlich. War es aus Angst vor dem Ventilator oder vor den zudringlichen Sprüchen des Blinden, daß sie sich einen Tisch weiter weg setzte? Der Barkeeper beugte sich über sein Spülbecken.

»Was kann ich für Sie tun?«

Das Mädchen bestellte irgendein Mineralwasser, aber Gianni mußte sie falsch verstanden haben, denn er schenkte ihr einen Whisky ein.

»Darf ich es Ihnen so geben?«

Sie wollte etwas sagen (»Ich habe Wasser bestellt«), deutete dann aber nur unschlüssig auf das Glas, eine Handbewegung, die besagte: »Schon gut«. Durch das Bier übermütig geworden, rief Benny: »Ich bring es Ihnen.«

Auch er, der doch alles mitverfolgt hatte, sagte nichts zu der falsch aufgenommenen Bestellung, vielleicht aus Angst, er könne etwas stören.

»Ach nein, das ist wirklich nicht nötig...« Und wieder stand sie in dieser halb sitzenden, halb stehenden Haltung da, ein Mittelding zwischen Sichducken und Aufspringen. Ihre Wade in dem rosa Stoff der Jeans stieß an den Stuhl, der über die Fliesen scharrte. Die Musik aus ihren Kopfhörern klang wie das Klirren eines Sacks voll Stecknadeln.

Benny stellte den Whisky auf ihren Tisch. Das Mädchen schien fast böse, daß er sie so in Verlegenheit brachte. Sie legte die Hände zu beiden Seiten der Nase auf ihre Wangen, und zwar so, daß sie die Augen nicht verdeckten.

Um ihre Röte zu ersticken. Die Worte kamen, vielleicht auch aus der Fiebrigkeit heraus, die das Trinken bewirkt hatte, wie von selbst, und es war mehr dieser kleine Satz als irgend etwas anderes, wodurch seine Rührung geweckt wurde.

»Darf ich mich einen Augenblick hierher setzen ... in Reichweite dieses Dings da? Es ist so warm.«

Benny schämte sich für seine eigene Banalität. Daß es »so warm« sei, hörte man zur Zeit fast ebenso häufig wie »Das Leben ist nicht leicht«. Der Luftstrom strich gerade über das Mädchen hinweg und gab einigen aus Haarklemmen und -nadeln gerutschten Strähnen eine andere Form. Locken wurden zerstört, störrische Strähnen wellten sich. Die Hände noch ans Gesicht gelegt, »um ihre Röte zu ersticken«, zog sie die Schultern mit solch kleinen Rucken hoch, daß es ebensogut als Frösteln ausgelegt werden konnte.

Benny setzte sich ihr gegenüber. Sie schwiegen. Wenn man lange genug hinschaute, bekam der Ventilator Ähnlichkeit mit einem Kopf unter einer Fechtmaske ... einem Kopf, der, zwischen zwei Spiegeln an die Wand genagelt, das Innere des Lokals scharf im Visier hatte, anfangs noch mit den Lauten, mit denen schreiende Babys beruhigt werden, allmählich aber böser blasend. Auch schien das maskierte Gesicht sich selbst in den Spiegeln betrachten zu wollen, mal rechts, dann wieder links, was aufgrund seiner beschränkten Bewegungsfreiheit nur aus den imaginären Augenwinkeln heraus möglich war. Es verlieh seinen Bewegungen etwas Rasendes.

Endlich wagte Benny, das Mädchen anzuschauen. Jetzt, wo ihr Kopf die Sonne als Hintergrund hatte, schien sich die Frisur nach jedem Schwenk des Ventilators stärker zu verändern. Flammende und sich kräuselnde Zungen, die noch nicht ganz erstarrt waren, wenn der Apparat sie von neuem schürte. Ein

Bild der Sonne – ohne daß er die Augen abzuschirmen brauchte. Das Mädchen bedeckte noch immer ihre geröteten Wangen.

»Hör mal, ich weiß, wie blöd ... Mir ist da auch mal so ein Ding passiert. Nicht mit so einem Apparat. Mit einer Kerzenflamme. Paß auf. Das ist passiert, als ich im Kasino Geld für einen Drink hinlegen wollte, und eine Münze über die Theke hinter die Bar rollte. Nicht, daß ich so knauserig wäre, versteh mich nicht falsch, aber unwillkürlich bückt man sich doch, auch, weil ich nicht wußte ... na ja. Ich trug die Haare hier vorn und an den Seiten ein Stück länger als jetzt – nicht unvorschriftsmäßig oder so, aber doch länger. Auf der Bar stand eine brennende Kerze in einer Flasche. Nicht, weil es so dunkel war (die Fensterläden werden nie geschlossen), sondern wegen den Rauchern, die ewig nach Feuer fragen. Gut, ich bücke mich also, und dabei streift mein Haar die Flamme. Ich hab es nicht gleich gemerkt. Erst knistert es so komisch irgendwo hinter meinem rechten Ohr, und im nächsten Moment kriege ich von meinen Kameraden ein paar an den Kopf. Und zwar ordentlich. Ich natürlich sauer. Ich wollte schon zurückhauen, da kam ich aus irgendeinem Grund auf die Idee, mir an den Kopf zu fassen. Rechts keine Haare mehr. Ich hatte nur bröseliges, rußiges Zeugs in der Hand. Und dann steigt einem natürlich auch der Gestank in die Nase, der wirklich mit nichts zu vergleichen ist außer vielleicht mit dem abgeschnittener Zehennägel unter einem Vergrößerungsglas, auf das die Sonne scheint. Ich hab mir die Haare von unserem Friseur gleich ratzekurz schneiden lassen, denn ich sah zum Davonlaufen aus. Es dauert ein halbes Menschenleben, bevor es wieder die richtige Länge hat. Aber ich will mich nicht beklagen, ich hätte auch bei lebendigem Leib verbrennen können.«

Das Mädchen fuhr mit den Händen langsam die Wangen hinunter, als glaubte sie, sich so die Röte vom Gesicht wischen zu können. Sie täuschte sich. Benny betrachtete sie genau. Sie war jünger als er, wie es schien, bei vollem Tageslicht geboren, als er bereits zur Schule ging. Das Mädchen, noch immer genauso rot im Gesicht, hielt die Augen gesenkt, schien in ihr Glas zu schauen. Sie versuchte, die Haare ins Gesicht fallen zu lassen, aber der Bügel ihres Kopfhörers hielt alles an seinem Platz. Aus ihren Ohren drang das schwache Summen von Telegrafenmasten auf dem Land. Von den Kopfhörern liefen zwei schwarze Kabel unter ihren Kleidern zu einem kleinen Recorder, den sie im Etui am Gürtel trug. Ihr T-Shirt saß so stramm, daß die Kabel über die ganze Länge ihres Oberkörpers sichtbar waren wie geschwollene Adern dicht unter der Haut.

»Ist es dir lieber, wenn ich gehe?«

Wieder zuckte sie mit den Schultern, nickte dann kaum wahrnehmbar, immer noch, ohne ihn anzusehen.

Benny blieb sitzen, plötzlich fasziniert von einem Schmetterling, der zwischen ihren wehenden Haarsträhnen herumflatterte. Er flog gegen die Wand, war aber gleich wieder an ihrem Kopf, wo er ihr Gesicht nervös abtastete. Sie blies mit vorgeschobener Unterlippe an der Nase vorbei nach oben – vergeblich. Als sie ihn mit einer Armbewegung zu verscheuchen versuchte, klebte der Schmetterling plötzlich an ihrem Handrücken.

Es war ein Schmetterling aus purem Licht. Der Blinde, der im Augenblick niemand zum Reden hatte, spielte scheinbar gedankenlos mit der Speisekarte, die in einem verchromten Halter auf der Bar stand, und warf so einen Flecken Sonnenlicht weit in den Raum hinein.

»Du hast da auch 'ne Grille in deinem Haar.«

Sie griff sich gutgläubig gleich an den Kopf.

»Ach, das...«

Sie zog den Kopfhörer über Stirn, Nase, Kinn herunter, bis er mit den kleinen Stöpseln wie mit Saugnäpfen an ihrem Hals festsaß und mehr noch als oben wie ein Schmuckstück wirkte. Vor langer Zeit, in der Pause zwischen den Stunden, hatte er von weitem auf dem Schulhof ein Mädchen gesehen, das sich die Halskette zwischen die Zähne klemmte. Kleine Figürchen hingen daran, kleines Spielzeug. Sie war hübsch. Erst ganz aus der Nähe sah man, daß die Kette eine Spange war, die um ihren Hals lag und keinem anderen Zweck diente als dem, ihre Zähne zu bändigen. Seitdem war dies ein Maßstab für Schönheit für ihn: eine Spange so zu tragen, daß sie wie eine achtlos in die Mundwinkel schneidende Halskette aussah.

Durch das Herunterziehen des Kopfhörers hatte die blonde Haarpracht mit ihrer rötlichen Glut unter der Einwirkung des Sonnenlichts und des Luftstroms noch stärker zu lodern begonnen, und im Zentrum des Haarwusts glühte auch die Röte von neuem auf.

»Tut mir leid, Mann«, sagte sie, fast weinend, »aber ich komme gerade aus der Schule, und das geht mir noch im Kopf rum. Vor allem... vor allem, was man uns zum Schluß erzählte.«

»Verstehe.« Er blieb sitzen.

Das Mädchen legte den Handrücken an ihre Wange. »Ich bin so erhitzt. Ich glühe ja richtig. Bestimmt vom... Ich bin den ganzen Weg von der Schule auf Rollschuhen gelaufen.«

»Das wird's sein.«

»Moment mal...« Sie drehte sich auf ihrem Stuhl um und hob das Gesicht zum Ventilator, der gerade in ihre Richtung schwenkte. Um so lange wie möglich in den Genuß der Kühle zu kommen, bewegte sie sich mit dem Apparat mit, erst nach links und danach so weit wie möglich nach rechts. Als sie vom Stuhl zu fallen drohte, packte Benny sie am Oberarm.

»Huch!« sagte sie.

Er ließ sie sofort wieder los, behielt aber den Abdruck dieses dünnen, weichen Arms in der Handfläche, als hätte er sein halbes Leben lang nichts anderes festgehalten. Das Mädchen war von der unerwarteten Berührung erschrocken. Sie sprang auf, noch bevor der Stuhl wieder auf allen vier Beinen stand. Die Röte in ihrem Gesicht bekam keine Chance zu verschwinden.

»Ich muß langsam los.«

Sie schob sich den Kopfhörer wieder ins Haar. Die Kassette war offensichtlich zu Ende, denn sie suchte in ihrer Hosentasche nach einer neuen. Es dauerte nicht lange, da ertönte wieder Gezirpe um ihren Kopf. Jetzt, so kurz vor dem Gehen, riskierte das Mädchen einen etwas genaueren Blick auf den unerbetenen Gesellschafter. Ihre Augen blieben an Bennys Uniform hängen.

»Luftwaffe?«

»Du sagst es.« Er hatte keine Lust mehr, sich ins Zeug zu legen.

»Schlimm, in so 'nem Ding?«

»Es geht.«

»Am schlimmsten muß wohl ... dieser Schlauch sein.« Sie sprach lauter, mit dem aufgesetzten Kopfhörer. »Daß du Sauerstoff durch einen Schlauch bekommst. Da käme ich mir so richtig eingesperrt vor. Du nicht?«

»Gefährlich ist es nur, wenn dir schlecht wird. Wie neulich, als ein Kamerad von mir zuviel Whisky intus hatte und ... Lassen wir das. Es ist unappetitlich.«

»Also, dann geh ich jetzt.«

»Hast du schon mal angekündigt.«

»Komisch, auf einmal wieder auf der Erde zu laufen. So ohne Rollschuhe ... ganz nah am Boden zu sein ... Man schlurft ja fast, wie eine alte Frau.«

»Ich kann sie dir schnell holen, die Dinger.«

»Nein, nein.«

»Worauf wartest du dann noch?«

»Auf nichts. – Tschüs.«

»Tschüs.«

»O...!«

Es mußte Einbildung gewesen sein, aber er glaubte, eine Träne aus ihrem linken Auge kullern gesehen zu haben.

»O nein!« Sie stand mit einemmal regungslos da, wie erstarrt, daß selbst dieser Ausruf etwas Verhaltenes an sich hatte, halb verschluckt, um ja nichts an ihr zum Zittern zu bringen. Das verhinderte freilich nicht, daß der Ventilator weiter ihre Haare aufwühlte.

Benny forschte in ihrem Gesicht nach Spuren einer Träne, sah jedoch nichts glitzern. Keine nasse Wange, nichts. Aber eine Träne zum Abschied, dafür konnte man sich schon mal umdrehen.

»Meine Linse.«

»Linse?«

»Kontaktlinse, Mann. Nicht bewegen. Bleib, wo du bist. Ich spürte, wie sie runterfiel. Sie kann in meinen Klamotten hängengeblieben sein, sie kann aber auch... Wenn ich jetzt suche, trete ich sie vielleicht kaputt. Könntest du vielleicht mal...«

»Na, was denn? Bewegen oder nicht bewegen?«

»Vorsichtig den Stuhl zurückschieben. So, ja... Und jetzt hinknien. Tut mir leid mit deiner Uniform. Kommst du dafür in den Bau? Paß auf. Stütz dich nicht zu doll auf die Hände, sonst... Tasten hat keinen Sinn. Am besten gehst du ganz dicht auf den Boden runter, so, ja... und dann das eine Auge zukneifen. Mit dem anderen suchst du jetzt den Boden ab.«

Benny hatte es nicht eilig, die Linse zu finden. Er wollte hier so lange wie möglich in dieser seltsamen Landschaft zwischen Stuhl- und Tischbeinen herumkriechen, in ausreichendem Abstand von diesen Turnschuhen, in denen das Mädchen sich nicht zu rühren traute, seinen Fortschritten ausgeliefert. Alles, was er da unten entdeckte, fand er schön. Ein halb verkohltes

Streichholz. Ein Kaugummipapier mit dem Hinweis *Erzeugt garantiert kein Hungergefühl.* Zwei zerbeulte Kronkorken. Ein blaues Kreidestück, halb zertreten, zum Einkreiden der Billardqueues. Der verchromte Ständer einer Speisekarte. Ein Bierfilz, in den, genau in der Mitte, ein Finger ein Loch gebohrt hatte. Eine Wurstplombe, an der noch ein Zipfelchen Haut hing. Und sogar eine einzelne Fischschuppe, die neben einer plattgetretenen Kippe genau unter der etwas hochgebogenen Schuhspitze des Mädchens lag.

Schwerer als eine Schuppe war die Kontaktlinse jedenfalls nicht. Aus Angst, sie könnte vom Ventilator weggepustet werden, trug Benny das winzige runde Glasding in der Höhlung seiner beiden Hände nach oben.

»Du bist da schwarz an der Wange«, sagte sie, anstatt sich bei ihm zu bedanken. Mit zitterndem Daumen und Zeigefinger nahm sie die Linse und steckte sie gleich in den Mund. Sie begann daran zu lutschen.

So, mit mahlendem Unterkiefer, blickte das Mädchen sich ein wenig unglücklich um – bis Benny den Kaugummi in ihrer halb geschlossenen Hand sah. Sie suchte einen Aschenbecher.

»Gib her.«

Mit einem noch unglücklicheren Gesicht ließ sie den Kaugummi naß, wie er war, und noch warm von ihrer Mundhöhle, in seine Hand gleiten. An dem makellosen Abdruck einiger Schneidezähne und eines Eckzahns erkannte er, daß der rosa Gummi während ihres Gesprächs, falls man es als solches bezeichnen konnte, irgendwo zwischen ihrer Oberlippe und dem Zahnfleisch eingeklemmt gewesen war, ohne daß sie sich getraut hatte, weiter darauf herumzukauen. Warum war es so herrlich, jetzt solche idiotischen Kleinigkeiten zu entdecken? Hier, zwischen den Zahnabdrücken waren noch winzig kleine Spuckebläschen ... Benny sah, wie sie zu mehreren zugleich zerplatzten, und das erinnerte ihn – zum erstenmal, seit sie hier zusammen waren – an das Unwiederbringliche all dieser kostbaren kleinen Dinge. Selbst die Sonne war im Begriff, wenn auch noch so langsam, sich aus dieser Bar zurückzuziehen – einstweilen nur, um Licht und Wärme draußen mit um so größerer Kraft vom Himmel herabzuwerfen. Es konnte noch ein halbes Menschenleben dauern, bevor sie sich über die Schwelle zurückgezogen haben würde, aber hier drinnen wiedersehen würden sie sie nie mehr, die Sonne, und würden sie noch so alt.

Aller Straßendreck mußte längst von der Linse geleckt sein, doch das Mädchen, ob bewußt oder gedankenlos, lutschte weiter. Benny fühlte den Kaugummi in seiner Hand hart werden. Rosa ... es mußte ein Fruchtgummi sein. Als kleiner Junge war er einmal, als er noch nicht zur Schule ging, mit seiner Mutter in einem Süßwarenladen gewesen. Sie hatten da lange warten müssen, weil ein Mann in einem dreiteiligen Anzug die ganze Zeit und immer nachdrücklicher nach einem Produkt fragte, das nicht erhältlich war. »Fruchtgummi. Verschiedene Farben. Verschiedene Geschmacksrichtungen. Ich weiß genau, daß es hier war, in diesem Geschäft. Noch gar nicht so lange her. Es war schon hell ...« »Nein, damit kann ich nicht dienen.« »Ich habe selbst ein Geschäft, sehen Sie. Und ich hätte so gern ... Der Geschmack war wirklich was ganz Besonderes. Ganz natürlich. Es ist sehr schwer, diesen Fruchtgeschmack so naturgetreu hinzukriegen, wissen Sie.«

»Er will ihn nachmachen, der Betrüger«, hatte seine Mutter ihm ins Ohr geflüstert. »So einer will sich mit anderer Leute Erfindung schmücken.«

Das sagte ihm nichts. Was ihm etwas sagte, war die Vergeblichkeit, mit der der Mann versuchte, hier, im falschen Geschäft, eine womöglich gar nicht existierende Kaugummisorte zu bekommen. Je länger der Mann, immer verzweifelter, weiterfragte und sich dabei in sinnlosen Details verlor, desto stärker erfüllte diese Vergeblichkeit den Laden wie ein Geruch, wurde zu etwas Allgemeinem, erhielt Gültigkeit... Benny hätte ihm das Gewünschte gerne gegeben – um selbst wieder zu Atem zu kommen.

Das Mädchen ihm gegenüber sperrte den Mund weit auf, und zitternd – züngelnd fast, wie die eines insektenfangenden Tiers – kam ihre Zunge zum Vorschein, und auf der nach oben gerollten Spitze die gesäuberte Linse. Mit der Spitze ihres Zeigefingers, der ebenfalls zitterte, führte sie das fast unsichtbare gläserne Ding zu ihrem linken Auge, das von ihrer freien Hand so weit aufgehalten wurde, daß es schier herausquoll.

So lernte Benny die Gesichtshaut als Maske kennen, die noch eine Menge zu verbergen hatte. Genau wie diese schwellende, sich dehnende Zunge vorhin besaß auch ihr Augapfel anscheinend ungeheure Dimensionen. Und beide waren feucht, geädert, zuckten... quollen hervor. Ein Gesicht, das großen Abscheu auszudrücken schien.

Die Iris (blau) zog die Linse wie ein Magnet an. Das Mädchen blinzelte kurz, lächelte, und damit hatte sich ihr Gesicht wieder, und noch mehr als vorhin, in eine liebliche Maske verwandelt, hinter der sich die nackten Schwellungen und Zukkungen ihres geheimeren Gesichts vorläufig verbargen.

Mitten auf ihrer Wange bemerkte Benny eine kleine Narbe in Form eines Mondes, die von einem Fingernagel herrühren konnte. Als er mit zusammengekniffenen Augen sich ihrem Gesicht näherte, sah er, daß es eine Wimper war, die sich beim Blinzeln gelöst haben mußte und etwas tiefer hängengeblieben war. Rasch nahm Benny sie mit Daumen und Zeigefinger von ihrer Wange. Das Mädchen ruckte dabei vor Schreck so unerwartet mit dem Kopf, daß nicht viel fehlte, und sie hätte sich doch noch eine sichelförmige Narbe zugezogen.

»Was machst du da?«

»Eine Wimper.«

Er wollte sie schon auf den Boden fallen lassen, aber das kurze Haar blieb an seinem Finger kleben.

»Gib her.«

»Warum?«

»Ich will sie wiederhaben.« Sie hielt die Hand auf. »Gib her.«

»Willst du sie wieder einpflanzen?«

»Gib her.«

»In Ordnung, du kriegst sie. Aber erst, wenn du sagst, wofür.«

Benny fielen die kleinen Neckereien seiner Schulzeit wieder ein. Er legte (schmierte eher) die feuchte Wimper auf einen Bierdeckel und stülpte sein leeres Glas darüber.

»Weißt du genau.«

»Nein, wirklich nicht.« Benny stellte die Faust auf den Boden des Glases und legte sein Kinn darauf. Das Mädchen sah ihn voller Verachtung an.

»Bevor du sie wegpustest, darfst du dir was wünschen. Nie gehört? Mein Gott, was manche Leute doch für eine Erziehung genossen haben ...! Jetzt krieg ich sie. Gib her.«

Benny spielte, indem er einen Finger nach dem anderen herunterdrückte, Klavier auf ihrer fordernd aufgehaltenen Hand. Sie zog sie nicht zurück.

»Gib her.«

»Solange du nicht sagst, was du dir gewünscht hast, ist es nur eine halbe Antwort.«

»Manche Leute kapieren auch wirklich gar nichts. Wenn du den Wunsch verrätst, gilt es nicht.«

Benny merkte, daß er die vier ausgestreckten Finger ihrer Hand in einer Reihenfolge herunterdrückte, die bei ebensoviel nebeneinanderliegenden Klaviertasten eine einfache Melodie ergeben hätte. »Bei mir ist dein Geheimnis sicher.«

»Also noch mal. Wenn du ihn laut aussprichst, deinen

Wunsch, dann ist er ungültig. Un. Gül. Tig. Und du darfst nie mehr einen zweiten äußern. Dein ganzes Leben lang nicht.«

»Jede Hand ist ein kleines Klavier, wußtest du das? Hier ... der kleine Finger ist do. Der Ringfinger re. Der Mittelfinger mi. Und der Zeigefinger, der ist fa. Der Daumen ist zu weit weg von den Tasten. Wenn du errätst, nur vom Gefühl her oder durch Hinschauen, welche Melodie ich spiele, gehört die Wimper dir. Okay?«

»Absolut nicht okay.«

Aber sie paßte gut auf und schaltete sogar den Kassettenrecorder aus, um sich besser konzentrieren zu können. Während Benny auf der einen Hand spielte, führte sie mit der anderen das Whiskyglas an den Mund. Sie verzog das Gesicht, als ihr wieder einfiel, daß sie kein Mineralwasser bekommen hatte. Benny wiederholte die ersten paar Takte des Liedes, das er im Kopf hatte. Nachdem das Mädchen ein paarmal, suchend, unsicher, die einzelnen Noten mitgesummt hatte, rief vom anderen Ende der Bar der Blinde, der dafür sorgen zu wollen schien, daß Benny sein Fingerspitzenspiel noch ein wenig ausdehnen konnte: »*Der Regenbogen* ... Ich höre den Anfang vom *Regenbogen*.«

Und dröhnend stimmte er das Seemannslied an:

Gastfrei nahm die Stadt mich auf,
Gab mich liebevoll weiter
Von Kneipe zu Kneipe ...

»Ich wußte es. Ich wußte es«, sagte das Mädchen. »Ich hatte es fast.«

»Zählt nicht. Das nächste Lied.« Benny hatte den Kaugummi in seiner Hand langsam hart und trocken werden fühlen. Er ließ ihn unter dem Tisch auf den Boden fallen. »Summ nicht so laut. Der hört alles, dieser Typ da. Gib mir mal die andere Hand ... Jetzt wird es ein bißchen schwieriger. Es gibt nichts umsonst.«

Wenn er nur weiter mit diesen kleinen warmen und zugleich kühlen Händen spielen durfte. Es kam ihm nun fast leichtsinnig vor, daß sie nicht in Handschuhen steckten ... daß sie ihm so nackt und wehrlos und ungemein anfaßbar entgegengestreckt wurden ...

Der Blinde grölte:

Von Möwen aufgefischt ...
Von Hunden abgeschleckt ...

Und ein Matrose, der gerade hereingekommen war, fiel ein:

Wart ich zwischen leeren Flaschen ...

Benny zeigte ihr, wie sie die Hände aneinanderlegen sollte, die kleinen Finger nebeneinander, die Handflächen nach oben.

»Tyrann«, sagte sie. »Dir sind wohl deine Uniformknöpfe in den Kopf gestiegen.«

»Wir spielen jetzt von Zeigefinger bis Zeigefinger. Von do bis do. Paß gut auf. Was ist das?«

Er spielte die ersten Takte von *Zwei Herzen*. Auch wenn sein Spiel lautlos war, versuchte er, genausoviel Gefühl und Ausdruck hineinzulegen, wie wenn er, umringt von Kameraden, im Kasino am Klavier saß und Evergreens spielte. Ihre Finger waren schließlich nur Tasten, die da drinnen die richtigen Saiten zum Klingen bringen sollten.

»Uih, ich kriege einen Krampf in den Handgelenken.«

Süß fand er das: Weil sie offensichtlich nicht wollte, daß der Blinde ihr wieder zuvorkam, ließ sie das Summen sein und blickte gespannt auf ihre Finger, die von den seinen in wechselndem Tempo heruntergedrückt wurden, wobei sie die Lippen bewegte, als ob sie zählte. Es fiel ihr genauso schwer, als wenn sie sich an der Hand eines Klavierspielers hätte orientieren müssen, die sich im aufgeklappten Klavierdeckel spiegelte. Sie las eine in die Luft geschriebene Spiegelschrift.

»Du, ich halt's nicht mehr lange aus.«

Benny hatte nichts dagegen, immer wieder mit diesen ersten Takten zu beginnen. Als er *Zwei Herzen* im Kasino gespielt hatte, wie ein echter Barpianist mit einer Zigarette im Mundwinkel, war der glühende Aschenkegel auf die Taste (die er bei diesem Stück als letzte benötigte) gefallen, die anzuschlagen – mit viel Effekthascherei – er so lange wie möglich hatte hinauszögern wollen. Das Feuer brachte das Elfenbein zum Schwelen, von der Taste stieg ein dünner, wolliger Rauchfaden auf.

So wollte er jetzt für das Mädchen spielen – eigentlich nur mit der Intention von Musik. Einer Musik, die – lautlos – geradewegs in die Höhe stieg, so gerade und zart und würdevoll, wie nur ein Götteropfer seinen Rauch emporsenden konnte.

»Au, mir tun schon die Finger weh.«

Aber gleichzeitig erinnerte Benny sich auch an den Gestank, der das Kasino danach erfüllt hatte, einen sehr viel schlimmeren als den von verbranntem Haar, schlimmer sogar noch als den, den die abgeschnittenen Zehennägel verbreitet hatten, die sie auf einer Steinplatte des Schulhofs in den Brennpunkt (die Sonne zu einem glühenden Stecknadelkopf verkleinert) einer Sammellinse gelegt hatten, früher einmal. Alles, alles wurde, noch während seiner Erschaffung, morsch und faul. Schönheit stank. Kurz und gut, seit dieser Kokelei erlaubte van Haften, der Geschäftsführer des Kasinos, dessen Zähne genauso gelb waren wie der alte Klimperkasten, ihm nicht mehr zu spielen. So lief das.

Und so fummelte er nun hier an den spitzen Fingerchen eines Kindes herum, das gerade aus der Schule kam... Benny schaute genau hin. Nein, das waren kaum noch die Finger eines Teenagers. Der Spickzettel auf ihrer Handfläche war nicht mehr zu entziffern; die Tinte zerfloß in feinen und feinsten Linien.

»Ich hab's. Ich weiß es.«

Sogleich entzog sie ihm die Hände und schlug sie wieder vors Gesicht, diesmal, um dem Erröten zuvorzukommen.

»Na, dann sag's.«

»Ich trau mich nicht.«

»Wie soll ich dann ...«

»Ich hab's erkannt. Glaub's oder glaub's nicht. Aber du kriegst mich nicht dazu, auch noch den Text ... den Titel ... Den Spaß gönn ich dir nicht. Dann behalt eben meine Wimper.«

Ihre beiden kleinen Finger drückten in die Augenwinkel, um zwei Zornestränen zu stoppen.

»Ich glaube dir. Hier.« Benny reichte ihr den Bierdeckel mit dem umgestülpten Glas. »Puste deinen Wunsch hinaus in die Welt.«

Dicht vor ihrem Gesicht nahm er das Glas weg. Das Mädchen warf rasch den Kopf zurück, als erwartete sie, ein wild gewordenes Insekt entfleuchen zu sehen. Der Deckel zeigte das Wappen einer Bierbrauerei, war sonst aber leer. Der Ventilator, der gerade über ihre Köpfe strich, mußte die Wimper weggeblasen haben.

»O ... du Dussel!«

»Schnell, wünsch dir was. Sie muß hier noch irgendwo rumfliegen. Wenn du dich beeilst ... Pust! Pust, so fest du kannst.«

Das Mädchen blies ungezielt wie ein Kind, mit prallen Backen, wobei sie Benny hilflos ansah. Sie schloß für einen Moment die Augen und bewegte kaum wahrnehmbar die Lippen.

»Glaubst du, daß sie noch ... Jetzt gilt es bestimmt nicht mehr. Und ein zweites Mal ist nicht möglich.«

»So ein Wunsch wie der muß einfach gültig sein. Das geht gar nicht anders.«

»Was weißt du ...«

»Ich habe mitgelesen.«

»Lügner. Was mitgelesen? Meine Gedanken?«

»Ja. Auf deinen Lippen. Du hast die Lippen bewegt. Ich kann Lippen lesen. Na ja, ein bißchen, aber genug, um...«

»Alles gelogen. Und was soll ich denn...«

»Es hatte auf jeden Fall etwas mit uns zu tun.«

»Mit uns...!« Ihre Entrüstung schien ein Alibi für ihr Erröten zu sein.

»Mit dir und mir.«

»Alles nur Bluff. Was sollte ich mir schon mit dir und mir wünschen, außer daß du mich jetzt endlich in Ruhe läßt?«

»Wenn das dein Wunsch war, dann wäre er jetzt, nachdem du ihn laut ausgesprochen hast, von Gott selber für nichtig erklärt worden. Nein, ich weiß genug.«

»Nichts als Bluff, Bluff und noch mal Bluff.« Sie trank ihren Whisky pur in einem Zug leer, so daß der nachfolgende Reizhusten als Alibi für ihre Tränen dienen konnte.

»Dein Wunsch... ich will gern dazu beitragen, daß er in Erfüllung geht«, versuchte er es noch einmal. »Ich meine, auch im eigenen Interesse.«

Sie sagte nichts mehr. Benny konnte ihren Mundwinkeln ansehen, wie sehr der Alkohol ihr in der Kehle brennen mußte. Der Ventilator, der in ein langsames, mitleidiges Kopfschütteln verfallen zu sein schien, hatte das Haar des Mädchens mittlerweile fast ganz gelöst; die Klammern und Nadeln steckten kraftlos in der zerzausten Frisur.

»Wie heißt du?«

»Ich möchte noch so ein Mineralwasser.«

»Gianni, du wirst gerufen«, hörte Benny den Blinden sagen. »Du wirst gewünscht, dort in der Ecke.«

»Was kann ich für Sie tun?«

»Noch ein Bier und für die junge Dame ein Mineralwasser.«

»Nein, ich will *so ein* Mineralwasser. Wie vorhin.«

»Gut, ein Bier und ein Roggen.«

Das Mädchen, vorsichtig geworden, nahm kleine Schlückchen von ihrem Whisky, aber doch ziemlich viele hintereinander.

»Gibst du ein bißchen acht? Du kannst dich nur einmal im Leben betrinken...«

»Gini. Und du?«

»Ich werde ein Auge auf dich haben. – Benny.« Er fühlte sich plötzlich zu alt für diesen Namen.

»Reimt sich auf Gini.«

»Na ja, eigentlich Ben. Ben.«

»Benny ist besser.«

»Für dich also Benny.«

»Für mich noch so ein Wässerchen. Nein, sag nichts. Wenn ich mich nur einmal im Leben betrinken darf, warum nicht jetzt? – Gianni, noch zwei von diesen... von diesen Roggen.«

Das Mädchen, Gini, schaltete den Kassettenrecorder wieder ein. Sie trank immer unbekümmerter von ihrem Whisky. »Es brennt, aber man gewöhnt sich dran.«

»Man gewöhnt sich nie dran.«

Nach dem dritten Glas begannen ihre Augen, die sich manchmal, bei einer ihrer Lieblingsstellen, genießerisch zu kleinen Schlitzen verengten, zu leuchten. »Ich will tanzen.«

»Tanzen...«

»Haben wir in der Schule gelernt, aber das ist schon wieder so lange her. Ich will sehen, was jetzt in ist.«

»Die Roten Schuhe?«

»Kommst du da rein?«

»Nur die Sonne kommt da nicht rein.«

»Worauf warten wir noch...«

Hatte die Sonne bei Bennys Kommen, von der Barecke aus gesehen, knapp bis hinter den zweiten Hocker geschienen, so war sie jetzt, als sie gingen, gerade vom Sitz geglitten. Als

Benny im Vorbeigehen mit der Hand darüberfuhr, fühlte er, wie warm das Kunstleder noch war. Die Zeit ging langsam, die Zeit ging schnell.

Kam es vom Alkohol, daß das Mädchen Gini so unsicher, so staksig vor ihm herging? Ihre Kleider schienen sie zu stören. Wie um einen lästigen Juckreiz zu vertreiben, fuhr sie mit den Daumen unter die Achseln, aber wahrscheinlich kämpfte sie mit einem Kleidungsstück.

»Fräulein ...«

Treffsicher, das heißt, ohne erst herumtasten zu müssen, legte der Blinde ihr eine Hand auf die Schulter.

»Sie werden mich bestimmt für einen alten Angeber halten, wenn ich Ihnen verrate, daß ich sogar das Fallen Ihrer Kontaktlinse mitbekommen habe. Aber es geht nicht nur um das Gehör. Der Geruch ist mindestens genauso wichtig. Nicht nur mit den Ohren, auch mit der Nase sah ich Sie hereinkommen. Ich roch Ihr Geschlecht ...«

»Herr Scant, tun Sie mir einen Gefallen, lassen Sie Ihr obszönes Gerede ...«

»Ich meine natürlich, aber Signor Gianni begreift das nicht, daß ich roch, welchen Geschlechts Sie sind. Ihr Alter roch ich auch. Und mit derselben Nase sehe ich Sie jetzt weggehen. Sie sind, rieche ich, in der Zwischenzeit bedeutend älter geworden. O, glückliche Jugend, wenn kleine Altersunterschiede noch soviel ausmachen können. Natürlich, auch ich bin älter geworden, seit Sie das Lokal betraten, aber ich habe mich nicht verändert. Sie schon. Total. Leben Sie wohl.«

Draußen schien es viel heißer geworden zu sein, aber das konnte daran liegen, daß sie sich so lange im relativ kühlen hinteren Teil der Bar aufgehalten hatten.

»Puh ... die Platten brennen ja noch durch die Sohlen.«

»Du hast deine Rollschuhe vergessen.«

»Ach, ist egal. Wir gehen doch nicht zur Rollschuhbahn, oder? Ich wüßte nicht einmal mehr, wie man sich die Dinger anschnallt. Die sind für den ehrlichen Finder.«

Der Whisky hatte sie kesser gemacht. Sie hielt sich die Hand über die Augen gegen die Sonne – »dieses Kopfschmerzmonster da oben« – und machte Ballettschritte auf Zehenspitzen, um den Kontakt mit dem heißen Bürgersteig auf ein Mindestmaß zu beschränken. »Die Roten Schuhe ... toll!«

»Laß uns lieber auf der anderen Seite gehen. Da ist etwas mehr Schatten.«

Auch dieser Vorschlag bewies, daß er seit Betreten der Bar älter geworden war. Die »Sonnenseite der Straße« war stets seine Domäne gewesen, schon seit dem Augenblick, als seine Mutter ihn in die Schule gebracht hatte. Nach seiner Abschlußprüfung lag auf den Bürgersteigen der breiten, in Nord-Süd-Richtung verlaufenden Straßen auf der Westseite bereits ein beachtlicher Streifen Sonnenlicht – gegenüber der Kaserne, entlang der Häuserflucht, bestimmt eine Plattenreihe breit, und auf diesem Streifen goldenen Pflasters war er, mit dem Ärmel seiner Schuluniform an den Hauswänden entlangfahrend, triumphierend nach Hause gezogen, um dort ein grüblerisches, alt gewordenes Muttchen vorzufinden. (Sie hatte seinen zu klein gewordenen Ranzen ausgekippt und zwischen den Büchern einen ganz vertrockneten braunen Apfelbutzen gefunden.) Auch später noch, als es eigentlich schon zu heiß war, um sich lange in der Sonne aufzuhalten, suchte Benny Wult stets die in der Hitze flimmernde Straßenseite auf, sogar wenn er einen schweren Matchsack über der Schulter trug. So blieb er eigensinnig einer kindlichen Gewohnheit treu – bis er die Bar verließ.

Mitten auf dem Zebrastreifen, den sie mit dem Whisky in den Beinen im Zickzack überquerte, blieb Gini stehen, um wieder an ihren Kleidern zu zerren.

»Tut mir leid«, rief sie Benny zu, der bereits auf dem schattigen Bürgersteig stand, »vielleicht sagt man so was nicht, aber mein BH sitzt zu stramm. Er schneidet mich noch in Scheiben, wenn ich nicht aufpasse. Ich wußte nicht, daß er so schnell zu klein werden würde ...«

Leute blieben stehen, um sie anzuschauen, manche mißbilligend, andere gerührt, wissend. Benny – der Benny in seiner Luftwaffenuniform – hatte auf einmal nur noch Augen für ein großes Reklameschild, das ein Erfrischungsgetränk anpries: ... UNSERE VORFAHREN TRANKEN ES SOGAR NACHTS. Dieses Mädchen? Kannte er nicht.

Die Fußgängerampel zeigte längst Rot. Die gelben Taxis hupten. Gini rannte lachend über den Asphalt, einen Arm auf dem Rücken, den Daumen zwischen den Schulterblättern vergraben. An einer Stoßstange machte sie sich die Hose schmutzig.

»Hier in der Nähe wohnt eine Freundin von mir. Ich bin nach der Schule mit ihr bis vor die Tür gefahren, bevor ich ... Sie *muß* zu Hause sein. Sie war älter als ich. Und kräftiger. Sie *muß* mir was leihen können. Ich halte es sonst nicht aus.«

An der Ecke der Seitenstraße, in der die Freundin wohnte, stand ein Verkäufer mit Salzbrezeln. Ein kleiner Esel trug sie in Schilfkörben an seinen Flanken. Mit wedelnden Ohren hielt er die Fliegen auf Distanz.

»Schau mal ...« Schon kniete Gini vor dem Tier, mit Tränen in den Augen, die nicht nur von rührseliger Betrunkenheit herrührten. Sie streichelte über den langen Kopf, tätschelte den Hals. »Du Armer ... dich als Lasttier zu benutzen ...! Und warum? Wer mag denn schon Salzbrezeln? Nur so'n paar olle Schwitzaffen, die sie vom Arzt aus fressen müssen. Armes Tierchen, du mußt nicht so traurig auf den Boden gucken ...«

Hier gab es keine Reklameschilder, die seine scheinheilige Aufmerksamkeit auf sich hätten ziehen können, und so nahm

Benny das Mädchen beim Arm und schob es sanft in die Seitenstraße. Schluchzend, stolpernd sah sie sich immer wieder nach dem Esel um.

»Ich bring dir genausoviel Zuckerstücke mit, wie eklige Salzbrezeln in diesen... diesen... Marterkörben liegen«, rief sie noch. Und zu Benny: »Wenn er nur nicht so traurig *geschaut* hätte. Die Körbe schneiden ihn an der Seite total ein, weißt du.«

Das erinnerte sie offenbar wieder an den Grund ihres Hierseins. »Nummer 113. Noch eine Ecke weiter.« Mit dem Handballen wischte sie sich die Tränen weg. »Noch eine Ecke weiter, und dieser Kinder-BH hätte mich bei lebendigem Leib gehäutet. Hast du schon mal eine Rasierklinge genau zwischen den Schulterblättern gehabt?«

»Mein Fallschirm ist einmal in einem Baum hängengeblieben. Ich baumelte ein paar Meter über dem Boden, total eingeschnürt. So ein Kindergeschirr kann auf die Dauer auch ganz schön kneifen.«

Als die nächste Kreuzung in Sicht kam, lehnte sie sich mit verzerrtem Gesicht an eine Garagentür. Sie bewegte die Schultern vor und zurück. »Ich kann nicht mehr. Es stinkt mir, daß ich dich bitten muß, aber du *mußt* mir mal helfen. Unter guten Bekannten geht das schon, weißt du... Uh! Au! Aua! Schnell, mach den Verschluß auf!«

Sie drehte Benny den Rücken zu, während sie gleichzeitig mit raschen Bewegungen das T-Shirt aus der Hose zog. Verlegen, unbeholfen fuhr er mit den Händen über den noch kindlichen Rücken, dessen Haut feucht war und somit Widerstand bot, so daß seine Finger buchstäblich darüber holperten.

»Höher. Schnell.«

Um den Verschluß aufhaken zu können, mußte er das Gummiband, das quer über ihren Rücken lief, ein Stück zu sich hinziehen, wodurch der BH ihr vorn noch tiefer ins Fleisch schnitt. Über ihre Lippen kam keine Klage mehr, aber Benny spürte, wie sie zusammenzuckte.

»Es sind vier Haken und vier Ösen... das geht nicht so schnell.«

Als er es geschafft hatte, konnte er es nicht lassen, über die Stelle, an der der komplizierte Verschluß ein ebenso kompliziertes Relief in die Haut geprägt hatte, sanft mit dem Daumen hin und her zu fahren, wie um damit den Schmerz, der ja auch eine Art Wachstumsschmerz war, wegzuwischen.

»So, jetzt reicht's. Jetzt ist er doch auf? Na also!«

Er zog die Hände zurück.

»So, und jetzt kommt das Schlimmste. Ich hab das Gefühl, das Ding ist richtig eingewachsen. Schau mal weg.«

Benny drehte sich nicht um. Gini auch nicht. Sie schloß die Augen und fuhr mit den Händen unter das T-Shirt, das sich bis über den Nabel hochschob. (Im Nabel glitzerte eine winzige Schweißperle, nur erkennbar durch das feine Flechtwerk kleiner Fussel aus ihren Kleidern, die sich in dieser flachen Mulde gesammelt hatten. Von allem, was ich nur einmal sehen darf, dachte Benny, muß ich mir dies unbedingt mein Leben lang merken. Unter welchem Titel soll ich es speichern? »Nackt unter taufeuchtem Spinnennetz« würde gehen. Oder wie wär's mit: »Sie schwitzte unter ihrem kleinsten Kleidungsstück.« Muß ich den Jungs erzählen.) Unter den Achseln schob sie jetzt anscheinend die Daumen unter den Rand des Büstenhalters und bewegte sie langsam aufeinander zu. Sie sog Luft zwischen den Zähnen ein.

»Uh, sind die Ränder scharf...«

Bei jedem Millimeter, den sie schaffte, verzerrte sich ihr Gesicht noch mehr, und Benny bildete sich ein, um ihre Augen und Mundwinkel Millimeter um Millimeter die Linien entstehen zu sehen, die sich da unten bereits in ihr Fleisch gekerbt hatten. Ihn traf die gleiche Wehrlosigkeit, die sie vorhin, am

Anfang der Straße, bei diesem Esel so gerührt hatte. Er war froh, daß sie die Augen geschlossen hielt, denn in seinen begann etwas zu brennen. Wachstumsschmerzen. Sein eigener Körper war bereits eine Weile voll ausgewachsen, doch seine Seele (oder was es auch sein mochte, er nannte es eben so) wuchs seit dem Besuch in der Bar unaufhaltsam weiter und drohte ihre Hülle zu sprengen. Konnte eine Seele schlagen wie ein Herz?

Ginis eine Hand verfing sich in den Schnüren des Kopfhörers. Sie hantierte so lange herum, bis sie den kleinen BH unter ihren Kleidern hervorziehen konnte. Sie knüllte ihn sofort zusammen.

»Weißt du...« Sie sagte es verträumt. »Als ich noch ein kleines Mädchen war, hatte ich mal eine kleine Wunde... hier, unter dem Ohr.« Sie drehte ihm ihr Profil zu. »Und, stell dir vor, das Pflaster war schon total eingewachsen, als man es wieder abreißen wollte. Das gab dann erst eine richtige Wunde. Wenn du genau hinschaust, siehst du noch eine kleine Narbe. Rund. Wie eine Münze. – Sag mal, bist du kurzsichtig oder was, daß du so dicht... Nicht! Deine Lippen sind von der Sonne ganz kaputt. Das kratzt ja. Hör auf. Frechdachs. Wo war ich stehengeblieben? Nirgendwo. Ach ja, ich hätte nie gedacht, wollte ich sagen, daß ich noch mal so'ne Art Pflaster... von 'ner Art Wunde... Ach, egal.«

Sie ging zum Bordstein, ließ den Büstenhalter aber nicht gleich in den Rinnstein fallen. Er entrollte sich, und sie hielt ihn noch einen Moment an einem Ende fest, bevor sie ihn quasi zufällig, mit gespielter Gleichgültigkeit, fallen ließ. Es sah eher so aus, als ob sie ihn verlöre – und das war ja auch so.

Gini schob sich den Kopfhörer wieder auf den Kopf und schaltete den Recorder ein. So ging sie vor Benny her. Das T-Shirt hing ihr unordentlich, verknittert über die Hose. Immer wieder hob sie die Hände, eine Geste der Ungläubigkeit, um sie für einen Moment um ihre Brüste zu legen. Ihr Gang wies, noch immer unter Einfluß des Whiskys, einen leichten Linksdrall auf, aber sobald sie ein parkendes Auto zu streifen drohte, korrigierte sie torkelnd ihren Kurs.

Aus dem Haus trat ein anderes Mädchen. Es trug ein weißes, ärmelloses Kleid mit Matrosenkragen. Die Haare wirkten jetzt weniger rötlich, da sie straff zurückgekämmt und zu einem festen Zopf zusammengefaßt waren, der sich oben am Hinterkopf ein Stück hob, bevor er in den Nacken fiel. Verschwunden war der Kopfhörer. Um den Hals trug sie an einem schwarzen Lederband eine silberne Trillerpfeife.

»Findest du das Kleid nicht zu lang? Es war der einzige noch halbwegs tragbare Fetzen unter Thelmas Klamotten.«

Sie wedelte mit den Händen, die Finger gespreizt, und blies dann wieder auf ihre Nägel. Über dem linken Auge hatten die Wimpern eine schwarze Linie aus Maskarapünktchen auf den kiwigrünen Lidschatten gelegt. Der ziegelrote Lippenstift war so aufgetragen, daß ihr Mund eher schmaler als voller wirkte.

»Einen Büstenhalter, wie Tante Thel so ein Ding nennt, habe ich auch wieder. Aber einen zum Reinwachsen. Ich verrate dir lieber nicht, womit ich die Körbchen ausgestopft habe. ›Hier, das reicht wohl erstmal‹, sagte Thel-Mamsell. Ja, und dann diese flachen Schuhe ... In Pumps gehe ich nicht tanzen. Schon gar nicht in ihren. Wie Pantinen mit einem Nagel als Absatz. Nie im Leben!«

Sie gingen in Richtung Avenue. Als sie am Zebrastreifen warten mußten, hauchte Gini in ihre Hand.

»Thel-Pedell machte mir eine Szene wegen meiner Fahne. Ich, ich merk nicht mehr viel davon, von diesem Roggen.«

Und tatsächlich, sie bewegte sich schon weniger torkelnd über den Bürgersteig, aber die Art und Weise, wie sie ihren Kopf, fast ohne ihn zu bewegen, hochhielt, sagte genug.

»Glaubst du, ich habe die Chance, einen Rausch zu kriegen, vertan?«

»Du bist auf dem besten Weg dahin.«

»Was lernt man eigentlich in der Schule? Mir haben sie zum Beispiel nie erzählt, was mit einem passiert, der schon einmal betrunken war und es erneut probiert.«

»So jemand stirbt beim zweiten Rausch. Bestenfalls wird er schwachsinnig und vegetiert noch eine Weile dahin. Mit einem Loch im Magen. Zerfressenen Därmen. Geplatzter Leber... Völlig abgetakelt. Der menschliche Körper ist gerade fähig, diesen einen, sozusagen von Gott genehmigten Rausch zu verkraften. Einen einzigen Rausch und danach keinen mehr.«

»Also das gleiche wie mit...«

»Ja. Das gleiche wie mit.«

Zum Glück wurden sie von einer Katze abgelenkt, die auf die Motorhaube eines parkenden Autos gesprungen war und kläglich miaute, weil das Blech in der Sonne offensichtlich zu heiß geworden war, um darauf liegen zu können. Auf die Idee, wieder auf den vergleichsweise kühlen Bürgersteig zu springen, kam sie nicht. Sie hob eine Pfote nach der anderen, schlenkerte sie, leckte sie, als wäre das eine Methode, um die Wärme loszuwerden.

»Och, ihre weißen Pfötchen verbrennen ja ganz... Was willst du denn auch auf einem Bügeleisen, du Dummerchen?«

Als sie das schwarze Fell streicheln wollte, zog sie die Hand schnell wieder zurück. Selbst Benny, der zwei Meter von ihr entfernt wartete, hörte das trockene Knistern.

»O, du Biest. Bis in den Ellbogen...!« Und während sie zu Benny zurückging: »Heiß, sag ich dir, dieses Fell. So ein Katzenvieh ist ein wandelndes Hochspannungshäuschen.«

Mit diesem »das gleiche wie mit« im Kopf gingen sie schweigend weiter zum Tanzlokal. Jetzt, wo Benny in eine ihm vertrautere Gegend kam, fiel ihm auf, wie sehr sich die Stadt verändert hatte, während er in der Bar war. Hier hing dicht über dem Boden eine Wolke aus feinem Schutt und Staub, die schon nach wenigen Metern Ginis (Thelmas) dunkelblaue Lackschuhe weiß gepudert hatte. Aus dieser langsam abziehenden Nebelsuppe, in der hier und da die Sonne rührte, schossen zwischen fruchtbaren Spalieren hoch und rank die neuen Gebäude in die Höhe. Ringsum vollführten Dutzende, Hunderte von gelben und roten Kränen so etwas wie einen ungelenken Reihertanz. Und dort, da standen zwei Männer mit Helmen lässig auf einem Stahlträger, der – ausbalanciert, aber schaukelnd – vierzig, fünfzig, achtundfünfzig Etagen emporgehievt wurde.

Als Benny das letztemal in dieser Gegend war, mitten am Vormittag, hielten die Architekten sich noch an eine Gemeindeverordnung, die besagte, daß Gebäude, gleich welcher Höhe, in einer scharfen Bleistiftspitze auszulaufen hätten, und zwar, um es der Sonne auch künftig, wenn Wärme und Licht weniger reichlich vorhanden wären als jetzt, zu ermöglichen, bis ganz in die Tiefe der stilisierten Stadtschluchten zu dringen. Inzwischen war diese Verordnung offenbar aufgehoben worden, denn höher und höher wuchsen die Wolkenkratzer empor, ohne daß sich noch irgendwo eine Bleistiftspitze am Himmel zeigte.

Beim Öffnen der briefmarkengroßen Luke in der Tür bekam der Pförtner das Sonnenlicht wie einen Pfeil ins Auge.

»Zwei Personen. Ich habe einen Ausweis. Das Fräulein hier ist mein Gast.«

»In Ordnung.«

Die Sonne wurde ausgesperrt, aber da die kleine Luke offengeblieben war, folgte sie ihnen noch mit einem sehr langen Finger. Am Ende des Gangs führte eine gepolsterte Tür zum eigentlichen Tanzsaal. Ein heiliger Raum, in dem die Finsternis in Ehren gehalten wurde. Ein kostbares Gut, das folglich auch nur von einigen wenigen schwachen Spots behelligt wurde.

Rings um die Tanzfläche, die bis auf diesen einen reglosen Trinker leer war, saßen hauptsächlich Jungen und junge Männer an kleinen Tischen. Sie sprachen nicht miteinander, denn dazu war die Musik zu laut.

»Den kenn ich«, rief Gini. »Thel-die-gute-Marjell hat ihn mir vorhin beigebracht. *Der* Hit.«

Und schon tanzte sie. Einige der Jungen standen auf und bewegten sich am Rande der Tanzfläche ein wenig mit, wobei jeder für sich so tat, als hätte sie es speziell auf ihn abgesehen. Benny setzte sich an die Bar, sah ihr zu. Sie tanzte schnell. Der Zopf drosch auf ihren Rücken, die Schultern, den Scheitel; drehte sie sich um ihre Achse, so schlug er ihr um die Ohren. Es sah aus, als versuche sie sich den Schlägen zu entwinden, obgleich sie sie doch selbst austeilte. Manchmal stand sie sogar breitbeinig da und ließ den Oberkörper so weit vorfallen, daß der Zopf – beim Durchschwingen – ihren Po berührte.

Die Spots verlöschten. Neonröhren flackerten auf, verbreiteten ein violettes Licht, das die weißen Hemden der Jungen aufleuchten ließ. Auch Ginis Matrosenkleid leuchtete nun, während Kopf und Gliedmaßen verschwommen, fast unsichtbar blieben, bis auf die perlmuttlackierten Nägel, die in zwei Fünfergruppen wie Glühwürmchen durch die Dunkelheit schwebten. Die meiste Zeit hielt sie die Augen beim Tanzen geschlossen, aber dann und wann suchte sie seinen beifälligen Blick und lachte mit den Zähnen und dem Weißen im Auge.

Es wurde voller. Schüler, Studenten, auch viele Mädchen, kamen dazu mit neuer Musik, neuen Tänzen. Die Zeiten änderten sich, unaufhörlich. Gini lernte rasch, sozusagen im Weiterwirbeln. Sie genoß es sichtlich, jeden alten, aus der Mode gekommenen Tanz fließend in einen dem Mädchen neben ihr gerade abgeguckten neuen übergehen zu lassen. Von Zeit zu

Zeit kam sie an die Bar, mit glühenden Wangen, und trank dann, an ihrem Kleid zupfend, das ihr am Leib klebte, von Bennys Whisky. Auch zog sie immer wieder den Saum nach unten.

»Das kriecht ständig hoch«, schrie sie ihm ins Ohr, »dieses Schlabberkleid, Marke Thel-Konventionell. Suspekt, dieser Stoff. Firma Schrumpf & Knitter. Ich fühl mich vielleicht aufgeschmissen...«

Was sie nicht sah, aber Benny wohl: Sie war weiter gewachsen. Es war die keuscheste Art, sich auszuziehen – durch Wachsen, wenn auch diesmal ohne Begleitschmerzen, es sei denn, sie waren anderer Art.

Endlich ließ Benny sich auf die Tanzfläche mitziehen, doch bevor sie dort ankamen, hatte der Diskjockey schon wieder eine neue Platte aufgelegt, etwas Langsames, Zeitloses. Jetzt mußte er sie zum Tanzen zwingen, denn hier ging es nicht ohne Körperkontakt.

»Lieber nicht. Ich bin ganz feucht und klebrig. Das ist schon nicht mehr normal. Eigentlich müßten sie hier Duschen über der Tanzfläche haben.«

So geschmeidig sie bisher getanzt hatte, so hölzern stakste sie jetzt herum, um sich ja nicht an ihn drücken zu müssen. Ihre Hände hingen eher mit gekrümmten Fingerspitzen an seinen Schultern, als daß sie auf ihnen ruhten. Das Intime an diesem Tanz bestand hauptsächlich aus einem Ohr, das an seiner Wange glühte. Es war genug.

Sie roch nicht nach Schweiß. Schwitzen setzte andere Gerüche frei, so ähnlich wie in seiner frühen Jugend, als er zum ersten Mal an einem Park vorbeikam und der Frühtau nicht nach Frühtau roch, sondern nach Gras und Sträuchern, Gerüche, die durch das Verdunsten des Taus in der ersten Sonnenwärme freigesetzt wurden. Als Benny die Wange von ihrem Ohr löste, um seine Nase über ihr straffgekämmtes Haar bringen zu können, wo es nach warmem ... ja, nach warmem *was*? riechen mußte, warf Gini den Kopf zurück und sah ihn mit funkelnden weißen Augen an.

»Einen Durst ...!«

Mehr Mineralwasser. Mehr Whisky auch. Und kein »Roggen« hier.

»Wo ...«

»Im Park.«

»Park?«

»Du wolltest selber hin.«

»Lügenbold.«

»An die frische Luft wolltest du, nach dem verräucherten Tanzschuppen.«

»Komisch. Ich hatte die Augen zu, und ich sah ... ja, alle Tiere aus dem Zoo, die natürlich auch. Aber es waren auch Tiere dabei, die ich nie im Zoo gesehen habe. Zum Beispiel dieser kleine Esel ...«

»Du hast geträumt.«

»Ach, Quatsch, träumen ... träumen taten unsere Omas und Opas, als es zu dunkel wurde, um normal zu leben. Sie schliefen, und im Schlaf hatten sie einen Traum. Mein Vater weiß noch, wovon sein Vater ...«

»Du hast vorhin auch geschlafen. Ganz kurz, aber lang genug, um träumen zu können.«

»Geschlafen? Ich?«

»Wie eine Katze auf der Fensterbank.«

»Aber ich bin doch nicht krank?«

»Der Whisky.«

»Ich weiß wieder. Das arme Eselchen mußte tanzen ... nein, einen schrecklich weiten Weg zurücklegen über so'ne Hügellandschaft aus lauter Autos, die ganz dicht nebeneinander standen und glühend heiß ... Sag, Benny.«

»Endlich sprichst du meinen Namen aus.«

»Sag.«

»Was?«

»Weißt du genau.«

»Nein. Was soll ich sagen?«

»Was passiert ist. Ich meine, was nicht passiert ist. Sag, daß es nicht passiert ist.«

»Wenn ich dir damit einen Gefallen tue ... Gut, es ist nicht passiert. Kein Gedanke.«

»Nein, im Ernst. Wir haben doch nicht ... oder? Sag, daß wir uns nicht geküßt haben. Los, sag's!«

»Du erinnerst dich also nicht?«

»Absolut nicht.«

»Warum soll ich dann ...«

»Weil ich irgendwie ... Ich will's eben wissen. Ich will's einfach wissen.«

»Komisch. Jetzt, wo du anscheinend keinerlei Erinnerung mehr an diese Küsse hast, werden sie für mich nur noch wertvoller. Exklusiver.«

»Oh nein, sag, daß ... Beweise. Ich will Beweise.«

»Daß du dich nicht daran erinnern kannst, heißt noch lange nicht, daß du auch keine Nachwirkungen spürst. Brennen dein Mund und dein Kinn noch? Ich erinnere mich an ein Riesengejammer wegen meiner kaputten Lippen.«

»Wenn meine Lippen brennen und gesprungen sind, dann kommt es vom langen Sitzen hier in der heißen Sonne.«

»Gut, dann frag ich dich besser nicht, ob du sonst noch was spürst.«

»Meine Ringe drücken. Jetzt willst du mir sicher weismachen, daß wir auch Händchen gehalten haben.«

»Nicht nur das. Du wolltest partout mit meiner Hand an deinem Körper entlangfahren. Mir tun die Finger noch weh von deinen Ringen. Vom Widerstandleisten.«

»Du Lügner! O Benny, Betrunkensein und das andere ... es ist, als ob es sich gegenseitig aufgefressen hätte. Wie soll ich das sagen? Der eine Rausch den anderen. Es bleibt so wenig für mich übrig. Das macht mich traurig. All die schönen Dinge, die es nur ein einziges Mal geben darf ...«

»Hör auf. Das ist nicht wahr. Es kann nicht wahr sein. Solange du daran denken kannst ... Schau, Denken ist Kontinuität, verstehst du? Denken heißt also, die Einmaligkeit aller Dinge zu leugnen. Kontinuität, genau was ich ... Warum atmest du hinter deiner Hand? Versuchst du, meine Küsse zu riechen?«

»Fiesling. Nein, ob ich eine Fahne habe.«

»Schau, ein Mensch kann alles denken. Dinge in allen möglichen Kombinationen. Auch nichtexistierende Dinge. Aber was er sich nicht vorstellen kann ... wovon er sich keine Vorstellung machen kann, ist das, was gerade passiert und wovon er ein Teil, nein, sogar der Mittelpunkt ist ... diese kleine Verliebtheit zum Beispiel ...«

»Benny, meine Ohren sind sowas von zu, ich habe nichts gehört.«

»... daß das vorbeigehen soll, ohne je wiederzukehren. Das kann er nicht. Unmöglich. Das würde nämlich bedeuten, das Denken zu leugnen. Denken ist die Garantie für die Kontinuität aller Dinge. Und also, Gini, mußt du weiter an all diese Dinge denken, dann verschwinden sie nicht. Gedanken ...«

»Ich hab doch nicht etwa geschielt, als ich trank? Jemand hat mir mal von einem erzählt, der ...«

»Du hattest einen niedlichen Silberblick.«

»Sei still, sei still.«

Als sie sich von der Bank erhoben, hatte sich die ungleichmäßig gezackte Silhouette der Stadt ringsum schon wieder verändert, und die Vegetation im Park war dichter geworden. Manche

Wege waren nicht mehr begehbar, sondern zugewachsen wie in dem Märchen von Dornröschen, das Gini, wie sie gestand, so geheimnisvoll gefunden hatte, als sie Schlaf erst vom Hörensagen kannte. »Jetzt natürlich nicht mehr. Schon wieder ist etwas vorbei.«

Ein Stück weiter waren städtische Arbeiter bereits am Stutzen, mit Heckenscheren und Motorsägen. Einige Kronen, die vorübergehend von zerstörungswütigen Männern in orangefarbenen Arbeitsanzügen besetzt waren, schüttelten sich heftig. Eichhörnchen flüchteten zu Dutzenden.

Etwas später an diesem Vormittag lagen sie – bekleidet – nebeneinander an dem Strand, an dem Bennys Großvater gestorben war.

»Auch so einer, dem nichts zuviel war... der sogar sein schwaches Herz dafür opfern wollte... um zum ersten und letzten Mal etwas Besonderes miterleben zu dürfen. Den Aufgang dieses Dings, von dem wir schon lange genug haben.«

Während er dies sagte, in etwas bitterem Ton, begab sich seine Hand wie von selbst auf die Suche nach ihrer. Es dauerte lange, aber als sie gefunden war – viel weiter unten als geschätzt –, geschah der Übergriff doch noch unerwartet, stockend, mit unfreundlich kratzenden Nägeln.

»Mann, mußt du mich denn ewig ärgern, du alter Quälgeist...!«

Sie hatte ihre Hand bereits zurückgezogen, als ihr klargeworden sein mußte, daß Bennys Geste trotz der Nagelabdrücke zärtlich oder tröstend gemeint war.

»Scheusal«, sagte sie nur noch, und jetzt war es Gini, die auf die Suche ging.

Es dauerte nicht lange, da spielten die beiden Hände im warmen Sand ein Spiel, das nur noch wenig mit dem Klavierspiel – vor langer, langer Zeit – der einen Hand auf der anderen gemein hatte. Während Benny und Gini mit sonst reglosen

Körpern und geschlossenen Augen am Strand in der Sonne liegenblieben, wirbelten ihre Finger umeinander, schlangen sich ineinander, verflochten sich kurzzeitig ... Anfangs hatte es noch die unschuldige Ungestümheit eines Vögelchens, das sich im Sand »wäscht«, doch dann entwickelte es sich zu einem doppeldeutigen Spiel, bei dem Finger zu Armen und Beinen wurden, die die sich umschlingenden Gliedmaßen zweier Liebender darstellten ... Niederdrücken, umwerfen, den Griff verstärken ... Als Gini bewußt wurde, was diese Marionetten von Händen da unabhängig – und doch abhängig – von den Körpern, an denen sie befestigt waren, trieben, riß sie sich los und stand auf.

»Ich muß nach Hause. Ich bin nach der Schule noch nicht zu Hause gewesen. Meine Eltern werden sich Sorgen machen. Wenn sie überhaupt noch leben ...«

»Ich muß wieder zu meiner Einheit. Was machst du danach?«

»Vielleicht studieren.«

»Ich schreib dir.«

»Schreibt man sich heutzutage noch Briefe? Na, bin gespannt.«

Als Benny Wult auf dem Weg zum Busbahnhof an der Bar vorbeikam und hineinschaute, sah er, daß der Blinde noch immer am selben Platz an der Theke stand. Er hatte sein Jackett ausgezogen und hob gerade den Arm, um an dem Schweißfleck unter der Achsel zu riechen. Es war jetzt voller. Weiter hinten im Raum bemerkte Benny eine Gruppe Bauarbeiter in kalkbestaubten Arbeitsanzügen. Die Männer hatten sich von der Bar abgewandt, um mehr vom Ventilator zu haben.

Minuten waren vergangen. Es war beinahe Viertel vor elf. An der Adresse, an die Benny schon einmal einen Brief geschickt hatte, befand sich ein Wohnheim oder Hotel, für Studentinnen. Er blickte an der weißen Fassade hinauf, die oben so schön mit dem einfarbigen Sommerhimmel kontrastierte. Mindestens zwanzig Stockwerke.

Hinter der Schalttafel in der sonst kahlen Eingangshalle saß eine Pförtnerin in bis obenhin zugeknöpfter Bluse und mit einem Namensschild auf dem Busen.

»Fräulein Gini Trades, sagten Sie? Ich melde Sie mal eben an.« Sie nahm den Telefonhörer in die Hand und drückte auf Tasten.

»Nein, tun Sie das nicht.« Benny war sich nicht sicher, ob Gini ihn auch empfangen würde. »Ich wollte sie überraschen. Die Blumen, sehen Sie...«

Die Frau sah argwöhnisch auf die Blumen, die schon beim Kauf nicht mehr frisch waren, und von den Blumen auf die Offiziersmütze in seiner anderen Hand. Schließlich ließ sie sich von seiner Uniform einschüchtern. »Fünfzehnter Stock. Zimmer 1524.« Und mit einer Handbewegung: »Dort ist der Lift.«

»Danke.«

Die Geschwindigkeit, mit der er durch den engen Schacht im Gebäude hinaufkatapultiert wurde, verstärkte noch dieses heimwehartige Kribbeln irgendwo zwischen Magen und Rektum (Gini, kleine Gini).

Durch die Flure im fünfzehnten Stock folgte Benny Wult den Pfeilen zu den Zimmern mit den geraden Nummern. Es fehlte an jeglichem Schmuck. Keine Kästen mit Blumen (nicht einmal aus Plastik), keine Bilder an den Wänden, gar nichts. Nur alle paar Meter eine Deckenleuchte mit Milchglaskappe und an jeder Ecke ein Feuerlöscher. Die Wände waren weiß, die Türen beige. Die Zimmer mußten perfekt isoliert, wenn nicht gar gepolstert sein, denn nirgendwo war auch nur ein Laut auf dem Gang zu hören.

Lange blieb Benny lauschend vor Nummer 1524 stehen, hörte aber nichts. Er klopfte an die Tür. Sie öffnete sich nicht.

»Ich *will*, daß du zu Hause bist«, sagte er leise. »Unser Vormittag verfliegt. Mach schon.«

Er klopfte lauter – ohne Erfolg. Als ihm vor Enttäuschung schon fast die Tränen kamen, entdeckte er plötzlich den winzigen Klingelknopf rechts. Er drückte, ohne einen Klingelton zu hören. Fast unmittelbar darauf öffnete sich, deutlich hörbar, eine Tür, aber nicht die, vor der er wartete. Es mußte eine zweite geben, gleich hinter der mit der Nummer, eine, die alle Geräusche schluckte.

»Wer ist da?« Ginis Stimme, einigermaßen erschreckt.

»Benny Wult.«

Stille.

»O mein Gott, nein ... Benny ... Benny, nein, es geht wirklich nicht. Nicht jetzt. Noch nicht. Ich meine ...« Sie stöhnte, ungefähr so wie ein Mädchen, das sein Make-up ruiniert sieht. »O Lieber. Böser. Wart mal 'nen Moment.«

Die Innentür blieb offenbar auf, denn Benny hörte sie ins Zimmer rennen und danach auf einem Bein laut herumhüpfen (steckte das andere in einem Hosenbein?), wobei sie an einen Stuhl stieß, der hörbar über den Boden scharrte.

Leicht atemlos, mit etwas ängstlichem Lächeln, stand Gini gleich darauf vor ihm. »Tut mir leid, ich kam gerade aus der Dusche. Ich fühlte mich so verschwitzt.«

Ihre Haare klebten naß und ungekämmt am Kopf, der jetzt viel kleiner wirkte als damals mit der lodernden Haarpracht unter dem Ventilator. Überhaupt sah sie zart aus, auf bloßen Füßen und mit diesem kleinen Kopf auf dem dünnen Hals und den schmalen Schultern in einem Bademantel aus dünnem Stoff.

»Daß du mich jetzt so sehen mußt...«

Sie erinnerte ihn an das Maskottchen seiner Staffel, ein struppiges Hündchen, das einmal, als es auf dem Rand einer Badewanne balancierte, das Gleichgewicht verloren hatte und in den Schaum gerutscht war. Nachdem man es herausgefischt hatte, blieb ein zitterndes, dünnes, unkenntliches Etwas übrig von der Größe eines abgezogenen Kaninchens.

»Daß du ausgerechnet jetzt kommen mußtest...«

Sah sie, so harmlos er auch dreinzuschauen versuchte, seinen Augen an, daß es Zeit war? Spürte sie es? Roch sie es?

So harmlos, wie er da stand, mit diesem welken Blumenstrauß in der Hand – Gini schrak, im wahrsten Sinne des Wortes, zurück und stieß dabei wieder an den Stuhl, der auf dem Linoleum durchdringend quietschte, weil die Gummikappen über den Metallfüßen durchgewetzt waren. Schon fast ein Schrei.

»Es ist noch viel zu früh, Benny. Ich bin noch ein Mädchen.«

Unter dem kurzen Bademantel, und das befremdete ihn, trug Gini, ganz im Widerspruch zu ihrem »Gerade-aus-der-Dusche-Kommen«, dunkle nahtlose Nylonstrümpfe, die einen dunklen Schatten über ihre Beine warfen. Benny wurde es fast schlecht vor Argwohn.

Sie war jetzt blaß, Gini, und sah ängstlich zu, wie der lange Luftwaffenoffizier beide Türen hinter sich schloß und ins Zimmer trat. Er legte die Blumen auf den Stuhl. Wie Gini so vor der Fensterbank mit dem Rücken zum Fenster dastand, wirkte sie in der Tat wie ein Schulmädchen, so schmal. Sie nahm den Ärmelaufschlag ihres Bademantels fest in die Hand. Ihre Finger sammelten mit kleinen Krabbelbewegungen immer mehr Stoff, so daß der Ärmel immer strammer um ihren gestreckten Arm lag und einen Teil der Schulter entblößte.

Benny mußte jetzt einfach dieses zart hervortretende Schlüsselbein berühren, besser noch: küssen. Erst als er sanft hineinbiß, nicht mit den Zähnen, sondern mit straffgespannten Lippen, merkte Gini, daß sie mit einer Handvoll zusammengeknülltem Ärmel dastand. Fast gewaltsam schob sie den rauhen Bademantelstoff zwischen seinen Mund und ihre Haut.

»Es geht wirklich nicht. Ich bin noch nicht soweit.«

»Du findest das doch auch schön?«

»Ich glaub schon. Aber wenn wir die Geduld verlieren ... wir können es nicht noch einmal tun.«

»Ich weiß.«

»... und ich bin noch nicht soweit. Sonst wäre es mir egal.«

Durch die Doppelfenster war der Verkehrslärm in der Tiefe kaum zu hören, aber ein wenige Stockwerke über ihnen vorbeifliegender Hubschrauber hörte sich plötzlich beängstigend nah an. Gini, die Augen fest geschlossen, drückte die Mittelfinger in die Ohren und flüsterte: »Ich hasse das.«

So konnte sie nicht sehen und auch nicht hören, daß Benny (für den dies ihr Ventilator war) wieder dicht an sie herantrat. Als er, ganz langsam und zart, ihr mit den Fingerspitzen die nassen Haarsträhnen vom Ohr strich, drehte Gini das Gesicht zur Seite – eine abwehrende Bewegung, die gleichzeitig etwas Einladendes hatte, denn jetzt gestattete sie ihm freies Spiel an diesem komplizierten Trichter, der ihn noch nie so fasziniert hatte.

Benny fuhr weiterhin mit dem kleinen Finger um die weißrosa Muschel, die noch feucht vom Duschen war. Sie war nicht gezähnt wie die Muscheln an dem Strand, an dem sein Großvater gestorben war, sondern glattgeschliffen und mit zartem Flaum besetzt. Von selbst glitt die Kuppe seines kleinen Fingers zwei-, dreimal auf einer ellipsenförmigen Bahn tiefer in ihr Ohr. Aus dem Gehörgang kroch der knisternde Schaum eines Shampoorests seiner Fingerspitze entgegen, bis er sich nicht länger beherrschen konnte und den Finger so tief wie möglich in die Höhlung bohrte.

Gini erschauerte kurz, und Benny ließ den Finger langsam, Etage für Etage, wieder an die Oberfläche klettern, wobei das Shampoo sich in alle Windungen des Ohrs verteilte. Und immer wieder zog es den Finger zu diesem seltsamen Knubbel über dem Ohrläppchen zurück, dem einzigen Halt in all dieser Glätte. Als er die ganze Wanderung seines Fingers mit der Zunge wiederholen wollte, mußte er Gini mit beiden Armen festhalten. Benny schmeckte den seifigen Geschmack des Shampoos und noch etwas: das Bittersüße aus der Tiefe des Trichters.

Benny war sich kaum bewußt, in welches Ritual er vertieft war, aber er merkte sehr bald, daß seine Uniform nicht für dieses Spiel gemacht war. Das Anschwellen hatte er zwar schon kennengelernt, bei vagen Träumereien, nie freilich bis zu dieser berstenden Härte. Sein Geschlecht hatte sich, ein wenig unglücklich, durch den Sliprand in den knappen Raum zwischen Oberschenkel und Uniformhose geschoben und schien dem Knie entgegenschwellen zu wollen. Doch irgendwo auf halben Wege kam es, fast schmerzhaft, zu unruhigem Stillstand und blieb dann glühendheiß, pulsierend an seinem Schenkel liegen, an jenem geheimen Aufbewahrungsort für Pistole oder Whiskyflachmann.

Gini, die besser als Benny selbst verstand, was er ihr vorgezeichnet hatte, wandte ihm das Gesicht wieder zu. »Du bist gemein ... und lieb. Aber es geht nicht.«

Für einen Moment schien es, als würde sie vor Wut und Ohnmacht auf den Boden stampfen, doch sie begnügte sich damit, sich auf die Unterlippe zu beißen, und zwar so fest, daß sich ein Blutstropfen von der Größe eines Marienkäfers darauf bildete. Zum erstenmal, seit seine Mutter ihn zur Schule gebracht hatte, sah Benny Tränen.

»Wenn es jetzt passiert, ist es unwiderruflich vorbei, und dann werde ich nie ein Kind haben. Ich bin noch keine Frau.«

»Ich verstehe.«

Wie aber das Unvermeidliche, das sich nun einmal in Gang gesetzt hatte, aufhalten? Wie das Unumkehrbare kehren? Sie wurden mitgerissen. Freier Wille war Theorie geworden.

Gini stand noch immer mit dem Rücken zum Fenster, ohne Hingabe, ohne Widerstand. Bennys Hände vollführten wie von selbst Bewegungen, deren Gegensätzlichkeit vage zu ihm durchdrang. Hinter Ginis Rücken zog er mit beiden Händen gleichzeitig die Vorhänge zu, um danach, gleichsam in Fortführung dieser Bewegung, die beiden Hälften ihres Bademantels auseinanderzuziehen. Dabei kroch der Gürtel über ihre Taille hoch.

»Wärme dehnt aus, Kälte zieht zusammen«, hatten sie ihn im Laufe seiner Erziehung an jenem Morgen gelehrt, und diese physikalische Weisheit markierte zugleich den Übergang zum stellenweise kryptischen Unterricht in menschlicher Biologie. »Eines der Wunder des weiblichen Körpers ist, daß er sich durch ein und dieselben Streichelbewegungen gleichzeitig zusammenzieht und dehnt.«

Einstweilen konnte Benny nur spüren, wie Gini sich unter seinen Händen zusammenzog, und ein Wunder war es auch so schon. Ein Zusammenziehen und Hartwerden, das sich in diesen beiden Ausläufern ihres Oberkörpers konzentrierte. Es war, als würden sich rings um die Brustwarzen dicht unter der Haut Kordeln zusammenziehen. Geradeso, als würde sie in passivem Widerstand aus ihrer Nacktheit einen winzigen Küraß aus gewundenen Kordeln und braunem, runzligem Leder machen und sich mit ihm gürten.

Die sich zusammenziehenden Mädchenbrüste steigerten Bennys Neugier auf den komplementären Prozeß des Sichausdehnens fast bis ins Unerträgliche. Wenn sich die Haut hier zusammenzog, mußte sie an anderer Stelle auseinandergehen.

»Wart...«

Nachdem Benny den Knoten des Gürtels gelöst hatte, ging er – in einer zärtlichen Wanderung, bei der er ihr ganz nahe blieb – um Gini herum, um ihr den Bademantel leichter ausziehen zu können.

»Nein, nein«, rief sie mit einemmal und versuchte, den halb heruntergerutschten Bademantel wieder anzuziehen. »Ich schäme mich zu Tode. Es mußte auch so schnell gehen...«

Da Benny jetzt hinter ihr stand, konnte Gini sich von Kopf bis Fuß in der Spiegeltür ihres Garderobenschranks sehen. »Oh, wie schrecklich!«

Als er über ihre Schulter schaute, sah er, was sie meinte. Gini trug keine Nylonstrümpfe, sondern eine Strumpfhose, und durch seinen unerwarteten Besuch hatte sie es in der Eile versäumt, bevor sie in das hauchdünne Kleidungsstück geschlüpft war, sich ein Höschen anzuziehen. Durch das feinmaschige Gewebe, das sie bis über den Nabel fest umschloß, schimmerte unter ihrem Bauch ein dunkler Fleck mit ausgefransten Konturen, verschwommen und flach wie ein Zeitungsfoto. Benny spürte, wie ihre nach hinten gestreckten Arme sich mühten, wieder in die Ärmel zu schlüpfen.

Vor ihm und, wer weiß, auch vor ihrer eigenen Entflammbarkeit, hatte sie sich mit einer synthetischen Haut schützen wollen. Aber so, ohne Höschen, stand sie nun nackter da als nackt.

»Oh, ich schäme mich... ich schäme mich zu Tode.«

Da es ihr nicht gelang, den Bademantel wieder anzuziehen, befreite sie sich rasch aus den Ärmeln, um diesen beschämenden Tintenfleck mit den Händen bedecken zu können. Unterwegs schlugen sie eine andere Richtung ein und lagen schließlich an ihren glühenden Wangen.

»... *um ihre Röte zu ersticken ...*«

Ihre Wehrlosigkeit, ihr Scham, waren unvergleichlich größer als damals in der Bar, und um so mehr Zärtlichkeit empfand Benny – aber es war eine Zärtlichkeit, schwer von jener Art Heimweh, das er im Lift hatte aufkommen fühlen. Er sah auf den Fleck plattgedrückten Haars, der dennoch losgelöst von ihrem Körper zu schweben schien.

»Sag das nicht, Gini. Ich will dich so und nicht anders.«

Er wollte sehen, wie sich ihre intimste Stelle aus diesem anonymen, unterbelichteten Zeitungsfoto löste, zum Leben erwachte ... Sanft schob er sie seitwärts zum Bett, selbst durch das, was sich da hart und glühend an seinen Schenkel preßte, zu kaum mehr als kurzen Schlurfschritten imstande.

»Benny ... du wirst mich doch nicht um die Mutterschaft bringen?«

»Nein, nein. Ich will dich nur anschauen. Ich will dich erstmal nur sehen.«

Als Gini vor dem Bett stand, zog sie, wie in einem letzten Versuch, sich zu schützen, nervös die Strumpfhose noch einmal hoch, wobei ihre Beine hölzerne ballettartige Schritte machten. Sie zog sie so stramm, daß die schwarze Naht zwischen ihren Pobacken verschwand.

Gini drehte sich Benny zu, sah ihn aber nicht an. Mit gesenktem Blick und herabhängenden Armen blieb sie einen Moment schaudernd stehen und ließ sich dann, wie jemand, der von einer Brücke springt, unvermittelt zurückfallen. Dabei zog sie die Beine an, mit weit gespreizten Knien. Diese Bewegung schien im Widerspruch zum ängstlichen Hochziehen der Strumpfhose vorhin zu stehen, aber möglicherweise fühlte sie sich durch die dunkle Haut auch in dieser Haltung noch hinreichend geschützt.

Erst jetzt sah Benny, welch kompliziertes System von Nähten ein solches Kleidungsstück besaß. Die dicke schwarze Naht, die schnurgerade über den Bauch nach unten lief, und die Naht, die, vom Rücken kommend, der Trennung der Pobacken folgte, trafen nicht, wie er erwartet hatte, dort irgendwo an einem geheimen Punkt zusammen. Nein, sie hefteten sich oben und unten an eine Naht, die, straffgespannt zwischen den Schenkeln, ein makelloses Oval bildete und an die Art ovaler Bilderrahmen erinnerte, in denen ein altrosa Familienfoto oder ein aufgespießter Schmetterling zu sehen ist.

Durch das Hinlegen und das Anziehen der Beine war die Strumpfhose ein wenig verrutscht, so daß innerhalb des Ovals der straff gespannte Stoff etwa einen halben Zentimeter vorgerutscht war. Im Halbdunkel dahinter war kaum etwas zu erkennen, aber – und das brachte Benny zum Glühen – innerhalb des Rahmens war eine silbrige Stickerei entstanden. Es war ein Gebilde aus zwei glasigen Flecken, die sich nicht vollständig deckten. Der eine, der mattere, war an der Innenseite klebengeblieben, der andere war durch das feinmaschige Gewebe gedrungen und glitzerte in dem Lichtstreif, den die Vorhänge noch hereinließen.

Benny, gerührt, wollte nur schauen und schauen. Er merkte erst, daß seine Hand liebkosend an Ginis Bein nach oben wanderte, als das Nylon in Höhe des Knies leise knisterte und er ein elektrisierendes Kribbeln in den Fingerspitzen spürte. Er zog die Hand zurück, legte sie, ohne recht zu wissen, was er tat, mit dem Rücken an das Oval und rieb sanft hin und her. Der Schleimfleck hatte sich bereits abgekühlt, besaß nicht länger ihre Körpertemperatur, doch mit der Hand konnte er aus der Quelle soviel flüssigen Silbers die Wärme wie einen lebendigen Atem durch das Nylon dringen spüren.

Der Anblick dieser spontanen Stickerei, dieser silbernen Rose... Selbstbildnis der Jungfrau in ovalem Rahmen... Benny versuchte, sich selbst – »Dies kann nie wieder von neuem beginnen« – den Gedanken an die absolute Einmaligkeit, an das unwiderruflich Vergehende all dessen einzuhämmern. Es blieb ein abstrakter Gedanke, nicht imstande, seine Bewegung zu steigern oder zu schwächen. Seine Bewegung, die die Form einer im ganzen Körper spürbaren Glut angenommen hatte, kümmerte sich nicht um die Unwiederholbarkeit.

Schauen... Benny kniete sich neben das Bett und näherte sein Gesicht dem Oval, wo der Fleck, als eine Nebelbank, ihm den Blick auf das, was dahinterlag, verwehrte, wo ein Unterwasserdämmerlicht mit versunkenen Pflanzen herrschte. Ein Geruch stieg davon auf, der sich allenfalls so hätte beschreiben lassen, daß er einen salzigen Geschmack von Begierde in seinen Mund brachte. Er wollte mehr von ihr sehen.

»Wart...«

Aus Verlegenheit, weil sein Blick aus so großer Nähe zu brennen begann, vollzog Gini noch einmal die Handlung, die ihr Schutz bieten sollte, ohne zu wissen, daß sie ihr eher Genuß verschaffte: Sie zog ihre Strumpfhose hoch.

Selbst wenn ihre Hände es wollten, das Hochziehen ging nicht in einem Ruck vonstatten. Die Elastizität des Gewebes zwang sie zu einer fließenden Bewegung. Es war, als bliebe das Oval mit der straff gespannten Haut an seinem Platz und als stieße der Körper dahinter vor, wenn auch verlangsamt und anmutig.

Was Benny zu sehen bekam, erinnerte ihn an einen reglosen, undurchsichtigen Tümpel, in dem plötzlich aus trüben Tiefen, aus einem Gewirr von Pflanzen, ein Fisch emporschnellen kann, der dann mit Lippen von bläulichem Rosa an die Luft stößt, ganz zart, ohne die Oberflächenspannung des Wassers auch nur durch die kleinste Kräuselung zu stören, und dabei allenfalls eine denkbar feine Luftbläschenspur freisetzt...

Eine Schaumspur zarter Bläschen, das etwa war es, was dieser feuchte Kuß auf der grauen Haut hinterließ, hinter der

Benny, weil die Strumpfhose sich ständig verschob, den schmallippigen Fischmund mit den sich sanft bewegenden Flossen wieder in die Tiefe versinken sah. Nicht in eine unsichtbare Tiefe, aber doch in das Dämmerlicht eines unterbelichteten Zeitungsfotos.

Nun, da das Bildnis in seinem ovalen Rahmen vollendet war, mußte es wieder zerstört werden. Nun, da Benny ihr intimstes Bild gesehen hatte, ihren Körper mit einer Seele verschleiert, wollte er sie nackt vor sich haben.

»Benny, was tust du? Du wolltest doch nur ... schauen.«

»Ich schaue auch nur.«

Alles Dunkel mußte nun auf einen Schlag vertrieben werden. Er schob an ihrem Rücken die Finger unter den Rand der Strumpfhose. Mit Zickzackbewegungen, wobei seine Finger mitunter ein leises Geknister auslösten, streifte Benny den Schatten von Ginis Bauch und Beinen. Bis dieser Schatten schließlich verdreht wie eine verkohlte Brezel an ihren Füßen hängenblieb.

Widersinnigerweise schien sie jetzt weniger nackt, doch das kam vielleicht auch daher, weil ihre Beine nun fest aneinandergepreßt waren. Der schmale Streifen Sonnenlicht, der durch die Vorhangöffnung drang, spaltete ihre Knie und fiel auf den Bauch. Die rötlichblonden Haare, von der Strumpfhose glatt an die Haut gedrückt, richteten sich, statisch geladen, wie sie noch waren, im warmen Licht sprunghaft auf, eines nach dem anderen oder auch ein ganzes Büschel zugleich.

Das rührte Benny, und er ging mit dem Gesicht nahe heran, um die ungebärdigen Haare an seinen Mund springen zu fühlen. Als Gini sah, was er sah, mußten sie beide lachen, und ihr Körper entspannte sich. Ähnliches passiert bei einem straff gespannten Seil, bei dem ein Strang durchschnitten wird: Die einzelnen Fasern winden sich aus ihrer geflochtenen Form wieder in den ursprünglich flauschigen Zustand zurück. Hier war es die Sonne, die ein Messer an das Flechtwerk setzte, freilich ganz sanft, in einer lediglich symbolischen Berührung.

Da die Sonne ihm nun zuvorgekommen war, brauchte Benny ihre Haare nicht weiter zu entwirren. Die Stränge ihres Zopfes sprangen auf, außer dort, wo sie sie durch ihre eigene herrliche Klebrigkeit festhielt. Benny sah sie offen und rosa und schimmernd, wie nur das geheime Innere der Dinge schimmern kann. Sein Geschlecht, verwirrt und eingeklemmt in den Kleidern, zeigte noch immer nach unten, unwillkürlich zukkend wie ein Wesen, das gezwungen wird, tief gebeugt im Staube zu knien, aber mit einem vor Ungeduld klopfenden Herzen jeden Moment aufspringen will.

Anstatt mit seinem Geschlecht liebte Benny sie mit den Augen.

Aber auch dieser Blick, mit dem er in sie eindrang, obwohl sie doch noch ein Mädchen war, war kurz und nicht wiederholbar. Nun, da der Schatten von ihrem Unterleib gestreift war, gab Gini im vollen Licht das nächste einmalige Wunder preis, zart und grausam zugleich. Sie wurde Frau. Sie erhielt die Garantie für ihre Fruchtbarkeit. So überreich, daß Benny den Kopf abwandte und aufstand, irgendwie gerührt.

»Es ist soweit, Gini, glaube ich.«

Sie verstand sofort.

»O Gott sei Dank. Es ist noch gar nicht so lange her ... kurz bevor du kamst ... da habe ich noch laut gebetet, daß es lang ausbleiben möge. Ich wollte es nicht zu früh haben. Verstehst du? Und jetzt ... jetzt ist es unsere Rettung. Jetzt habe ich nicht von vornherein auf ein Kind verzichtet, und das ist gut. Aber du mußt noch ein wenig Geduld haben. Es dauert nicht sehr lang, glaube ich ...«

Benny stellte sich ans Fenster. So ließ er sie allein, damit sie sich um ihr neues Geheimnis, das so überreichlich in Erscheinung trat, kümmern … sich waschen konnte … bis auch dies für immer vorbei wäre. Er machte sich an seinen Kleidern zu schaffen, damit seine Lust unbehindert pulsieren konnte, bis Gini bereit war, ihn zu empfangen.

Das Hotel (oder Wohnheim) lag an einer Avenue, die im Norden des großen Parks endete, nicht weit von der Kreuzung mit der Straße, die parallel zum Park verlief. Ginis Zimmer bot eine schöne Aussicht auf dieses grüne Rechteck voller Spielzeugbäume.

Gerade als Benny die Vorhänge ein Stückchen beiseite schob, fegten aus weiß Gott welcher Gebäudeschlucht auf der anderen Seite heftige Windstöße über einen Teil des Parks. Sein Leben lang hatte er – mit Ausnahme vielleicht jener dicht am Wasser, wo sie sich manchmal sanft bewegten – nur reglose Bäume gesehen, und nun zogen und zerrten dort unten in der Tiefe unsichtbare Kräfte an einigen von ihnen. Auf diese Entfernung freilich schienen die Kronen sich ganz langsam und gleichmäßig zu bewegen, mit auf und nieder gehenden Ästen, die sich, winkend, gleichzeitig zu einer Seite neigten, und da kein Laut zu hören war und auch der Wind kein Geräusch machte, erinnerten sie Benny an Wasserpflanzen, die lautlos in einer Strömung wogen.

Kurz darauf hatte die Bö sich schon wieder ausgetobt. Die Bäume kehrten in ihren ursprünglichen Zustand der Erstarrung zurück. Jetzt sorgten nur noch die zahllosen gelben und roten Kräne, die überall zwischen den Gebäuden schwenkten, für Bewegung im Stadtbild. Von Zeit zu Zeit ging auf unspektakuläre Weise ein Gebäude in die Luft, in dem Dynamitladungen so angebracht worden waren, daß es aufrecht, schlaff und ohne umherfliegende Trümmerbrocken in sich zusammensank. Eher eine Implosion als eine Explosion. Das einzige, was noch lange Zeit im Sonnenlicht aufrecht blieb, war eine durchscheinende Staubsäule, in der die Umrisse des ursprünglichen Bauwerks vage zu erkennen waren.

Benny blickte zu den Schatten, die, ungleich lang, aber in Reih und Glied, an der Ostseite schräg über den Park fielen. Ein solches Schattengebilde, dachte er, verändert sich eher durch den Abriß alter Gebäude und den Bau neuer als durch das Weiterrücken der Sonne.

»Benny, lieber Benny...«

Es war vorbei, wußte er. Er drehte sich nicht gleich um. Er zog die Vorhänge wieder zu und legte rasch die Uniform ab. Auch nackt blieb er noch mit dem Rücken zu ihr stehen. Es war, als dröhnte dort unten, in diesem sich aufbäumenden Blut, eine bronzene Glocke mit langsamen, feierlichen Schlägen, die bis in seine Brust, bis in den Kopf hinein widerhallten. Konnte er, einfach indem er auf dem Absatz kehrtmachte, all dies Ungestüm ihr entgegenschleudern?

»Wo bleibst du?«

Die Vorhänge schlossen noch immer nicht ganz, nur mit dem Unterschied, daß sie jetzt nicht, wie vor einer Weile, unten, sondern oben nachlässig zugezogen waren. Hatte vorhin der Sonnenstrahl Ginis Beine gespalten, so stand er jetzt senkrecht und zitternd über ihr an der Wand. Zwischen dieser Lanze und Gini war noch reichlich Platz für ihn. Unbeholfen, mit schlenkerndem Geschlecht, ging Benny durchs Zimmer.

»Jetzt seh ich dich auch...«

Um sich vor ihr zu verbergen, kniete er sich so schnell wie möglich neben das Bett, auf das harte Linoleum.

»Du, ich habe immer noch ein bißchen Angst.«

»Natürlich. Bei diesem einen Mal muß ja gleich alles klappen. Verständlich, daß du nervös bist. Ich bin es auch.«

Er sprach diese Worte – flüsternd –, um sie zu beruhigen, doch sie überzeugten ihn selbst nicht. Der Gedanke an die

Einmaligkeit all dessen war ein abstrakter Gedanke, der den Wunsch nicht vertreiben konnte, den Rest seines Lebens so mit Gini zu verbringen, notfalls an der Schwelle des Liebens.

Benny schlüpfte so vorsichtig neben sie, als wolle er um keinen Preis diesen Lichtstreif über ihr durchbrechen, und vielleicht war es auch so. Während er vor dem Fenster gewartet hatte, hatte er die Stadt wachsen sehen – in die Höhe, denn die Insel war bereits bis zum Rand zugebaut –, aber auch Gini war in dieser Zeit reifer, voller geworden. Sie hatte noch die kleinen, harten Brüste eines Mädchens, doch nicht mehr lange. Jedesmal, wenn sein Mund den ihren verließ, um, mit der Zunge als Ruder, wieder seine Reise über die schönsten Stellen ihres Körpers anzutreten – von der kleinen Kuhle am Hals und der Linie des Schlüsselbeins über die Umkreisung einer Brustwarze hinunter zum Nabel, gefüllt mit Staub aus ihren Kleidern –, und er dort unten ankam, war sie wieder reifer geworden, weiter, reicher an Falten, blutvoller.

War sein Blick spürbar?

»Was siehst du? Ich meine ... was siehst du? Wirklich.«

»Ich sehe ... Ehrlich gesagt, ich verstehe nicht, warum man den Vergleich mit einer Rose nicht mehr verwenden darf, wo wir doch so eine blumige Sprache haben.« Das genau war es, was er sah, mit diesen Kelchblättern aus rotem Filz, die sich nach außen rollten: eine Rose auf dem Höhepunkt ihrer Schönheit, zwischen Erblühen und Verwelken. Eine Rose obendrein, die offenbarte, wie sie am Stiel festsaß. »›Klischee!‹ hat man immer von jenen gehört, die es wissen konnten und für die all dies vorbei war. Ich hatte kein Recht, zu sprechen. Noch nicht. Ich war noch grün. Erst jetzt, Gini, weiß ich, weshalb es so heftig als Klischee abgetan wird. Weil sie sich genieren. Sie können das Bild nicht ertragen. Das Bild entspricht dem Original nur zu gut. Eine Art Ikone ...«

Eine betaute Rose, doch eine, deren Filz den Tau nicht

abstieß, so daß er sich zu runden Quecksilbertropfen sammeln konnte. Nein, diese Filzrose ließ sich vom Tau ganz durchtränken, sättigen, schwer machen.

Weiter konnte Gini sich nicht öffnen. Benny hatte das Gefühl, glitte er achtlos an ihrem Körper entlang nach oben, so würde er von selbst in ihr versinken. Doch sie fing ihn mit Händen auf, deren Handflächen sich unerwartet kühl anfühlten.

»Du glühst... als ob du dort Fieber hättest. Ich habe auch schon mal erhöhte Temperatur gehabt, weißt du...«

Sie hatte jetzt Fieber. Er sah ihre Wangen brennen. Die Augen fielen immer wieder mit zitternden Wimpern halb zu, wie bei einem Kind, das gegen Müdigkeit ankämpft. Benny glitt aus ihren Händen. Er empfand es fast als Entweihung, daß er den sachlichen Griff seiner eigenen Hand benötigte, um sich in sie hineinzuschieben. Keinen Augenblick dachte er an die Einmaligkeit jeder Handlung. Er schüttelte jede Gebärde ab, ließ sie hinter sich fallen, ohne sich bewußt zu werden, daß er sie nie wieder aufsammeln konnte, um sie noch einmal zu verwenden.

Erst mußten sie leiden, alle beide. Irgendwo in ihr war eine Schmerzgrenze markiert, und die mußte er überschreiten.

Sie gingen gleichzeitig auf. Er öffnete seinen Körper, als er den ihren aufbrach. Es war, wenngleich nur für einen Moment, als würde er an jener Stelle gehäutet, als verlöre er in dem engen Durchlaß seine Haut. Gleichzeitig mit diesem Sichöffnen der Körper öffneten sich auch ihre Münder. Nur Ginis Schmerzschrei war zu hören, so daß dieser kurze, hohe Schrei aus zwei Mündern zugleich zu kommen schien. Benny hatte eher das Gefühl, als dränge ihr Schrei in seine Mundhöhle, weshalb er zu ersticken glaubte, denn sein eigener Schrei stak noch in der Kehle.

»Au, du tust mir...«

Doch sie sah an seinem Gesicht, daß er sich selbst auch verletzte. Es war, als würden sie die Schmerzgrimasse des anderen übernehmen.

»Es ist fast... Bleib so liegen. Ruhig.«

Während er so regungslos auf ihr lag und sein Herz in ihrem Bauch pochte, fühlte er den schneidenden Schmerz rasch vergehen. Durch die Gewißheit, daß dieser Schmerz nicht wiederkehren würde, nie mehr, wurde er – und diesmal viel überzeugender – an die absolute Unwiederholbarkeit auch alles anderen erinnert, was hier zwischen Gini und ihm geschah. Sich auf dem Höhepunkt seines Lebens zu befinden und es zu wissen...

Wie sie so regungslos aufeinanderlagen, glichen sie zwei gleich starken Tieren, die sich ineinander verbissen haben und fatalistisch abwarten, wer als erster erschlafft oder ausgeblutet ist. Gini hatte die Hände mit gekrümmten Fingern auf seine Brust gesetzt, wie in einem unbewußten Versuch, ihn wegzuschieben. Ihre Nägel waren in seine Haut gekrallt.

Unter den Augenbrauen vorschauend, konnte Benny gerade die Stelle sehen, wo die Sonne die Wand berührte. Das Zimmer hatte eine senkrecht gestreifte Tapete, abwechselnd hellblau und weiß. Benny schwor, er würde ihre Umarmung, wenn sie schon nicht für den Rest seines Lebens andauern konnte, so lange ausdehnen, bis der Lichtstreif um eine volle blaue Bahn, einen halben Zentimeter ungefähr, weitergerückt wäre.

Als der Schmerz ihrer beider Entjungferung längst schon verebbt war, lagen sie noch immer so da, als könnten sie durch diese reglose Haltung auch die Zeit zwingen, stillzustehen, so daß ihre Verschmelzung nie ein Ende hätte.

Diese heuschreckenartige Erstarrung war nur Schein, Außenseite, eine äußere Form, die sie für ihre Umarmung gewählt hatten. Drinnen war alles eine einzige Bewegung, ein Anbranden von Wärme und Lust, ein Pulsieren von Blut. Jetzt ihre Körper zu bewegen wäre nichts anderes als die logische Folge dessen, was bereits in vollem Gang war.

»Benny, willst du ... du mußt ...«

Gini gab als erste auf. Mit kurzem Aufstöhnen und einem Gesicht, das um Verzeihung bat, stieß sie ihm den Unterleib entgegen, wie um ihm ein noch tieferes Fleckchen anzubieten. Seine Antwort war eine Bewegung zurück, als bräuchte er Anlauf, um sich um so tiefer in ihr einnisten zu können. Durch dieses Manöver, das ihm keinen Schmerz, sondern im Gegenteil mehr Lust bereitete, und das galt sichtlich auch für Gini, entdeckte er den Rhythmus, der die Zeit wieder fließen ließ und ihre Paarung intensiver machte, und endlicher.

»Ja ... o ja«, sagte Gini leise und lächelnd, als fände sie eine lange nicht gehörte Melodie wieder.

Doch an diese Endlichkeit mußte Benny jetzt am wenigsten denken. Dieses Schaukeln ... dieses Sich-gegenseitig-Wiegen ... es war so süß, daß es unmöglich auf ein Ende zusteuern konnte. Das konnte immer so weitergehen, dafür würde er schon sorgen. Und sollte diese herrliche Pendelbewegung sie ermüden, so konnten sie wieder eine ganze Weile auf- und ineinander liegenbleiben ...

Dies war der Trost und zugleich die Irreführung der Lust, denn Lust betäubt das Denken und verführt nur zu Gedanken an noch mehr Lust.

Doch es kam ein Moment, an dem Stilliegen nicht mehr möglich war, an dem der Wille, aufzuhören, der immer drängender werdenden Schaukelbewegung unterlag.

In ihm war ein Ziel entstanden, ein Schlußstrich, der irgendwo, an einem unbestimmten Fleck in seinem Fleisch gezogen war. Darauf jagte er in seinem ungestümen Ritt zu, blind, aber zielbewußt. Um dorthin zu gelangen, mußte er eine heiße visionäre Landschaft durchqueren. Sie stieg an, sie fiel ab. Zuweilen zögerte er bei so etwas Ähnlichem wie einer Oase, als würde er dort das Ende erwarten, um seinen Ritt dann wieder zu beschleunigen.

Sie, Gini, veränderte die Landschaft in einem fort. Es war, als erinnere sie sich nach und nach, wie sie sich Lust verschaffen müsse. So bremste sie Benny in seinem Ritt, indem sie ihn, ohne ihn aus sich gleiten zu lassen, umwarf, erst auf die Seite und dann weiter auf den Rücken, wobei sie erneut die Beine um ihn schlang, diesmal nach unten gerichtet. In Erobererpose. Nun machte Gini einen Ritt auf ihm, viel schneller, als seiner auf ihr gewesen war.

Ihre Haare waren längst trockengeweht, doch ihr Körper wurde immer feuchter, schimmernder. Jede Pore ihrer Haut wiederholte im Kleinen das Wunder, dessen Zeuge er ganz zu Beginn gewesen war. Gini schien sich für ihre Eroberung zu entschuldigen, denn sie sah ihn immer nur kurz und verzweifelt an, schloß dann die Augen, schüttelte den Kopf, nein... nein... Es war wie ein zitterndes Aufschluchzen. Jetzt jagte Gini auf dieses seltsame Ziel zu, das er in seinem Fleisch drängen fühlte.

Er mußte sie aufhalten, mußte verhindern, daß sie ihn in seiner wehrlosen Haltung zu diesem Endpunkt zwang, der ihn gleichermaßen lockte und abstieß. Solange er selbst, durch eigenes Bewegen und mit eigener Kraft, darauf zueilte, so glaubte er, würde es wohl fernzuhalten sein. Ja, er würde es vor sich herjagen, dieses unberechenbare Ziel, das alles, das ganze Liebesspiel, rechtfertigen und krönen würde, aber auch zunichte machen.

Gerade als er sich aufrichtete, um sie umzuwerfen und seine alte Position wieder einzunehmen, saß sie plötzlich still, die Augen geschlossen. Er fühlte, wie das Innere ihres Körpers sich zusammenzog. Als wolle sie, wie ein Reiter, der kurz am Zügel ruckt, das Ganze wieder in Gang bringen, bewegte sie an der Stelle, an der ihre Körper verbunden waren, sich leicht zurücklehnend, die Hand schnell hin und her. Aber nein, sie fühlte irgendwo, unerreichbar für ihn, ihr eigenes »Ziel« locken und holte es mit schnellen Fingerbewegungen zu sich heran, anstatt weiter darauf zuzujagen.

Gini zwang sich, innezuhalten, als der Endpunkt, wie ihr Gesicht verriet, ganz nahe gekommen war. Benny sah, daß dieses Hinauszögern ihr Schmerz und zugleich Genuß bereitete. Sie ließ sich, sanft hin und her wiegend, schwerer auf ihn fallen. So bildete sie eine Glocke, in der er wehrlos hin und her geschaukelt wurde. Er zählte die hämmernden Schläge nicht, fühlte aber, daß, wenn dies so weiterginge, der letzte bald folgen würde.

Mit sanftem Druck und ohne sie zu verlassen, legte er sie auf den Rücken.

Wenn er sich so aus eigener Kraft weiterbewegte, dachte er, würde er sich noch am besten dem widersetzen können, was da in seinem Blute lockte. Für Gini galt das nicht länger. Sie biß sich wieder auf die Unterlippe, bis sie blutete, und als das nichts half, grub sie, um nicht schreien zu müssen, die Fingernägel in seinen Nacken. Er konnte nun am Druck ihrer Finger, dem Schmerz in seinem Nacken genau fühlen, wie weit sie war. Sie war sehr nahe daran. Er konnte sie nicht so einfach entwischen lassen, wollte soviel wie möglich von dem empfinden, was sie empfand.

Ihre Augen öffneten sich weit. Sie zwang ihn, indem sie die Nägel in seinen Nacken grub, sie anzusehen. Sein Körper wurde zu Licht. Und so sah er sich selbst auch, für einen Moment: wie einen Leib, in dem ein starkes Licht entzündet wurde, das warm durch die Haut schien. Gleichzeitig begann es zu schweben, blieb aber dicht über dem anderen Körper hängen, in dem es noch verankert war. So hielten sich Luftschiffe mit dem Anker in der Erde.

Er hatte vergebens Widerstand geleistet: Dies göttliche Gefühl konnte nie enden. Seine Sorge erwies sich als eitel.

Im nächsten Moment schien es, als würde sein Unterleib, ebenfalls ganz kurz, in eine Art Korsett aus glühenden Strängen geschnürt, deren längster und stärkster und heißester vom Rückgrat über Anus und Damm bis tief in Gini hineinlief, so als wolle er ihn über diese ganze Länge brandmarken.

Er wollte und er wollte nicht. Noch nicht.

Er hatte nichts mehr zu wollen.

Gini, die zwischen den Zähnen Luft einzog und damit einen Schrei zurückhielt, trieb vier Messer in seinen Nacken. Die dicke Wärme, die er in sie ergoß, wo kam die, in solch langen Schwallen, her? Oben aus dem Rückgrat? Nein, noch höher: aus seinem Hinterkopf, denn dort war es vor allem, wo er sich hilflos leerlaufen fühlte.

Postcoitum

Das Licht in seinem Körper war erloschen. Er fühlte sich nicht mehr über ihr schweben. Obwohl er Fahnen sich nie anders als sacht hatte bewegen sehen und dann auch noch vor blauem Himmel, vermittelte Gini beim Entspannen das Bild eines nassen Fahnentuchs, das sich, nachdem es vom Wind um den Mast gewickelt war, langsam wieder entfaltet, triefend, beinah zu schwer herabhängend, um sich noch bewegen zu können.

Benny würde sie so nicht mehr lange halten können. Was dort mitten in ihrem Inneren stak, war bei aller Härte knochenlos, und er fühlte dessen Kraft bereits nachlassen. Tiefgefrorenes Fleisch, scheinbar knochenhart, das zu einem schlaffen Filetstück auftaut. – Das Bild beschrieb seinen aufkommenden Ekel perfekt.

... *während des Auftauens bereits verdorben.*

Er zog sich nicht mutwillig aus ihr zurück, glitt nicht einmal heraus, sondern wurde – so schien es eher – in seinem erschlafften Zustand von ihrem drückenden Inneren hinausgedrängt.

»Nicht weggehen ...!«

Benny hätte nicht sagen können, ob Gini diese Worte auch tatsächlich aussprach oder ob sie in ihrem enttäuschten Aufschrei enthalten waren. Er konnte die Berührung mit ihrem Körper nicht länger ertragen. Zwischen ihren gespreizten Beinen richtete er sich auf und wanderte gleichsam auf den Knien rückwärts zum Fußende des Bettes, wo er sitzenblieb, von der nie zuvor erlebten Anstrengung immer noch schwer atmend.

»Hier geblieben ...« Sie streckte die Arme nach ihm aus.

Aus Gini, die dort aufgeblüht und ausgeblüht auf dem Rükken lag, offenbar ohne das Bedürfnis, sich zu bedecken, kam träge eine dicke, glänzende weiße Flüssigkeit gekrochen, die sich als Bett den Spalt zwischen ihren Pobacken wählte. Es dauerte einen Moment, bis ihm klar wurde, daß dies die fruchtbare Substanz sein mußte, die so lange in seinem Körper herangereift und jetzt mit einem so übermenschlichen Druck aus ihm hinausgeschleudert worden war. Wie langsam und müde kehrte dieser heiß fortgespritzte Samen jetzt zur Erde zurück! Benny blickte darauf, doch ohne Rührung, sogar ohne echte Betroffenheit. Eine geschmolzene Perle, die am Ende der Poritze sternförmig in den Krähenfüßen um ihren After zerfloß ... Sie hielt den Samen zumindest noch so lange wie möglich flüssig: Als er an seinem eigenen Körper herunterblickte, sah er, daß sich um sein Geschlecht, das immer noch im Schrumpfen begriffen war, trockene Abschilferungen gebildet hatten, die seiner Haut etwas Schuppiges gaben.

Dies, dachte er bitter, sind die Bilder, die mir nun für den Rest des Lebens unvergeßlich bleiben müssen – und damit war der Gedanke an die Nichtwiederholbarkeit all dessen wieder da.

Gini hatte die Arme neben sich auf die Matratze fallen lassen, mit den Handflächen nach oben. Ihre Augen schlossen sich halb. Sie atmete hörbar durch die Nase, aber schon weniger laut als vorhin, als sie die Nägel in seinen Nacken gegraben hatte. Benny sah, wie sich auf ihrer Stirn so etwas wie ein Diadem kleiner Schweißtropfen bildete. Sie ordneten sich ganz präzise zu mehreren parallelen Schnüren, die den Verlauf ihrer künftigen Falten zu markieren schienen. Immer wieder wurden zwischen den bereits vorhandenen Tropfen neue geboren, die wie Zuckerkörner in den Poren glitzerten. Auch zwischen ihren Brüsten, fast schon den Brüsten einer erwachsenen Frau, war es naß vor Schweiß, aber Benny hatte keine Lust mehr, seine Hand dorthin zu legen. Als er spürte, wie sein Atem und sein Herz sich langsam beruhigten, suchte er den Sonnenstreifen, um zu sehen, ob er sich verschoben hatte.

Keine Sonne mehr im Zimmer. Benny stand auf, schwerfällig, mit baumelndem, aber nutzlos gewordenem Geschlecht, und trat ans Fenster. Die Sonne mußte noch da sein, an fast derselben Stelle, doch ein Hochhaus, an dem gerade gebaut wurde, hatte den höchsten Punkt erreicht und nahm das Licht weg. Es machte nichts. Nun konnten sie die im Raum hängende Düsternis dem verschwundenen Sonnenlicht zuschreiben. Benny wandte sich dem Bett zu.

»Wie ...«

»... ich mich fühle? Merkwürdig zufrieden ... und ebenso merkwürdig unzufrieden.« Ihre Mädchenstimme war verschwunden. Sie sprach wie eine reife Frau. »Und du?«

Er antwortete nicht gleich. Ohne einen Blick auf Gini zu werfen, ging er rastlos im Zimmer auf und ab. Wie nach jedem Rausch oder jeder Unbesonnenheit, die das Denken ganz oder teilweise ausschalten, stürmten Gedanken an, ernüchternd, beschuldigend und in so großer Zahl, daß sie sich gegenseitig beiseite drängten, überrannten, verstümmelten.

»Verstehst du das nicht? Die Lust ist gestillt. Erloschen wie eine Kerze. Und nicht nur für einen Moment – für immer. Wir sind bereits dabei, zu verdorren.«

Noch einmal blickte er an sich hinunter zu der Stelle, wo er mit ihr verwachsen gewesen war, und die nun, nach der Amputation, so schlecht verheilte. Heilen? Mit diesen spröden Krümeln, von denen sich bei jedem Schritt ein wenig pulvriger Staub löste, schien er dort ebenfalls im wahrsten Sinne des Wortes zu verschrumpeln.

»Das also ist unser wundervolles Leben. Die ›sexuellen Funktionen‹, wie sie so sachlich genannt werden, haben ihre Pflicht getan ... ihr Versprechen eingelöst ... und jetzt dürfen sie absterben. Wir waren nur Puppen, die hölzern an Fäden hingen und schaukelten. Hast du nicht Holz gegen Holz klappern hören?«

»Wenn du so anfängst, Benny, beleidigst du mich und dich. Ich habe mich noch nie so lebendig gefühlt wie... wie...« (Wahrscheinlich wollte sie sagen »eben«, aber es war schon wieder so lange her.) »Ich hatte zwei Herzen in mir. Echt. Zwei Herzen pochten in meinem Körper. Sie sprangen aufeinander zu ... sie sprangen aneinander hoch wie junge Hunde.«

»Wie junge Hunde an der Kette, ja. Sie sind in ihrer Umarmung erstickt.«

Sie hielten es nicht länger aus, Benny und Gini, in diesem Sterbezimmer. Sie mußten hinaus, in die veränderte Stadt schauen wie in einen Spiegel, an unvermuteten Straßenecken ihre Liebe wiederfinden.

Ohne daß darüber gesprochen wurde, wuschen sie sich nicht. Sie bewahrten den Geruch und den Schweiß des anderen unter ihren Kleidern.

Was war naheliegender, als dorthin zurückzukehren, wo sie sich zum erstenmal gesehen hatten? Die Sonne stand nicht merklich höher als vor ihrem Spiel. Allerdings hatte sich die Silhouette der Stadt hier und da verändert. Benny legte nicht den Arm um Gini. Er nahm nicht einmal ihre Hand. In der Liebe gab es eine Hierarchie von Handlungen, die alle ihren Platz besaßen in der Einleitung zum großen Akt. Was hatten einleitende Gebärden jetzt noch für einen Sinn? Sie gingen mindestens einen Meter voneinander entfernt die Straße entlang.

»Ah, Sie sind's«, sagte der Blinde, der noch immer am selben Platz an der Bar stand. »Dann brauche ich Sie ja nicht noch einmal vor dem Ventilator zu warnen. Warten Sie...« Er hatte sich hörbar vollaufen lassen während ihrer Abwesenheit. »Ich rieche... ich rieche, daß Sie verzweifelt sein müssen. Ich rieche die Liebe, oder besser gesagt... den Geruch der sterbenden Liebe. So habe ich auch mal gerochen, vor langer Zeit. Aber damals hatte ich keine Nase dafür.«

Alle Anwesenden blickten auf Benny und Gini, die Jüngeren verständnislos, die Älteren voll Ehrfurcht vor einem noch ganz frischen Kummer. Benny schob Gini sanft vor sich her in den hinteren Teil des Lokals. Der Blinde grölte mit trunkener Stimme eines der Lieder, die Benny vor langer Zeit auf Ginis Fingern gespielt hatte.

Gastfrei nahm die Stadt mich auf,
Gab mich liebevoll weiter

Ganz hinten fanden sie einen kleinen Tisch mitten zwischen anderen leeren Tischen. Benny bestellte zwei Whisky-Soda.

Von Kneipe... hick... zu Kneipe.

»Wir brauchen uns keine Vorwürfe zu machen«, sagte Gini. »Ob früher oder später, es wäre immer das erste und das letzte Mal gewesen. Es wäre noch unsinniger gewesen, die Möglichkeit als etwas Kostbares aufzuheben... die Ausführung hinauszuzögern... immer wieder zu verschieben auf später, später, später. ›Um die Mittagszeit.‹ ›Etwas später am Nachmittag.‹ ›Gegen Abend.‹ Auf die Gefahr hin, daß uns die Lust unwiderruflich vergehen könnte. Oder zu einer Obsession würde, der keine reale Möglichkeit mehr entsprechen könnte. Nicht wahr?«

»Ach, hör auf. Über diese dummen Selbstvorwürfe bin ich schon längst hinaus. Ich bin böse, nicht auf mich, sondern auf diese schöne Welt, in der sich alles vor unseren Augen auflöst, verflüchtigt. Böse auf diesen genialen Gott, der uns nur zu dem Zweck erschaffen hat, um einmalig zu genießende Dinge an die nach uns weiterzugeben.«

»Benny, ich bin auch traurig, glaub mir. Aber du bist vor lauter Traurigkeit unfair. Wir sind beide im Geiste der BÜCHER erzogen, du weißt also genausogut wie ich, daß das Wunderbare, das Schöne, was wir gerade … vor einer Weile … in meinem Zimmer … na ja, daß alles nur deswegen so schön sein konnte, weil es nicht wiederholbar ist. Du mußt dich damit abfinden, Benny. Ohne diese Einmaligkeit wäre es nichts Besonderes gewesen. Auf jeden Fall wäre die Intensität nicht gewesen, diese Wahnsinnsintensität, deren Verlust dich jetzt so traurig macht.«

»Du bist lieb, aber du sprichst nicht mit deiner eigenen Stimme. Jetzt, wo alles vorbei ist, kommen mir allmählich Zweifel. Wer sagt, daß der Liebesgenuß – o Gott, all diese Worte klingen so fremd, weil sie so selten benutzt werden! – nicht gerade intensiver empfunden wird, wenn ein Vergleich möglich ist … wenn es ein relativer Genuß ist … Ich weiß, das klingt blasphemisch, aber vielleicht braucht man ja gerade die Wiederholung, um feststellen zu können, welches der höchste Liebesgenuß war.«

»Ist dein Glaube so schwach geworden? Die BÜCHER …«

»Nein, keineswegs. Ich glaube an einen Himmel und eine Hölle. Ich glaube sogar, daß der Himmel ganz ausgezeichnet eingerichtet ist, als höchste Steigerung dessen, was hier auf der Erde gut, aber noch nicht gut genug ist. Hörst du? Ich rede beinahe schon wie die BÜCHER selbst … Aber was hilft mir das, dieser Glaube, wenn ich unvollkommener Mensch mich doch nur nach mehr sehne? Nach Steigerung? Nach … Wiederholung?«

Den Whisky hatten sie nicht angerührt, aber ihre Hände hatten wie von selbst zueinandergefunden, nicht gerade im Einklang mit ihrem Gespräch. Sie sahen es beide gleichzeitig, er erstaunt, sie erschrocken. Gini zog ihre Hand zurück.

»Aber Wiederholung, Benny, das gehört in die Hölle …!«

»Warum diese ängstlichen Augen? Wer sagt mir, daß die Hölle nicht eine viel menschlichere und lebenswertere Welt ist als der Himmel? Vielleicht ist es wie mit dieser Stadt. Hier wird auf eine immer größere Perfektion hin gebaut. Eine Perfektion – oder nennen wir's ruhig: ein Terror – des Lineals, des Reißbretts mit seinen rechtwinkligen Armen ... Aber der menschliche Geist, der spielerische und kindliche, entspricht meiner Meinung nach dem Labyrinth der Gassen und Straßen in alten Stadtkernen. Ein alter, von Mauern umschlossener Stadtkern, das ist ein getreues Abbild des menschlichen Geistes. Der Himmel, wie er mir vorgespiegelt wurde, verrät etwas von kalter Perfektion. Wohingegen die Hölle – unvollkommen, chaotisch, unübersichtlich, eine sich wiederholende Welt – möglicherweise viel eher die Form ist, in die meine Seele paßt.«

»Aber Benny, der Himmel, die Hölle ... damit haben wir jetzt doch nichts zu tun. Wir stehen vor der zweiten Hälfte unseres Lebens hier im Dschungel und müssen sehen, daß wir das Beste daraus machen, auch ohne die körperliche ...«

Jetzt sahen sie, daß ihre Hände wieder zueinandergekrochen waren, auch die beiden anderen, und an dem zwingenden Bedürfnis nach dieser Umschlingung spürten sie, daß ihre Verliebtheit und Zärtlichkeit den vernichtenden Höhepunkt ihres Liebesakts überlebt hatten. Gleichzeitig wußten sie, daß ihre Körper dieser Zärtlichkeit nur noch mit Händen und Armen Ausdruck geben konnten. Selbst als Benny Ginis Hände halb tröstend, halb verzweifelt drücken wollte, geschah dies kraftlos, schlaff.

»Hier auf der Erde bin ich am Ende, Gini. Ich fühle das, was wir gemeinsam erlebt haben, noch in mir nachglühen, nachwirken. Und gleichzeitig spüre ich, wie diese Glut in mir erlischt ... ohne Frieden, ohne daß ich mich damit abfinden kann. Ich verspüre nur ein unbändiges Verlangen, unseren ... kleinen Ringkampf von vorn zu beginnen.«

»Man hat mir beigebracht, daß die Verliebtheit, vor allem bei jungen Menschen wie uns, auch nach dem Verschwinden des ... all des anderen eine Weile anhalten kann. Aber nie lang. Wenn alles vorbei ist, findet man sich von selbst damit ab. Lang kann es jedenfalls nicht mehr dauern.«

So versuchte Gini, Benny Mut zuzusprechen, ihn zu beschwichtigen, doch sie schien selbst nicht sehr überzeugt. Benny ging dieser rebellische Junge aus seiner Schulzeit nicht aus dem Kopf.

»Hier rumhocken und warten, bis auch das letzte bißchen ... ich weiß nicht einmal, wie ich es nennen soll ... gestorben ist? Sich abfinden, was ist daran denn gut?«

Lange Zeit hatte er starr vor sich auf den Tisch geblickt, auf den teefarbenen Whisky, auf Ginis und seine Hände, die kraftlos (wenngleich nicht gefühllos) neben den Gläsern ineinandergriffen. Hände, die nur noch schwach nach ihrem Liebesspiel rochen ... Jetzt sah Benny auf in ihr Gesicht. In der reifen Frau ihm gegenüber war noch so vieles von dem Schulmädchen zu erkennen, das er hier vor langer Zeit getroffen hatte, daß der Gedanke an ihr baldiges Verwelken – bald, nicht lange nach der Mittagszeit – ihm fast körperlich unerträglich wurde.

»Gini, wir haben uns eine Jugend lang das Falsche als richtig und gut vorgaukeln lassen. Ich glaube nicht mehr an die Herrlichkeit alles Einmaligen. Komm mit ... komm mit hinaus, dann erzähl ich dir ... denn hier ... Gini, ich lade dich ein zu einer Reise in die Welt der Wiederholung.«

Motiv unbekannt

»Herr Vorsitzender, meine Damen und Herren Geschworenen... einen Blinden anzugreifen, gleichgültig von welcher Seite, bedeutet immer, ihn von hinten anzugreifen. Das Messer, egal an welcher Seite es zustößt, steckt immer feige zitternd zwischen seinen Schulterblättern. Ich beantrage daher für diesen feigen, kaltblütigen Mord an einem Invaliden die denkbar schwerste Strafe für beide: Tod durch den Stuhl.«

So beschloß der Staatsanwalt sein Plädoyer, doch es war keine Apotheose, vielmehr ein Refrain, der mit subtilen Varianten vorgetragen wurde.

»... einen Blinden, der noch wehrloser war, weil er sich, um sein Gebrechen zu vergessen, einen Rausch angetrunken hatte.«

»... nicht die geringste Möglichkeit, seinen Mördern direkt ins Gesicht zu sehen. Ja, ich gehe sogar soweit, zu behaupten, daß ein Messer in die Brust eines Blinden zu stoßen von größerer Feigheit zeugt, als eben dieses Messer in seinen Rücken zu bohren.«

Nur in bezug auf das Motiv ließ die Rhetorik ihn im Stich. Von Raubmord konnte keine Rede sein: Giovanni Segale, Barkeeper in dem Lokal *Zur Sonnenseite*, hatte vor dem Untersuchungsrichter bereits unter Eid erklärt, daß der bei der Leiche aufgefundene Geldbetrag mit dem übereinstimmte, den er, Segale, im Lokal in Banknoten aus dem Portemonnaie des Opfers hatte quellen sehen. »Wie können Sie da so sicher sein?« »Als Blinder, wissen Sie, war Herr Scant stolz darauf, für jedes Bier den richtigen Geldbetrag hinzählen zu können. Er machte das nach Gefühl, verstehen Sie? Manchmal mußte er lange mit dem Zeigefinger im Münzfach seines Portemonnaies herumwühlen. Ich hatte dann reichlich Gelegenheit, mir in aller Ruhe anzuschauen, was er sonst noch dabei hatte. Nicht gerade die feine Art, aber jetzt zahlt es sich aus, nicht wahr?«

Rache, als Motiv für den Mord, wurde nicht so schnell ausgeschlossen. Derselbe Giovanni Segale konnte bezeugen, daß sich die beiden Angeklagten durch »bestimmte Äußerungen« des Opfers »möglicherweise beleidigt« gefühlt hätten. »Herr Scant machte Anspielungen auf die Bereitwillig ... nein, wie heißt das bei Ihnen? ... die Geschlechtsreife des Mädchens. Der jungen Frau. Der Frau.«

Nach eingehender Durchleuchtung des Vorlebens des Opfers, das vor langer Zeit offenbar ein hohes Staatsamt bekleidet hatte, nahm man als Motiv vorsichtig »politische Abrechnung« an.

Der Angeklagte Wult und die Angeklagte Trades warfen sich quer durch den Gerichtssaal rasch einen Blick zu. »Politische Abrechnung«. Dazu hatte ihre Wahl eines »möglichst beliebigen« Opfers also geführt. Als während des Verhörs durch den Untersuchungsrichter, das dieser Verhandlung voranging, die Fragen einen immer politischeren Charakter angenommen hatten, hatte Benny sich an die Bemerkung des Mannes an der Bar erinnert. Wenigstens dem Sinn nach. »Der da drüben ... er mag zwar ein alter Sprücheklopfer sein ... aber er ist mal ein ganz hohes Tier gewesen. Berater des Präsidenten, oder noch was Höheres.«

Damals hatte Benny die Worte des Whiskytrinkers nicht ernst genommen. Außerdem waren sie gleich danach wie weggeblasen, als Gini Trades das Lokal betrat.

Politische Abrechnung. Die Wahl des Blinden als Opfer war also eine Fehleinschätzung gewesen, im nachhinein betrachtet – unbeabsichtigt –, jedoch auch ein genialer Schachzug, denn aufgrund des politischen Charakters des Mordes war ihnen der Stuhl sicher.

Dieser Stuhl stand inzwischen auf wackligen Füßen. Wegen Gini.

Teil der Beweisaufnahme durch den Untersuchungsrichter war ein im Gerichtslabor durchgeführter Test, der nachweisen sollte, ob Gini Trades und Benny Wult Geschlechtsverkehr gehabt hatten. Nicht nur in dieser Hinsicht war der Test positiv, er ergab auch, daß Gini inzwischen schwanger war.

Benny hatte die Veränderung an ihr bereits bemerkt, als er nach Gini zu einem Verhör beim Untersuchungsrichter geführt wurde und sie sich auf dem Flur des Gerichtsgebäudes flüchtig sahen. Die straffe Haut der Wangen, die ihr Gesicht länger erscheinen ließ... das fettig glänzende Kinn, an dem sich das Rot eines beginnenden Pickels abzeichnete... alles Anzeichen einer Schwangerschaft, noch bevor ihr Bauch oder ihre Haltung etwas verrieten. Abgesehen davon, daß er eine Bestätigung ihrer Liebe darin sah, hatten diese Anzeichen ihn auch erschreckt: Eine schwangere Frau, eine junge Mutter, würde von einem leicht zu erweichenden Schwurgericht nicht so schnell zum Tode verurteilt werden. Anders stand es mit werdenden Vätern unter den Mördern.

Ihre Wege würden sich trennen, und Gott allein wußte, wie lange es dauern würde, bevor Gini sich durch einen natürlicheren Tod zu ihm gesellen konnte. Sie würden nach ihrer lebenslänglichen Gefängnisstrafe, seiner lebenslänglichen Einsamkeit bis dahin beide uralt sein.

Jetzt, wo die Sache eine politische Dimension erhielt, war diese Gefahr größtenteils gebannt. Es gab genug Präzedenzfälle.

Inzwischen, bei ihrem ersten Auftritt vor Gericht, war Gini hochschwanger. Wie bei ihrer ersten Begegnung trug sie ihr Haar aufgesteckt, doch jetzt war es stumpf und ohne Spannkraft. Gesicht, Schultern, Beine... alles dünner geworden und in scharfem Kontrast zu diesem schrecklich dicken Bauch, auf den, wie unter dem dünnen Umstandskleid unschwer zu erkennen war, ihre Brüste lang und schwer herabhingen. War es das Kind, das so deutlich sichtbar von ihrer Vitalität schmarotzte? Oder hätte sie auch ohne die Schwangerschaft bereits angefangen zu verschrumpeln?

Die Sache mußte nun rasch zu Ende geführt werden!

Wie die meisten Frauen im letzten Stadium der Schwangerschaft war sie äußerst abwesend, Gini, sehr in sich gekehrt, was vor allem in dem nach innen gerichteten Blick und Lächeln zum Ausdruck kam. Sie schien in ständigem Dialog mit dem Kind zu stehen; das ganze Theater im Gerichtssaal ging an ihr vorbei, schien zu den nebensächlichen Dingen des Lebens zu gehören.

Über ihre Antworten auf die Fragen des Staatsanwalts, des Richters, des Verteidigers schien sie nicht nachdenken zu brauchen. Sie antwortete mit leiser, aber entschiedener Stimme – und gleich, oft noch bevor der Fragende zu Ende gesprochen hatte –, was sie bereits auf ähnliche Fragen des Untersuchungsrichters geantwortet hatte. Das mißbilligende Raunen auf der Zuhörertribüne schien eher als ihren Taten ihrer mangelnden Zurückhaltung bei der Verbalisierung dieser Taten zu gelten. Man forderte, entsprechend den ungeschriebenen Regeln des Spiels, dessentwegen man gekommen war, verhülltere Antworten von ihr. Lügen. Ein Schweigen zur rechten Zeit... Wenn das so weiterging, verlor der Prozeß ja jegliche Spannung, jegliche Überraschung.

»Erzählen Sie uns, Frau Trades – in Anbetracht der Tatsache, daß Sie in anderen Umständen sind, werde ich Sie mit Frau anreden –, erzählen Sie uns so genau wie möglich, was eigentlich Ihr Anteil an dem Blutbad war, das...«

»Die Verteidigung erhebt Einspruch. ›Blutbad‹ ist eine tendenziöse...«

»Dem Einspruch wird stattgegeben. Fahren Sie fort.«

»Was, Frau Trades, war genau Ihr Anteil an dem Gesamtkomplex der Handlungen, die zum Tod des früheren Präsidentenberaters und Ex-Diplomaten Scant führten? Unter dem Vorwand, daß Sie ihn in seinem alkoholisierten Zustand nach Hause bringen wollten, haben Sie ihn gemeinsam mit dem anderen Angeklagten in ein leerstehendes Lagerhaus geführt. Was genau hat sich da abgespielt?«

»Wir ... das heißt, mein Mitangeklagter und ich ... haben den Blinden erst ein ganzes Stück in das Gebäude hineingeführt und ihm danach ein paar Treppen hinaufgeholfen. ›Was riecht es hier komisch‹, sagte er die ganze Zeit, bis er etwas merkte. ›Das ist nicht mein Haus. Hier wohne ich nicht.‹ Das hat er in einer Tour geschrien. ›Bringen Sie mich sofort zu mir nach Hause. Hier stinkt es nach Geflügel und Ratten.‹ Als er vom Schreien schon ganz heiser war, sagte ich zu ihm: ›Sie sehen doch besser mit der Nase und ...«

»Ist Ihnen das einfach so eingefallen? Oder sollten Sie das sagen?«

»Mein Mitangeklagter gab mir ein Zeichen. ›Sag ihm, was wir abgesprochen haben ...‹ Also sagte ich zu dem Blinden: ›Sie sehen doch besser mit den Ohren und mit der Nase. Worauf warten Sie noch? Schauen Sie, wie Sie hier rauskommen.‹ Da drinnen war das reinste Labyrinth. Wir haben den Mann durch alle Gänge gejagt. Treppauf, treppab. Er war wütend und hatte gleichzeitig Angst. Es war wie ein Stierkampf. An einer Stelle, wo die Gänge sich kreuzten ... wo es auch ziemlich hallte ... sollte ich ihn erschrecken und scheuchen, und dann ist er voll in Bennys ... in den Dolch meines Mitangeklagten gerannt.«

»Dolch?«

»Bajonett, wenn das nicht das gleiche ist.«

»Ist das die Waffe?« Der Staatsanwalt hielt einen langen Dolch in die Höhe, an dem ein Schild hing.

»Wenn sein Blut dran war, muß es die sein. Ich habe nicht besonders auf das Ding geachtet.«

»Sie stellen es so dar, als ob das Opfer in das Bajonett Ihres Mitangeklagten gelaufen wäre ... Wollen Sie unterstellen, daß es ein Unfall war?«

»Nein, keineswegs. Es war Absicht. Abgekartetes Spiel. Ich sollte ihn vor mir hertreiben, und mein Mitangeklagter sollte ihm mit ausgestrecktem Dolch ... Bajonett den Weg versperren. Wenn es ein Unfall gewesen wäre, hätte Benny ... hätte mein Mitangeklagter das Ding doch nicht noch mal im Bauch dieses Mannes rumgedreht?«

Der Saal brüllte fast vor Mißbilligung – über einen derartig naiv-schamlosen Bekenntnisdrang. Und so ging es weiter von Detail zu Detail und bis in die Details der Details. Benny konnte sich des Eindrucks nicht erwehren, daß Gini im Begriff war, sich nicht nur die Wut der Öffentlichkeit, sondern auch des Staatsanwalts, der Richter, ihres eigenen Verteidigers und vor allem der Geschworenen zuzuziehen, und zwar durch die extreme, fast obszöne Bereitwilligkeit, mit der sie alle Fragen beantwortete. In einem halb aufgeschnittenen Modell des Lagerhauses hieß man sie, Gänge, Treppen und Fenster zu bezeichnen. Sie so über dieses Puppenhaus gebeugt zu sehen, sich von Zeit zu Zeit aufrichtend, um bei vorgeschobenem Bauch den müden Rücken mit der Hand zu stützen, gab Benny das Gefühl, daß sie sich bereits weit jenseits dieser Welt befand. Auch er würde bald, wenn er an der Reihe war, so auf das Modell hinunterstarren.

Am Ende dieses ersten großen Gerichtsverhörs fragte der Staatsanwalt Gini nach dem Motiv für ihre Tat und spielte in seiner Frage bereits auf mögliche politische Beweggründe an. Gini machte, zum erstenmal seit Beginn des Verhörs, den Eindruck, seine Worte nicht gehört zu haben. Sie blieb leicht zusammengesackt auf ihrer Bank sitzen und lächelte mit nach innen gerichteten Augen, die Hände locker auf dem Bauch.

»Ich wiederhole ...«

»Fassen Sie die Frage lieber zusammen«, sagte der Vorsitzende.

»Frau Trades, ganz kurz: Warum haben Sie sich zur Beihilfe an diesem Mord hergegeben?«

»Weil...« Das selbstzufriedene Lächeln verschwand. Gini beugte sich zu ihrem Verteidiger, flüsterte ihm etwas zu. Der Anwalt begann ernst nickend, etwas auf ein Stück Papier zu kritzeln.

»Ich habe Ihnen eine Frage gestellt.«

Ein schmerzlicher Ausdruck lag nun auf Ginis Gesicht. Ihre Augen sahen müde aus.

»Weil meine Liebe zu groß... unsere Liebe zu groß ist für...«

Ein Gerichtsdiener übergab die Notiz des Verteidigers dem Vorsitzenden, der nach einem flüchtigen Blick auf das Papier seinen Hammer fallen ließ. »Angesichts des Zustands der Angeklagten Frau Trades vertage ich die Sitzung auf unbestimmte Zeit.«

Herrn B. Wult
Staatsgefängnis 103
Zelle 14. W. 257
Gef. Nr. 23 00 672

Liebster Benny-Schatz, lieber Reisegefährte,
so ist es nun mal: Ich, die Mutter, muß Dir, dem Vater, jetzt, wo der Zeitpunkt bereits wieder so lange zurückliegt, noch mal zur Geburt eines Sohnes gratulieren. Ich habe ihn, leider ohne Dich fragen zu können, Benny genannt. Ich will Dir erzählen, warum. Jetzt kann ich diesen Namen, denn er ist in meiner Zelle, unser Junge, ganz oft aussprechen, ohne daß die Wände mich anschweigen. Ich meine, anfangs rief ich Deinen Namen

so oft und – Du weißt, was ich meine. Jetzt ist ein leibhaftiger Benny da. Er darf in meiner Zelle bleiben, bis ich ihn abgestillt habe, obwohl es schon soweit ist, aber das wissen sie noch nicht, trotz all der Kameras und anderen Dinge. Sie benutzen ihre Monitore manchmal für Videospiele, habe ich mir von einer Zellennachbarin sagen lassen.

Wo soll ich anfangen? Du wirst neugierig sein, wie die Geburt verlief. Ich werde alles so genau wie möglich und in der richtigen Reihenfolge erzählen.

Kurz nach der letzten Gerichtsverhandlung (oder eigentlich bereits während der letzten Zeugenvernehmungen) fingen die ersten Wehen an. Kleiner Vorgeschmack. Ich war schon in meiner Zelle, und es dauerte schrecklich lang, bis die mein Klingeln hörten und eine Wärterin erschien. Hätten sie erst auf den Monitor geschaut, dann hätten sie wahrscheinlich gleich die Hebamme geschickt. Ich lag da und krümmte mich vielleicht! Zelle auf, Zelle zu, Zelle wieder auf. Die Hebamme. »Erzählen Sie mir mal genau, was Sie spüren.« Konnten sie denn nicht sehen, wie weit ich schon war?

Ob Du's glaubst oder nicht, Benny, ich wurde in einem Rollstuhl mit bewaffneter Eskorte (alles Frauen) in den Entbindungsraum gefahren. Nach jeder dreizehnten Umdrehung der großen Räder eine Wehe. Sie rechneten bis zuletzt damit, daß ich simulierte, und hielten mich also bei jeder Wehe fest. Damit ich mich nicht verdünnisieren konnte. Oder vielleicht dachten sie, daß sich das Baby verdünnisieren würde, erst aus mir, dann aus dem Gefängnis, um irgendwo einen Hubschrauber aufzutreiben und so weiter. Wohl aus Liebe zu seinen Eltern.

Kapitel 2. Der Entbindungsraum. *Die Fenster waren zwar vergittert, aber es waren keine hohen Fenster, so daß ich vom Bett aus einen Teil des Innenhofes sehen konnte. Acht lange Mädchen spielten da Basketball. (Gitterstäbe erinnern mich immer an die Querstriche auf Notenpapier, und dann muß ich daran denken, wie Du in der Bar auf meinen Fingern Klavier gespielt hast. Offenbar, Benny, führt ein Weg von den ersten paar Takten einer Schnulze über die Schranken des Gerichts in eine Gefängniszelle. Auch wenn wir ihn selbst eingeschlagen haben, so stellt sich doch erst hinterher heraus, daß es auch wirklich ein Weg ist.) Ihre schweren Brüste hüpften von ganz allein hoch, als ob die ins Netz wollten anstelle des Balles. Ich war aber weiß Gott mit anderen Dingen beschäftigt, als daß ich das Spiel hätte verfolgen können. Die Wehen hielten an. Es tat viel mehr weh, als ich erwartet hatte. Links vom Bett stand die Hebamme, rechts eine Helferin, die auch mit von der Partie war. Jede hielt eine Hand von mir. »He, nicht beißen!« Das rief diese Gefängnisgeburtshelferin, die ich fast ins Handgelenk gebissen hätte, als eine ganz schlimme Wehe kam. Wirklich eine ganz schlimme. Außerdem war mir ganz schön übel. Als die Hebamme einen Schluck kalten Kaffee getrunken hatte, habe ich wohl die ganze Zeit gerufen: »Weg mit dem Kaffee. Ih, riecht das nach Kaffee. Es stinkt. Das halt ich nicht aus.« Allmählich wußte ich nicht mehr, ob ich sie wegstoßen sollte, wegen dem Kaffeegeruch, oder näherziehen, um bei der nächsten Wehe Hilfe zu haben. Ich wußte es nicht. Das einzige, was ich mit Sicherheit wußte, war, daß Du hättest dasein sollen, um etwas von den Schmerzen aufzufangen. Ach ja.*

Zwischen zwei Wehen durfte ich mir mit dem Stethoskop anhören, was da in meinem Bauch los war. Weißt Du, wie das klang? Genau wie in dem Unterwasserfilm, den wir damals in diesem Tanzschuppen zusammen gesehen haben, Die Roten Schuhe. So hieß der Schuppen. Wie der Film hieß, weiß ich nicht mehr. Korallenschlösser und ihre bunten Bewohner *oder so ähnlich. Den hatten sie auf die Wände von diesem Tanzschuppen projiziert, und durch die Musik hindurch waren die Unterwassergeräusche zu hören, »bubbelbubbelbubbel«, wie ein ganz schneller, wäßriger Herzschlag, und genau so was meine ich. Es war sein Herz. Noch ganz im Fruchtwasser, aber schon voller Panik vor dem Unbekannten, das auf ihn zukam. Recht hatte er, oder? Aber fairerweise muß man auch sagen, er hätte genausogut zusammen mit seiner Mutter auf dem Stuhl verschmoren können. Oder wird mit der Hinrichtung* immer *bis nach der Geburt gewartet? Ich habe meinen Anwalt nie danach gefragt. Anwälte können uns nur von unserem Ziel abhalten.*

Komisch, diese Wehen machten mich unheimlich klar. Hinterher merkte ich, daß ich jede Menge Einzelheiten wahrgenommen hatte. Diese langen Ballmädchen zum Beispiel. Die bekamen plötzlich Krach und mußten vom Ordnungsdienst auseinandergezerrt werden (und die können vielleicht beißen und kratzen, sag ich Dir, diese Langzeitknastis!). Damals sah ich nicht – nicht bewußt, meine ich –, wie sie sich zankten, sondern erst jetzt, viel später. Was ich vor allem vor mir sehe, sind diese komischen Schatten zwischen ihren Füßen. Als ob es die Schatten zusammengeknautschter Körper wären, aus denen ab und zu ein Arm vorschießt. Daraus hätte man schließen können, falls man gewollt hätte, daß die Sonne fast ihren höchsten Stand erreicht hatte. Mir wurde das erst nach der Geburt klar, und was mir damit vor allem klar wurde – wie lang unser Prozeß eigentlich schon dauerte... Ob wir noch nach was aussehen, wenn wir demnächst drüben ankommen? Körperlich, meine ich? O nein, ich zweifle nicht, das mußt Du nicht glauben, Benny.

Noch so ein Detail. Im Entbindungsraum hing ein Holzschnitt oder Linolschnitt oder so was Ähnliches an der Wand. Zwangsarbeiter auf dem Land. Ich erinnere mich an die abgestumpften Gesichter und wie sie mit den Händen in der Erde wühlten. Wie sadistisch, so ein freudloses, so ein verzweifeltes Bild in die Ankunftshalle des neuen Lebens zu hängen. Beleidigend. Übrigens, diese beiden Weh-Weibsen waren sowieso knallharte Tanten. Die tranken seelenruhig ihren Kaffee weiter und hauchten mir diesen Mief von feuchtem Sägemehl ins Gesicht. Meine Wehen waren denen egal. Daß mir übel war, auch. Denn daran erinnerte mich dieser Geruch noch am meisten: an den Schuppen, in dem mein Großvater frühmorgens sägte. Er sägte immer dieses harte, rosa Holz, das superfeines Sägemehl macht. Und das riecht sauer, vor allem so früh am Morgen, wenn es noch feucht ist. Darauf spuckte er den Saft von seinem Kautabak, und diesen Geruch, diese Mischung, meine ich. Kalter Kaffee.

Endlich fanden die Weibsen es an der Zeit, die Fruchtblase zu sprengen. Haben sie wahrscheinlich mit ihren rissigen Fingernägeln gemacht. Ich hörte das Fruchtwasser in das Becken laufen. Offenheit ist wohl ihre Devise, also hielten sie mir das Becken – so ein nierenförmiges Ding – vor die Nase, wie ein Ober das, so stelle ich mir vor, bei einem Gast mit etwas Leckerem tut. »Das ist das Fruchtwasser. Daß es rötlich ist, kommt daher, daß etwas Blut dabei ist.« Motto: Wir tun nichts hinter dem Rücken des Patienten.

Als die Wehen nicht mehr auszuhalten waren, fanden die beiden es plötzlich nötig, mich vom Bett runterzuholen. Und so hockte ich da wie ein Tier, auf Händen und Knien. Hinter mir aufmunternde Rufe, hörte sich wie Jubelgeschrei an. Ich dachte schon, jetzt ginge es richtig los. Aber nein. Die Jubelschreie galten meinem Stuhlgang – endlich Stuhlgang. Eine Frau, die ein Wunder hervorbringen will, muß erst beweisen, daß sie alle Würde fahren lassen kann. Auf Händen und Füßen sich stöhnend entleeren, praktisch vor der Nase zweier Geburtshelferinnen, von denen die eine noch nicht einmal fertig ausgebildet ist. »Na los, Mädchen, da ist noch mehr. Raus damit und die Wehe abgefangen ...«

Ich durfte nicht wieder zurück ins Bett. Nein, jetzt mußte ich plötzlich auf den Gebärstuhl, so eine Art halbgeöffneter Eimer mit einer Klobrille. Sitzend gebären war wieder in, merkte ich, seit man entdeckt hat, daß die Frauen einiger sonnenanbetender Völker früher ihre Kinder so zur Welt brachten. Im Gebüsch hocken, sich im kritischen Moment an einem Zweig über sich festhalten und hoffen, daß er nicht bricht. Und bevor ein halbes Menschenleben um ist, macht man der Geliebten von Benny Junior wieder weis, daß nichts besser ist, als im Bett zu gebären, weil sitzend zu gebären aufgrund der allzu frappanten Ähnlichkeit mit dem Stuhlgang leicht zu einer postnatalen Depression führen kann. Aber vielleicht rede ich jetzt zu sehr wie mein Vater, der verbitterte.

Dann wurde ein Spiegel vor mich hingestellt, leicht gekippt. Damit, lieber Benny, und diese Assoziation mußt Du mir bitte verzeihen, damit war für mich der Kreis geschlossen. Von dem Spiegel, vor dem ich stand, als Du mich verführtest (das ist nicht ganz das Wort, das ich suche), bis zu diesem Spiegel, der mich an die schräg gestellten Spiegel erinnerte, die ich in Schuhgeschäften gesehen habe. Wie dem auch sei, es hat wenig gebracht, denn ich hatte meine Linsen nicht drin. Weil meine Augen im Gerichtssaal so gereizt waren, nahm ich sie so schnell wie möglich raus, sobald ich in meiner Zelle war. Ganz schön blöd, denn die ersten Wehen hatten mich schon gewarnt. Warum warst Du auch nicht da, hinter mir, um über meine Schulter zu schauen und Dir viel genauer, als es mir möglich war, unser gemeinsames Wunder anzusehen?

Wollen wir also sagen, daß ich in einen beschlagenen Spiegel schaute. »Der Muttermund hat sich jetzt so weit geöffnet, daß Sie mit Pressen anfangen können«, sagte die Hebamme. Das war nur die halbe Wahrheit. Ich hatte die beiden nämlich miteinander tuscheln hören. Als sie das erstemal nachmaßen, noch auf dem Bett (mit knisterndem Plastikhandschuh zwischen meinen Schenkeln), sagte die eine zur anderen: »Acht. Bei zehn fangen wir mit Pressen an.« Kurz bevor das Zeichen zum Pressen gegeben wurde, hatten sie achteinhalb gemessen. Es mußte einen Grund für diese Eile geben. »Sie machen es sehr gut, Frau Trades. Wenn Sie genau hinschauen, können Sie schon ein Stück vom Kopf sehen, und die Härchen ...«

Trotzdem berieten sie sich immer wieder unauffällig so, daß ich es nicht hören sollte. Besorgtes Geflüster und so, ich bin schließlich nicht blöd. Zu mir sagten sie: »Kriegen Sie keinen Schreck, gleich kommen ein paar Leute zum Zuschauen. Hebammenschülerinnen. Wir sorgen dafür, daß sie sich verdeckt hinstellen.« Davon war vorher keine Rede gewesen, aber ich protestierte nicht. Bald werden sie sich ja auch ungefragt ein intimes Ereignis ansehen, wenn ich auf den Stuhl klettere.

Tatsächlich kamen kurz darauf ein paar Mädchen mit weißen Schürzen herein, aber von »verdeckt hinstellen« war keine Rede. Sie rollten auf Anweisung der Geburtshelferin (die Hebamme blieb bei mir) das Bett auf den Gang, und praktisch gleich danach wurde das Bett wieder hereingerollt. Daß es sich dabei um ein anderes Bett handelte, kapierte ich erst später. Es entging mir nicht, daß beim Hinein- und Hinausrollen der Betten die Wachposten an der Tür in erhöhter Alarmbereitschaft waren; ich hörte, wie sie ihre Waffen entsicherten. Selbst jetzt, mit diesem glibberigen Köpfchen zwischen meinen Beinen, sahen sie eine Gefangene mit Fluchtplänen in mir. (Und natürlich bin ich die ganze Zeit auf der Flucht. Aber nicht auf dem Weg, den sie so ängstlich im Auge behalten.) Das Bett, das sie hereinbrachten, stieß gegen den Spiegel, der sich dadurch verschob. Das Gute daran war, daß ich nicht mehr auf mich selbst wie auf eine große, verschwommene, klumpige Wunde zu schauen brauchte. Was der Spiegel mir jetzt zu bieten hatte, war aber kaum anregender. Einen Ausschnitt des leeren blauen Himmels mit Gittern davor. Es geht mir nicht um die Gitter, Benny. Ohne sie wäre die Leere noch viel beängstigender. Ich glaube, ich hatte das Gefühl, trotz Schwindel und so, einen Blick in die Welt zu werfen, die uns nach dem Urteil erwartet.

Nicht, daß ich so eine Leere erwarte, nein, ich meine das Unbekannte.

Ich zweifle nicht, aber ... war es richtig, unserer großen Reise alles zu opfern? Ich meine, daß Du bei der Geburt Deines Sohnes nicht hinter mir saßest, die Hände unter meinen Achseln, um mich zu stützen, und die Lippen an meinem Hals, um mich zu trösten, und all das. Ich zweifle nicht, aber sag ehrlich: Als wir auf dem Höhepunkt unserer Empörung, unserer Wut auf die Welt diesen Entschluß faßten, haben wir da an ein Kind gedacht? Nein. Dafür waren wir zu verzweifelt, zu wütend. An ein Kind dachten wir höchstens im Zusammenhang mit dieser anderen Welt, in der wir mehr als ein Kind haben könnten und in der wir, um sie zu bekommen, erst all diese herrlichen Anstrengungen auf uns nehmen müßten.

Es wird auch herrlich sein. Endlich eine Welt, die unserer Gier nach einander die vollkommene Form bietet ... Wenn meine Worte Zweifel anklingen lassen, dann liegt dies an dem Brief als solchem. Auf Papier nachvollziehen zu müssen, was bei dieser einsamen Geburt alles passierte, nimmt mich mehr mit, als für unsere Reisepläne gut ist. Ich bin schon wieder eine andere als die, die den Brief begann.

Genug. Ich wollte Dir von der Geburt berichten. Nicht mehr und nicht weniger.

Die beiden Frauen knieten sich links und rechts neben mich, um mir beizustehen, als im Hintergrund etwas mit dem Bett schiefzugehen drohte, das da aufgebaut wurde. Die Frau, die ich bisher immer als »Geburtshelferin« bezeichnet habe, um sie von der zu unterscheiden, die mir eigentlich als Hebamme zugewiesen worden war, schoß hoch, um genauere Anweisungen zu erteilen. Genau in diesem Moment wurde ein entscheidender Kampf in mir ausgefochten. Ich würde – jetzt, jetzt, und keinen Augenblick später – dieses Kind durch ein gewaltiges, unumkehrbares Anspannen meines Atems, meiner Sehnen,

Muskeln, Knochen, all meiner Körperzellen, aus mir pressen. Denn sonst, sonst würde ich in Schmerz und Blut vergehen und im Wochenbett sterben, auch wenn das nicht ganz der richtige Ausdruck war. Ich würde meinem Schicksal im Jenseits doch nicht entgehen, und Du würdest mir bald folgen …

Nur der Gedanke an das Kind, das ich in den Tod mitnehmen würde, ohne es gesehen zu haben, hielt mich von diesem Entschluß ab. Irgendwo auf der Grenze der Welten würde es mir auf Befehl einer höheren richterlichen Macht doch noch genommen werden, denn eine so unbefleckte Seele würde seiner Mutter niemals in die Hölle der Wiederholung folgen dürfen.

Nie zuvor habe ich den Willen als ein solch körperliches Instrument kennengelernt. Es geschah, was mein geräderter Körper wollte. Plötzlich hielt ich das Kind, unser Kind, in den Armen. Ich war allein. Die beiden Frauen und ihre Schülerinnen waren mit dem Aufstellen von etwas so Kompliziertem wie einem Bett beschäftigt. Ich war allein mit dem einzigen Mann der ganzen Gesellschaft, der mir scherzend als »unser Schreiberling« vorgestellt worden war. Auch jemand, der sich noch in der Ausbildung befand. Er würde, hatte man mir gesagt, »alles notieren«, und das tat er peinlich genau. Er saß auf einem niedrigen Hocker, hatte eine harte Unterlage auf den Knien, an die mit Büroklemmen ein paar Blätter geklammert waren. Tabellen sah ich. Er schrieb alles auf, meistens in Zahlen. Zeiten, nehme ich an. Er übertrug Bennys Lebensbeginn in Zahlen und Buchstaben.

Etwas war an dieser Geburt, das wie eine Beleidigung nachhallte, nicht in meinen Ohren, sondern in meinem ganzen Körper. Das klatschende Geräusch, mit dem mir das Baby – buchstäblich – in die Arme geworfen wurde, verklebt wie es war. Mit Werfen hatte es um so mehr Ähnlichkeit, als das Kind noch so leblos war und dabei so blau aussah. Du als Vater wirst sicher beleidigt sein, wenn ich Dir jetzt sage, daß das, was ich da hingeklatscht bekam, mich mit seinen geschwollenen, schlaffen Gliedern an einen Bund Mohrrüben oder mehr noch an eine Handvoll blaßblauer Würstchen erinnerte, die ich einmal beim Metzger im Schaufenster hängen sah. Eine Sekunde lang Panik: Es ist tot. Aber im Aufstehen stieß die Hebamme ihm kurz in die Rippen, so routiniert, beinahe hinterhältig, daß er, unser Sohn, zu schreien anfing. Da war ich beruhigt, auch wenn mir durch dieses ganze Tamtam immer noch scheußlich zumute war. Später entschuldigten die beiden Frauen sich: Sie hätten, als sie mich beim letzten Mal mit dem Stethoskop abhorchten, kaum noch Herztöne aufgefangen, so daß sie trotz des nicht weit genug geöffneten Muttermunds beschlossen hätten, mich zum Pressen anzuhalten, und währenddessen hätten sie den Auftrag gegeben, ein Spezialbett bereitzustellen, da sie mit einer nicht mehr programmgemäß verlaufenden Geburt gerechnet hätten. So war das also.

Wenn ich mich auf irgend etwas gefreut hatte, dann auf diese kleinen grabschenden Fingerchen. Aber seine Ärmchen hingen noch eine ganze Weile leblos herunter, und die Händchen waren noch blau, als sich der Rest bereits dunkelrosa färbte. »Der Schreiberling«, Stoppuhr in der Linken, schrieb alles auf, auf Zehntelsekunden genau (glaube ich). Auf seinem niedrigen Hocker erinnerte er mich an irgendeinen »Königlichen Hofschreiber«, von dem ich mal ein Bild gesehen habe. Königlicher Hofschreiber, das ist das Mindeste.

Natürlich hab ich geheult. Wenn Du hinter mir gesessen hättest, hätte ich Dich auch heulen gehört, todsicher. »Das Durchtrennen der Nabelschnur ist eigentlich Aufgabe des Vaters, aber hier gelten natürlich andere Regeln. Wollen Sie es machen, Frau Trades?« Ich hielt die Schere (so eine gebogene, weißt Du, mit einem Knick) schon in der Hand, die Geburtshelferin band die Nabelschnur dicht nebeneinander mit zwei Klemmen ab, zwischen denen ich schneiden sollte, als mir plötz-

lich alles zuviel wurde. Die Nabelschnur mit ihren unnatürlichen Farben erinnerte mich auf einmal an einen verdrehten Elektrokabelstrang, und Dir brauche ich ja nicht zu erzählen, Benny, warum ich das nicht mehr ertragen konnte. Da haben sie den »Schreiberling« gebeten, es für mich zu tun. Hoffentlich bist Du mir deswegen nicht böse. Ich konnte in diesem Augenblick kein Wort rausbringen, geschweige denn einen richtigen Protest. Ich habe weggeschaut. Ich hörte die Schere knirschen, denn es geschah mit Kraft.

Unser Sohn wurde gewaschen und gewogen. »Der Schreiberling« notierte die Zeiten, sein Gewicht und die Größe. Er war sehr groß für ein Neugeborenes und als Kontrast dazu extrem leicht (die genauen Zahlen habe ich hier nicht zur Hand; wenn noch Zeit ist, frage ich mal danach und schreibe sie Dir im nächsten Brief). Er schrie mit schwacher und trotzdem rauher Stimme.

Die Nachgeburt. Ich kann mir vorstellen, daß die Nachgeburt ein dunkler Augenblick im Leben der meisten Frauen ist. Mit dem Wegnehmen des Mutterkuchens kann der Prozeß des Vertrocknens und Verdorrens erst richtig beginnen. Gut, es kommt noch die Stillzeit, aber alles unterhalb des Nabels hat seine Schuldigkeit dann getan. Ausgedient, ausrangiert. Weg damit. In dem Augenblick, in dem die Hebamme begann, die Nachgeburt direkt vor meiner Nase auseinanderzunehmen, mehr oder weniger, um mir zu zeigen, wie das Kind in mir gelebt hat (wahrscheinlich ebenfalls das Überbleibsel eines alten Rituals; einen Moment lang dachte ich, wir würden den Mutterkuchen essen!), konnte ich unserem Entschluß, Benny, unserer geplanten Reise ins Land der Wiederholung, wieder mit leichter – später sogar mit ungestümer Sehnsucht – entgegensehen.

Schließlich landete ich doch noch auf diesem Spezialbett, denn die beiden Weiber hielten es für besser, mich zu nähen.

Nicht, daß ich richtig »eingerissen« wäre, aber da seien ein paar Fissuren, wie sie es nannten, in den kleinen... (dieses Wort werden sie wohl zensieren: aufreizende Lektüre aus dem medizinischen Bereich für männliche Häftlinge!). »In erster Linie ein ästhetischer Eingriff«, sagte die eine. Begreifst Du den Zynismus? Sexuell für immer verblüht sein und dann so einen kleinen Schönheitsfehler beseitigt zu bekommen. Ich empfand jedenfalls insgeheim Freude beim Gedanken, daß ich es Deinetwegen machen ließ. (Du hast mich gelehrt, Blicke wie Streicheln zu spüren. Aber mein Gott, Benny, was haben sie mich am Anfang verlegen gemacht! Und trotzdem will ich auch diese Verlegenheit bald wieder spüren.)

Im Rollstuhl, der für diese Gelegenheit mit einer Art Löschpapier ausgelegt worden war, wurde ich zur Dusche gefahren, um von Kopf bis Fuß gewaschen zu werden. Verschärfte Bewachung natürlich, denn jetzt schleppte ich ja mein Kind nicht mehr wie ein Zwangsarbeiter seine Kugel mit sich herum.

Später holten sie mich aus der Zelle. »Wegen seines Untergewichts, Frau Trades, haben wir es für angebracht gehalten, Ihr Baby für einige Zeit in den Brutkasten zu legen. Sie dürfen es kurz sehen, wenn Sie wollen.« Einen Rollstuhl brauchte ich schon nicht mehr. Ich ging zwischen meinen Bewacherinnen ins Babyzimmer. In dem Kind, das da im einzigen Brutkasten lag, erkannte ich das meine schon nicht mehr. Das bläulich Geschwollene, das seinen Ärmchen und Beinchen kurz nach der Geburt etwas Molliges gegeben hatte, war jetzt verschwunden. Mit gräßlich langen Gliedmaßen schlug und trat unser Sohn in seinem Glaskasten um sich. Er schrie mit mechanisch klingender, sonorer Stimme, das Mäulchen aufgesperrt, ein Geschrei, das durch den Brutkasten etwas gedämpft wurde und gerade dadurch, schien mir, besonders gebieterisch war. Gegen das grelle Licht von oben (er lag auf dem Rücken) trug er eine weiße Augenbinde in Form einer altmodischen Motorradbrille. Sein kleiner Pimmel war mit einem Stück Klebeband so festgeklebt, daß er auf die Füße zeigte, wohl um zu verhindern, daß er auf seinen Nabel pinkelte, der entzündet war und ein bißchen eiterte. Während meiner Abwesenheit hatte er, wie es so schön heißt, einen »Kopf voll Haare« bekommen, und das gab ihm, zusammen mit den langen Gliedmaßen, etwas Frühreifes, Erwachsenes. Ich wunderte mich auch über die spürbare Kraft, mit der er mit Armen und Beinen um sich trat, so mager, wie er war. Diese Bewegungen schienen übrigens nicht unkontrolliert, sondern eher irgendwelchen sinnlosen Gesetzmäßigkeiten unterworfen zu sein und entsprachen seinem rauhen Geschrei. Wie er so mit den Beinen strampelte, sah es aus, als würde er ganz schnell radeln.

So radelte er mit voller Kraft durch eine unbekannte Welt, hungrig, aus vollem Halse brüllend, vor den Augen eine Staubbrille, die eigentlich ein Schutz gegen das unmenschlich grelle Licht von oben war, und mit festgeklebtem Penis. Ich kann Dir einstweilen kein anderes Bild von Deinem Sohn zeichnen, Benny. Vielleicht ist es ja ein Bild aller Menschen hier auf Erden.

Beim Stillen, später in meiner Zelle, saugte er heftig an mir wie ein kleines Ferkel. Sein Mund war kein saugender Mund, sondern eine Klammer, und ich konnte mir nicht vorstellen, daß er mich je wieder loslassen würde. Als er endlich, müde und gesättigt, unter viel Geschnauf und Gestöhn sein Köpfchen zur Seite fallen ließ, fühlte ich mich völlig leergesaugt und erschöpft. Ja, es wird Zeit, Benny, daß dieses Abgleiten in die totale Verdorrung ein Ende hat und wir anderswo wieder Kraft schöpfen.

Eines mußt Du mir versprechen: daß wir, Welt der Wiederholung hin oder her, das Liebesspiel immer so spielen werden, als wäre es das erste und letzte Mal zugleich, ohne auch nur eine einzige Zärtlichkeit auszulassen. Abgemacht? Nur so können wir uns vor den Gefahren jener Welt schützen. Abgemacht, ja? Wir erinnern uns doch noch an alles... oder? Die kleinsten Kleinigkeiten. So stelle ich mir oft vor, daß ich mit der Fingerspitze über das fahre, was ich Dein »Nadelkissen« nenne, ein Muttermal auf Deinem Rücken, gespickt mit harten Haaren. Gut gemerkt, nicht wahr? Und das ist nur ein harmloses Beispiel.

Wult Junior weint zwischen seinen Papierlaken. Seine Zähne brechen durch. Er wird mir wohl gleich weggenommen werden. Es sind Verhandlungen im Gange mit einem kinderlosen Ehepaar, das ihn zu sich nehmen will. Gutsituierte Leute, genauso ausgebrannt wie richtige Elternpaare.

Wahrscheinlich sehen wir uns noch ein letztes Mal im Gerichtssaal, bevor wir uns in der Freiheit wiederbegegnen. Ich habe keine Angst, auch wenn ich nicht weiß, wie ich mir diesen Übergang – durch den Tod – von der einen in die andere Wirklichkeit vorzustellen habe. Werden wir Schmerzen erleiden, und, falls ja, wird der Schmerz uns bis zur anderen Seite begleiten? Ich stelle mir vor, daß es so etwas ist wie Geburtsschmerzen, nicht sinnlos, nicht aussichtslos, sondern im Dienste eines Ziels. Ein Tauschopfer. Schmerzen unter Lächeln.

Lieber Benny, mein Liebster, wenn Du noch die Möglichkeit hast, mir zurückzuschreiben, würdest Du dann die wichtigsten Punkte meines Briefes in ein paar Stichworten, die nur für mich verständlich sind, zusammenfassen? Dann weiß ich, ob an der Schere der Zensur etwas hängengeblieben ist.

Bis bald,
Deine Gini

Von seinem Anwalt hatte Benny gehört, daß die Geschworenen im Gerichtsgebäude abgeschirmt wurden, um sie vor der Beeinflussung durch Presse und öffentliche Meinung zu schützen. Der Raum (hinter dem Sitzungssaal), in dem die Zwölf saßen, hieß schon bald »der Schwitzraum«, weil die Klimaanlage ausgefallen war, ohne daß ein Monteur den Fehler entdekken konnte. Wer an der Tür vorbeikam, hörte nie etwas anderes als mürrisches Gebrummel, was dem Anwalt zufolge wenig Gutes für den weiteren Prozeßverlauf verhieß.

Ja, die Geschworenen. Die beiden Angeklagten hatten im Gerichtssaal anwesend zu sein, als die Jury zusammengestellt wurde. Benny Wult erinnerte sich an das geräuschvolle Eintreten von siebzig, achtzig Freiwilligen. Aufgeregt flüsternd, versuchten sie schon in der Tür hälsereckend festzustellen, welches die Angeklagten waren, denn bis zu diesem Augenblick wußten sie nicht, um welchen Prozeß es sich handelte.

»Ein junges Paar... Bestimmt dieser Banküberfall neulich.«

»Ich seh schon. Es sind diese Flugzeugentführer. Ein Mann und eine Frau. Ich erkenne sie von den Nachrichten im Fernsehen wieder.«

Nachdem die Menge sich auf den Bänken der Zuschauertribüne verteilt hatte, hörte man hartnäckig und immer lauter dasselbe lange Wort von Mund zu Mund gehen. »Es ist das Blindenmörderpaar.« »Das Blinden...?« »Ja, das Blindenmörderpaar...!« »Das Blindenmörderpaar...!«

Man hätte meinen können, Statisten stellten sich vor. Nur daß hier die Statisten über das Schicksal der Hauptdarsteller zu entscheiden haben würden.

Die siebzig oder achtzig Freiwilligen angelten sich jeder einen zusammengefalteten Zettel aus einer Schachtel, die ein Gerichtsdiener herumtrug. Das ergab zwölf Kandidaten für die Jury, vier Frauen und acht Männer. Die übrigen wurden gebeten, sitzen zu bleiben, bis die Kandidaten von Gerichtsbeamten befragt waren. Zunächst schien Ginis und Bennys geheimer Wunsch in Erfüllung zu gehen: Prinzipielle Gegner der Todesstrafe unter den in die engere Wahl gekommenen Kandidaten mußten ihre Bewerbung wieder zurückziehen. Es waren drei. Nach weiteren Auslosungen konnte die Jury, sieben Männer und fünf Frauen, endlich vereidigt werden.

Aus den Fragen der Verteidiger war deutlich geworden, daß die zwölf Geschworenen ausnahmslos die Blüte ihres Lebens überschritten hatten. Nicht alle hatten ein Kind, aber zumindest hatte jeder seine (ihre) Liebesgeschichte hinter sich. Auch wenn die Verteidigung im Hinblick auf mögliche Vorurteile nicht darauf bestanden hätte, sich das ausdrücklich bestätigen zu lassen, wäre es in diesen erloschenen Gesichtern zu lesen gewesen, diesen stumpfen Augen. Dort auf der Geschworenenbank saßen Menschen, die sich weder mit dem Kopf noch mit dem Körper an die Gefühle erinnern konnten, wenn man liebte. Ihre Beine trugen sie, ansonsten waren sie unterhalb des Nabels mausetot, schon lange verwest, und wenn über dem Nabel ein Herz schlug, so nur deshalb, um die Beine in Bewegung zu halten.

Auch dieser Umstand war, im Gegensatz zur Ansicht der Verteidiger, günstig für Benny Wult und Gini Trades. Wer die junge Mutter so strahlend dasitzen sah (»in Anbetracht ihrer Situation ungebührlich strahlend« sollte eine Zeitung schreiben), wie sie schamlos die verliebten Blicke ihres »einstigen« (dieselbe Zeitung) Liebhabers beantwortete, und dabei auf die mürrischen Gesichter der Geschworenen achtete, wußte, daß das Urteil bereits feststand. Die lauten Jauchzer von Benny Wult jr., der von Ginis Anwalt in einen hohen Kinderstuhl neben die Mutter gesetzt worden war, in der Absicht, die Geschworenen zu erweichen, bewirkten genau das Gegenteil und weckten Ablehnung anstelle von Rührung. Eine solche Verliebtheit, die nicht nur über das Liebeslager, sondern auch noch über das Wochenbett hinaus anhielt, das ging natürlich nicht. Das war obszön. Unmoralisch.

Das Urteil war gefällt. Die Geschworenen brauchten die

»schwierige Entscheidung«, mit langwieriger Beratung und so weiter, nur noch vor den Augen der Öffentlichkeit nachzuspielen. Sogar der kleine Benny verhielt sich still, als die Geschworenen im Gänsemarsch den Gerichtssaal betraten. Der erste überreichte dem Protokollführer zwei Umschläge.

»Bieftäger!« rief der kleine Junge jetzt laut und hämmerte mit einem Spielzeug auf das Holzbrett seines Kinderstuhls.

Der Protokollführer öffnete den ersten Umschlag und verlas das Urteil gegen den »Luftwaffenoffizier Wult«.

»... für schuldig befunden in allen Punkten der Anklage.«

Für »die Studentin Gini Trades« war das Urteil gleichlautend.

Vor der Verkündung des Strafmaßes zog das Richterkollegium sich zur Beratung zurück. Gini erhielt die Gelegenheit, von ihrem kleinen Sohn Abschied zu nehmen. Die Pflegeeltern waren bereits da; sie blieben auf ihrer Bank sitzen, während die Zuhörer auf den Gängen über die Urteile diskutierten: ein verdorrtes Ehepaar, resigniert, das trotzdem das Tun und Treiben von Mutter und Kind argwöhnisch verfolgte.

Der Vorsitzende des Gerichts, Richter DeVilbiss, sagte, er sehe keinen Anlaß, den Urteilen der Geschworenen nicht zu folgen. Die Täter sollten »vom Leben zum Tode gebracht werden, wie vom Gesetz des Staates vorgeschrieben, das heißt vermittels des elektrischen Stuhls«.

Von vier Bewachern wurde Wult mit dem Fahrstuhl in eines der obersten Stockwerke des Gefängnishochhauses gebracht. Alle vermieden es tunlichst, ihn direkt anzusehen. Der Aberglaube, die Angst vor der Hypnotisierung durch einen zum Tode Verurteilten (was natürlich Angst vor der Hypnotisierung durch den Tod selbst war), schlug zu.

»Sind da oben die Todeszellen?«

»Die Todeszellen sind auf der anderen Seite, im Zwillingsturm.«

»Warum fahren wir dann nach oben und nicht nach unten?«

»Sie fragen eine ganze Menge … für einen, der in der letzten Zeit schon so viele Antworten geben mußte.«

Die rasche Aufwärtsbewegung in dem engen Schacht machte sich an seinem Zwerchfell bemerkbar und flößte ihm das gleiche ängstlich-erwartungsvolle, auch heimwehartige Gefühl ein, das er an jenem Morgen im Lift, auf dem Weg zu Ginis Zimmer, gehabt hatte. Er war wieder auf dem Weg zu ihr.

Sie waren da. Keine Zellen. Am Ende eines Ganges glaubte Wult, und das wäre dann zum erstenmal seit seiner Inhaftierung, direktes, ungefiltertes Sonnenlicht zu sehen – und darauf gingen sie zu. Der Gedanke durchzuckte ihn, der Gang würde unvermittelt hundertzwanzig, hundertdreißig Stockwerke hoch im Nichts enden und sie würden ihn senkrecht hinunterfallen lassen, so daß er sich selbst dort unten in der Tiefe auf irgendeinem parkenden Auto prunkvoll aufbahren würde … Doch der Gang mündete in eine Art überdachter Fußgängerbrücke, durch die die Sonne schien. Sie führte hoch über der Stadt zu dem Zwillingsturm.

»Sehen Sie sich ruhig ein bißchen um«, sagte einer der Bewacher. »Wir haben Zeit. Es wird Ihr letzter Blick auf die Stadt sein.«

»Als ob nicht jeder Blick auf die Stadt ein letzter wäre. Man braucht nur schnell in eine andere Richtung geschaut zu haben, und schon liegt eine andere Stadt vor einem. Es ist wie bei einem Fluß: Allein der Name bleibt derselbe.«

»Wie Sie meinen. Wir können auch gleich weitergehen.«

Man kam sich wie im Inneren einer Ziehharmonika vor, und zwar einer fast ganz ausgezogenen mit Bälgen aus dickem Glas. Gewissermaßen eine Hängebrücke, die dem Hin- und Herschwanken der Zwillingstürme Rechnung trug. Nun, da Wult in die Tiefe blicken konnte, schätzte er, daß sie etwa hundertvierzig Stockwerke hoch waren.

Zwei Bewacher waren ans andere Ende der Brücke gegangen, ein dritter blieb beim Eingang stehen, und der vierte folgte dem zum Tode Verurteilten auf den Fersen. Benny Wult blickte hinaus auf den Stachelteppich der Stadt. In der Tat, wie Reiher im Schilf, so dünn und aufrecht, ab und an den vorgestreckten Schnabel schwenkend, standen Kräne zwischen den Häusern. Jetzt, kurz vor Mittag (und dieses Bewußtsein verstärkte Bennys Hungergefühl), schien die Sonne fast senkrecht in die Straßenschluchten und ließ die gelben Taxidächer aufleuchten. Zwischen den Miniaturautos kroch träge eine Fliege, die sich bei genauerem Hinsehen als glänzender schwarzer Wagen mit einem Pferd davor entpuppte, das sich im eigenen wimmelnden Schatten vorwärts bewegte.

»Das finde ich das Faszinierende an diesem Beruf«, sagte der Bewacher. »Ich schaue über Ihre Schulter und sehe die Stadt sozusagen mit Ihren Augen. Das heißt, zum letzten Mal. Faszinierend finde ich das. Das geht mir auch so, wenn ich mich der Stadt per Schiff oder mit dem Zug nähere, bloß umgekehrt. Ich suche mir immer einen Touristen heraus und versuche, alles mit den Augen von so jemand zu sehen. Das heißt, zum ersten Mal. Faszinierend, sage ich Ihnen, aber das hat dann nichts mit meinem Beruf zu tun. Sie wissen schon, was ich meine.«

»Ja natürlich.«

Schatten von Hubschraubern schwenkten – verzerrt – um Hochhausecken. Sie glitten auch, gleichmäßiger, über die Flachdächer, in die oft Swimmingpools eingelassen waren. So entdeckte Benny Wult eine ungeahnte Welt von Schwimmern, die zehn, zwanzig, fünfzig, ja sogar hundert Stockwerke und mehr über dem Erdboden existierte. Die Stadt, zeigte sich jetzt, konnte auch als terrassenförmig ausgehauenes Stück Felsenküste aufgefaßt werden, mit dem himmelblauen Rechteck eines

Swimmingpools auf jeder ebenen Fläche. Auf manchen Dächern waren schattige Gärten angelegt, deren Grün über den Dachrand herabhing. Über einem fast hundert Stockwerke hohen Gebäude hing der feine Nebel einer Sprühanlage, und dort, zwischen spitzen Bäumchen in großen Bottichen, sah Benny Wult zum ersten Mal in seinem Leben einen – kleinen – Regenbogen.

»Oh, schauen Sie mal...« Der Bewacher deutete auf einen Schwimmer, der sich gerade von einem Sprungbrett abstieß und sich zwei Meter tiefer, aber immer noch etwa sechzig Stockwerke über dem Straßenniveau, in einer milchigen Bläschenwolke auflöste.

Plötzlich marschierte Wult erhobenen Hauptes auf das Ende des Ganges zu, ohne nach links oder rechts, nach unten oder oben zu schauen. Er hörte die schnellen Schritte des Bewachers hinter sich.

»Na«, sagten die auf der anderen Seite, »Sie haben sich ja schnell satt gesehen...«

»Ihnen ist doch klar, daß dies wirklich das letzte Mal ist?«

»Ich bin gläubig. Ich habe keinen Grund zu zweifeln, daß ich diesen ganzen stilisierten Dschungel wiedersehe.«

Er hatte Hunger.

Der Schleudersitz

»Als der Gefängnisdirektor, zusammen mit zwei Wärtern und einem Geistlichen, ihn aus seiner Todeszelle abholte... ›Es ist Zeit. Seien Sie stark‹...« So oft er davon auch schon gehört und gelesen hatte, es kam ihm nach wie vor extrem unwirklich vor. Obgleich es in der Zeitung stand, war es nicht von dieser Welt.

Und nun passierte es ihm selbst.

Der Gefängnisdirektor, die Wärter, der Priester... es gab eigentlich kaum einen Unterschied zu dem, was Wult aus Berichten kannte, außer daß der Direktor den Besuch etwas weniger förmlich ankündigte, schon fast gemütlich, ohne dabei freilich dem Verurteilten in die Augen zu sehen.

»Herr Wult, ich brauche Ihnen nicht zu erläutern, weshalb wir gekommen sind, oder? Ihr Verhalten während des Prozesses und in dieser Zelle ließ an Würde nichts zu wünschen übrig, und ich kann Ihnen nur empfehlen, diese Würde bis zum Ende beizubehalten. Ich wünsche Ihnen Kraft dazu.« Und zu den Wärtern sagte er: »Keine Handschellen. Ich verbürge mich persönlich für Herrn Wult.«

Natürlich gab es einen weiteren großen Unterschied zu allen Hinrichtungsfällen, die ihm je zu Ohren gekommen waren, doch der war eher emotionaler Art. Er, Benny, empfand anstelle von Todesangst die Sensation eines Menschen, der vor einer langen Reise steht: aufgeregt dem Reiseziel entgegenfiebernd und gleichzeitig nervös und besorgt, ob unterwegs alles gutgehen werde. Er stand vor der Reise zu Gini.

Ansonsten empfand er nur Hunger. Es war ihm egal, daß das Mittagessen, auf das er sich ein halbes Leben lang gefreut hatte, seine Henkersmahlzeit sein würde, sofern er überhaupt zu essen bekam.

»Können Sie mir sagen«, fragte er den Gefängnisdirektor, »ob an eine Mahlzeit gedacht ist?«

»Natürlich. Sie wird zubereitet, während Sie baden.«

In einer Art Kreuzformation marschierten sie die Gänge entlang: der Direktor vorneweg, der Priester hinterher und in der Mitte Wult, flankiert von seinen Bewachern. Sie brachten ihn in ein großes, hellgrün gefliestes Badezimmer, dessen Wände mit so vielen Spiegeln verkleidet waren, daß es Wult keinerlei Anstrengung kostete, sich dahinter die Köpfe etlicher Psychologen vorzustellen. »Das Verhalten des Verurteilten kurz vor der Hinrichtung.«

Der Direktor ließ die anderen vorgehen. Er selbst ging nicht mit hinein, wahrscheinlich weil er sich noch um das eine oder andere zu kümmern hatte. In der Mitte des Raums befand sich das schon bereitete Bad, dampfend, übrigens ohne daß die Spiegel beschlugen. Daneben stand ein Mann in weißem Kittel, der auf einem kleinen Tisch Friseurutensilien ordnete. Er blickte nicht auf, als Wult eintrat. Die Bewacher postierten sich zu beiden Seiten der Tür außer Sichtweite des Badenden.

Während Wult sich auszog, ging der Priester wie im Gebet (und vielleicht betete er ja tatsächlich) auf und ab, den Blick auf den Boden gerichtet. Der Friseur drückte einen dicken Gummistecker in eine geerdete Steckdose. Das Wasser, ohne Schaum, hatte genau die richtige Temperatur. Wult stieg mit Wohlbehagen hinein. Als er sich zurücksinken lassen wollte, ertönte es hinter ihm: »Die Haare bitte nicht naß werden lassen.«

Wult richtete sich wieder auf. Gleich darauf begann etwas zu summen, und im nächsten Moment fühlte Wult das kalte Metall einer Haarschneidemaschine im Nacken. Haarbüschel fielen kitzelnd über seinen Rücken. Seit dem Mißgeschick mit der Kerze waren seine Haare nicht mehr geschnitten worden. Nur weil er glaubte, man erwarte etwas Galgenhumor von ihm, sagte er: »Wenn Ihr Apparat nicht in Ordnung ist, dann sterbe ich schon hier in der Wanne durch einen Stromschlag. Ohne offizielle Zeugen. Es sei denn, die Jungs da hinter den Spiegeln gelten als Zeugen ...«

Der Friseur gab keine Antwort. Er machte sich mit seinem Instrument konzentriert am Kopf des zum Tode Verurteilten zu schaffen. Die Haarlocken fielen jetzt auch über Wults Brust und schwammen auf dem Wasser, sofern sie nicht an seiner nassen Haut kleben blieben.

Hoch oben in der gefliesten Wand gegenüber den Spiegeln befand sich, hinter Gittern, ein Kippfenster aus Drahtglas – offenbar an der Südseite, denn die Sonne, die in absehbarer Zeit ihren höchsten Punkt erreicht haben würde, schaffte es gerade noch, eine Lichtpfütze unten vor die Wand zu legen. Wult dachte an Gini, voll Zärtlichkeit, aber auch mit einer gewissen Besorgnis. Zu welchem Zeitpunkt würde ihre Hinrichtung im Frauengefängnis erfolgen? War sie nicht zu traurig wegen ihres Kindes, das sie in dieser Welt zurücklassen mußte?

Nicht mehr ganz so gelassen, verspürte er auf einmal das Bedürfnis, mit dem Priester zu sprechen, nicht als der Verurteilte, den es im Angesicht des Todes plötzlich nach geistlichem Beistand verlangt, nein, sondern zur Bestätigung der Überzeugungen, auf die er sein Unternehmen gegründet hatte.

»Vater ...?« Seine Stimme klang lauter als beabsichtigt.

Der Priester, der sich wie die übrigen irgendwo hinter Wult aufhielt, unterbrach sein Hin- und Hergelaufe und sagte, wobei er sich an seinen Gebeten fast verschluckte: »Ja, mein Sohn? Ich höre.«

»Was habe ich mir unter der Ewigkeit vorzustellen, Vater?« Es war herrlich, wie ein Kind nach dem bekannten Weg zu fragen.

»Im eigentlichen Sinne ... gibt es keine Ewigkeit, mein Sohn. Nur eine relative Ewigkeit. In der Welt, die wir die Hölle nennen, zum Beispiel« – das »zum Beispiel« fügte er, sich offenbar bewußt werdend, wie taktlos es war, in diesem Fall mit der Hölle zu beginnen, rasch hinzu –, »herrscht eine derart quälende Wiederholung ... kehrt nahezu alles, jedes Phänomen, jedes Ereignis, jedes Ding, so oft in fast der gleichen Gestalt wieder, daß der Eindruck von Ewigkeit entsteht. Dagegen ...«

Der Friseur schaltete die Haarschneidemaschine aus und ergriff einen Rasierpinsel. »Wenn Sie nichts dagegen haben«, murmelte er und tauchte den Pinsel in das Badewasser.

»Nein, nein, keineswegs.«

Der Friseur rührte mit dem Pinsel in der Rasierschale herum, als würde er Schlagsahne schlagen.

»Die Welt dagegen, die wir den Himmel nennen«, fuhr der Priester fort, »ist eine vollkommene Version unserer eigenen vertrauten Welt im Hier und Jetzt. Dort, im Jenseits, leuchtet unser Leben so kurz und intensiv auf, daß ebenfalls der Eindruck von Ewigkeit entsteht, nun aber von immerwährendem Glück ... von immerwährendem Entzücken ... Eine nahezu vollkommene Ewigkeit, verdichtet zu einem so gut wie unteilbaren Augenblick.«

Der Gefängnisfriseur hatte begonnen, Wults Schädel mit dem noch ungleichmäßigen Bürstenschnitt klatschend einzuseifen.

»Im Vergleich zu diesem nahezu unteilbaren, geballten Augenblick ist unser Leben hier und jetzt, so kurz es uns auch vorkommen mag, eine Hölle der Langatmigkeit. So sagen es jedenfalls die BÜCHER.«

Unter dem abgespreizten kleinen Finger des Friseurs schabte jetzt die Klinge eines Rasiermessers über Wults Schädel.

»Die Toten, Vater ... haben sie einen Körper wie wir ... wie ich ihn jetzt noch habe ... oder sind es nur Schemen? Geister, die ihre sterbliche Hülle abgestreift haben?«

Wult hatte sich halb umgedreht zu dem Priester, aber der Friseur, der seine Arbeit ordentlich machen wollte, rückte den Kopf mit leichtem Nachdruck wieder gerade und drückte ihm dann das Kinn auf die Brust, denn er mußte noch den Nacken ausrasieren.

»Die Toten – sowohl die, die in die Hölle fahren, als auch die, die in den Himmel eingehen – bleiben unter uns. Sie leben weiter, in ihrem eigenen Körper, aber in einer anderen Zeitebene. In einer anderen Etage, könnte man sagen. Sie führen dort ein körperliches Dasein, sind aber für uns, die wir zurückbleiben, mit den Sinnen nicht wahrnehmbar. Auch wenn es natürlich immer Leute gibt, die behaupten, mit ihren Toten Kontakt gehabt zu haben ...«

Der Friseur wischte mit einem Tuch die Seifenreste weg: Der Kopf war kahl. »Darf ich Sie kurz unterbrechen? Sie haben einen kräftigen Stoppelbart ... Es ist zwar keine Vorschrift, aber soll ich den nicht auch schnell abnehmen? Ich muß übrigens auch gleich an Ihren rechten Unterschenkel.«

»Ich habe mich noch nie rasiert. Bei mir wuchs der Bart erst spät. Aber warum nicht? Glattrasiert auf die Reise. Ja, gerne.«

Jetzt wurde Wults Kopf zurückgelegt. Durch den geschorenen Schädel wirkte der Bartwuchs stärker. Der Friseur stippte den noch seifengesättigten Pinsel in das Badewasser.

Noch einmal wollte Wult aus dem Mund eines Wissenden bestätigt haben, worauf es ihm bei der ganzen Sache ankam. »Vater, ist in der Hölle ... in dem, was Sie als Hölle beschrieben haben ... jede Tat wiederholbar?«

»Im Prinzip schon, mein Sohn. Genausooft wiederholbar, bis diese Tat ...« Hier zögerte der Mann Gottes wieder, als fände er es taktlos, ein negatives Bild von dem zu zeichnen, was doch so gut wie sicher Wults Bestimmungsort war.

»Ja, Vater?«

»...bis diese Tat einem, na ja, widerstrebt. Die BÜCHER haben ein Wort dafür, für diese quälende Wiederholung. Langeweile.«

»Langeweile...«

»Langeweile, ja.«

»Und das ist die Strafe für den, der die Hölle verdient?«

»Langeweile – bis der Ekel folgt. Bis man wünscht, man wäre tot.«

»Aber tot sein, sterben...« Wult konnte seinen Satz nicht gleich beenden, denn er mußte die Oberlippe für das Messer des Friseurs straff halten. Die Tür ging auf, und jemand vom Gefängnispersonal kam herein mit einem Schuhkarton unter dem einen Arm und über dem anderen einem Anzug in einer Plastikhülle, aus der der Haken eines Kleiderbügels ragte. Der Mann stellte den Karton auf die Sitzfläche eines Stuhls und legte die Kleider über die Lehne. Ängstlich vermeidend, den Unglücklichen in der Badewanne anzusehen, verließ er auf Zehenspitzen den Raum.

Wult, dem das Rasiermesser jetzt am Hals entlangstrich, fiel es immer noch schwer zu sprechen. »Sie haben selbst gesagt, daß die Bewohner dieser anderen Welt, der Hölle, genau wie wir einen Körper haben. Der Körper ist sterblich. Wenn Sterben zu den Taten gezählt werden kann, ist Sterben dort dann ebenfalls bis zum Überdruß wiederholbar?«

»So weit reicht das Wissen der BÜCHER nicht. Es ist auch nicht von Bedeutung angesichts dieses Eindrucks von Ewigkeit, von immerwährender Wiederholung, dem der Höllenfahrer, einmal dort angelangt, ausgesetzt ist. Er kommt sozusagen nie bis ans Ende seines Lebens.«

»Und die Liebe...«

Der Friseur, der mit dem Rasieren fertig war, bat Wult, das rechte Bein auf den Wannenrand zu legen.

»...der Liebesakt, ist der auch wiederholbar...«

»Sicher.«

»...bis zum Überdruß?«

Der Friseur begann, die Wade einzuseifen. Wult drehte sich zum Priester um.

»Ich fürchte, ja.« Plötzlich schien dem Priester, vielleicht durch die Heftigkeit, mit der die Frage gestellt worden war, ein Licht aufzugehen, und er fügte hinzu, wenngleich mit wenig Überzeugung in der Stimme: »Auch wenn es möglicherweise Ausnahmen gibt. Große Lieben, die gegen die tödliche Wiederholung gefeit sind...«

»Werden die Toten sich begegnen?«

»Die Toten im Himmel werden sich erkennen, und die Toten in der Hölle werden sich erkennen.«

Der Lichtfleck unter dem Fenster lag noch genauso da, hatte weder Lage noch Form sichtbar verändert. Die Außenwand hatte sich offenbar so aufgeheizt, daß die Luft flirrte und flimmerte, was die Pfütze Sonnenlicht auf dem Fliesenboden wiederum wie Wasser kräuseln ließ. »Um präzise zu sein«, sagte er sich, »wie Wasser, das von einer Libelle gestreift wird.«

Beim Betreten des Raumes, als es draußen noch genauso heiß gewesen sein mußte wie jetzt, war ihm nur dieser Lichtfleck aufgefallen, ohne die Kräuselung. War es möglich, daß die plötzlich aufkommende Angst vor der Hinrichtung ihn hellsichtig machte? Wult sah vom flüssigen Sonnenlicht zum Friseur, der mit ruhigen, langen Bewegungen die Haare von seiner Wade entfernte, wobei er das Messer immer wieder an einem Tuch abwischte. Im Badewasser schwammen Flocken von Rasierseife, übersät mit Bartstoppeln. Erst jetzt, in diesem Zustand der Hellsichtigkeit, ging ihm die bildliche Bedeutung auf: *Man hatte ihn ganz schön eingeseift und über den Löffel balbiert.*

Kam es durch die etwas müde Skepsis, die er in den Worten des Priesters gespürt hatte? Durch etwas Salbungsvolles und Verlogenes in seiner Stimme? Wult war ins Zweifeln geraten, und der Zweifel erzeugte Todesangst, die hellsichtig macht.

Merkten sie, daß sich in ihm etwas zu spannen begann? Nachdem der Friseur Wult unter gleichzeitigem Reichen der Handbrause gebeten hatte aufzustehen, kamen die beiden Bewacher mit einem großen Badetuch, das sie auseinandergefaltet zwischen sich hielten, auf ihn zu. Das heiße Wasser aus dem Duschkopf reizte seine geschorene Kopfhaut. Die letzten Haar- und Seifenreste glitten an ihm herunter. Der Friseur zog den Stöpsel aus der Wanne, wozu er den Ärmel seines weißen Kittels bis über den Ellbogen hinaufschob.

Wult wartete mit dem Aus-der-Wanne-Steigen, bis das Wasser ganz abgelaufen war, um sich noch die Schmutzringe von den Knöcheln spülen zu können. Es dauerte lange. Sie hatten ihn gebadet und rasiert, um dem Tod leichter Zutritt zu seinem Körper zu verschaffen, und als er nun hörte, mit welcher Kraft das Wasser sich röchelnd durch den mit Haaren verstopften Abfluß zwängte, war ihm, als würde seine Seele dort bereits weggespült. Hatten sie drüben im Frauengefängnis Gini auch kahlgeschoren? War es möglich, ohne Seele in jener anderen Welt den Faden der Liebe wiederaufzunehmen?

Die Bewacher wickelten ihn in das Badetuch ein, als wäre es eine Zwangsjacke. Er konnte sich nicht mehr bewegen, und sie vermittelten ihm das Gefühl, das sei auch nicht nötig, indem sie seine Körperteile ebenso unsanft wie ungeschickt trockenrieben und walkten. Nur die schwer zugänglichen Ecken und Winkel überließen sie zum Schluß ihm. Sie gingen sogar so weit, ihn auf die noch feuchten Stellen hinzuweisen.

»Das reicht. Ich geh ja nicht ins Theater.«

»Es ist nur zu Ihrem Besten. Je trockener die Haut, desto weniger Verbrennungen.«

»Zum Besten der Zeugen, meinen Sie wohl. Damit denen der Gestank nicht zu sehr in die Nase steigt.«

Die Bewacher sahen sich zufrieden an. Wults plötzlicher Zynismus galt ihnen als Zeichen, daß der Widerstand begonnen hatte. Ihr Weltbild stimmte wieder. Während der Friseur seine Sachen einpackte und der Priester geduldig an der Tür stehenblieb, halfen die Bewacher Wult beim Anziehen. In dem Karton, auf den Schuhen, lagen Wäsche und Socken einer teuren Marke. Auch der Anzug erwies sich als von bester Qualität und paßte wie angegossen, und jetzt war ihm klar, weshalb ein etwas nervöser kleiner Herr in der Todeszelle so genau Maß bei ihm genommen hatte. Sogar an eine Krawatte war gedacht. Wult hatte seine Ruhe jetzt endgültig verloren, und wegen seiner zitternden Hände mußte er einen der Bewacher bitten, ihm die Krawatte zu binden.

»Das macht bei mir immer meine Frau.«

Der andere, ein sehr junger Mann, hatte immer seine Vermieterin gebeten. Der Priester kam näher und nahm ihnen wortlos die Krawatte aus der Hand. Er benutzte seinen eigenen Hals, um sich, lose, den Schlips umzubinden.

»Bitte sehr.«

So gut war Wult noch nie ausstaffiert gewesen. »Kein Hut?« fragte er, als die Tür geöffnet wurde. »Ich werde mich erkälten in diesen zugigen Gängen.« Die unsichere Stimme strafte seine Forschheit Lügen.

Wult sah sich noch einmal nach der Pfütze flimmernden Sonnenlichts um, und mit einem Schlag war die Gewißheit da, daß es sich um einen endgültigen Abschied handelte. Einen Abschied für immer von dem Himmelskörper, der sein Leben und Lieben begleitet und ihm Lust auf mehr gemacht hatte. Er war davon überzeugt, daß es keine nächste Welt gab, in der er die Sonne wiedersehen würde. Die Sonne nicht und Gini ebensowenig.

Auf dem großen Tisch im Vorzimmer standen so viele Gerichte, daß es Wult wunderte, ihn nur für eine Person gedeckt zu sehen. Der Gefängnisdirektor persönlich zog den Stuhl zurück.

»Nehmen Sie Platz, Herr Wult.«

Mechanisch setzte er sich. Genau wie sie es ihn damals in der Schule gelehrt hatten, freilich ohne daß Essen auf den Tisch gekommen wäre, schob er sich die Serviette in den Kragen.

»Ich wünsche Ihnen guten Appetit.«

Wult blickte über die Tafel, wie er manchmal über eine Landschaft geblickt hatte. Der Korb mit den verschieden geformten Brötchen. Die bereits entkorkte Flasche Rotwein mit dem gestärkten Tuch um den Hals. Ein Klumpen Butter. Zusammengerollte Salatblätter, grün und rot, um die Zwiebelringe wie Serviettenringe gestreift waren. Ein Stück weiter ein Apfelkuchen, mit einem goldgelben Gitter verziert. Eine Schale mit Obst... Viele Gerichte kannte Wult nur vom Hörensagen, andere hatte er schon einmal aus der Ferne gesehen, auf dem Teller von Älteren. Hier und da lüpfte er den Deckel von einer Schüssel. Gebackene Kartoffeln in einer milchigen Soße... Ein gebratenes Kaninchen, mit Kopf und allem... dampfender Brokkoli. Auf diese Mahlzeit, ohne zu ahnen, daß es seine Henkersmahlzeit sein würde, hatte er diesen ganzen langen Vormittag seiner Jugend hingelebt, in dem Maße immer hungriger werdend, wie das Frühstück, das seine Mutter ihm mit ihrem Körper verabreicht hatte, an Sättigungskraft verlor. Und nun, da es soweit war, auf dem Höhepunkt des Tages, hatte er keinen Appetit mehr.

»Greifen Sie zu, Herr Wult. Ihre Zeit ist begrenzt.«

Er stach links und rechts mit seiner Gabel zu, nahm mit zugeschnürtem Magen einen Bissen, nur um zu kosten. Es schmeckte ihm nicht. Es widerstrebte ihm. Er hatte damit gerechnet, gestärkt, mit gefülltem Magen, die Reise zu Gini anzutreten. Nun blieb lediglich die Wahrnehmung von Nahrung, begraben in einem Körper, kurz bevor dieser selbst begraben wurde. Er machte sich auf den Weg in ein ungewisses Nichts, und dafür war kein Proviant nötig. Wult hatte sich geirrt, hatte sich ein Leben lang belügen lassen, und doch tat es ihm leid, ausgerechnet jetzt seinem Glauben abtrünnig geworden zu sein. Wenn er etwas länger an die Lüge hätte glauben können, hätte er den angrenzenden Raum erhobenen Hauptes betreten.

Nur um die Zeit in die Länge zu ziehen, würgte Wult noch ein paar Bissen hinunter. Das Kaninchen rührte er nicht an.

Im angrenzenden Raum klingelte ein Telefon. Der Direktor, der ihm väterlich lächelnd beim Essen zugeschaut hatte, entschuldigte sich. Er öffnete die Tür zu einem kleinen Zimmer, das unmöglich der Hinrichtungsraum sein konnte. Das Gespräch dauerte nur kurz. Als er zurückkehrte, war sein Gesicht ernst. Noch immer vermied er es, den Verurteilten direkt anzusehen.

»Man hat mich gebeten, Ihnen mitzuteilen, daß das Todesurteil an Fräulein Trades soeben im Frauengefängnis vollstreckt wurde.«

Wult legte die Gabel hin. Gini war verschwunden... und nicht in jene andere Welt, in der sie sich verabredet hatten. Nein, sie hatte sich aufgelöst. Sie existierte nicht mehr. Ihre Liebe, die sie doch wiederholen wollten, existierte jetzt nur noch in seiner Erinnerung, und auch die würde in kürze durch einen Stromstoß ausgelöscht werden.

Ob Gini sich bis zum Ende die Illusion ihrer Wiedervereinigung bewahrt hatte? Wult sah sie stolz lächelnd den Stuhl besteigen, überzeugt, sie schritte nur durch ein Tor. Liebe, tapfere Gini. Der Gedanke an das absolute Nichts war insofern ein Trost, als kein Bewußtsein ihr dort mehr vorhalten konnte, sie müßte sich betrogen fühlen.

»Wenn Sie noch einen Nachtisch wollen... Ihre Zeit ist gleich um.«

»Ich bin fertig.« Wult schob seinen Stuhl zurück und stand auf. »Ich stehe Ihnen zur Verfügung.«

Er mußte jetzt auch weg, so schnell wie möglich. Die paar Bissen, widerwillig gegessen, hatten eine leichte Übelkeit bei ihm ausgelöst. Er fühlte sich besudelt, wäre lieber nüchtern gestorben, nur mit der Erinnerung an die Muttermilch.

»Gut, dann gehen wir.«

Die beiden Wärter stellten sich links und rechts von Wult auf, bereit, ihn beim leisesten Widerstandsversuch an den Armen zu packen. Den Priester, mit dem er kein Wort mehr gewechselt hatte, spürte er dicht hinter sich. Der Direktor ging der Gruppe zu dem kleinen Zwischenraum voraus, in dem das Telefon hing. Er bot gerade soviel Platz für vier Personen in einer solchen Formation.

Hinter der nächsten Tür, wußte Wult, war der Henker im Begriff, sein Spielzeug zu überprüfen.

Sie waren kaum eingetreten, als das Telefon zu klingeln begann. Der Direktor nahm ab, lauschte kurz, sagte: »Wie Sie wünschen.« Dann wartete er, bis die Verbindung unterbrochen war, und wählte eine zweistellige Nummer.

»Hinrichtung bis auf weiteres verschoben.«

Die Wärter wußten offensichtlich, was das bedeutete. Sie nahmen den Verurteilten an den Armen, drehten ihn um hundertachtzig Grad und führten ihn mit sanftem Druck wieder in den Warteraum. Dort waren Angehörige des Gefängnispersonals dabei, den Tisch abzuräumen.

»Setzen Sie sich noch einen Augenblick.«

Wult benutzte den sinnlosen Zeitgewinn dazu, um Ginis auf die einzige Art und Weise zu gedenken, die ihm zu Gebote stand: Er rief sich ihre Liebe in allen Einzelheiten wach.

Wieder das Telefon.

»Aufschub aufgehoben.«

Während sie im Zwischenraum warteten, wurde nicht noch einmal telefoniert. Vielmehr wurde nach einiger Zeit im Hinrichtungsraum mit einem harten Gegenstand an die Tür geklopft. Ein dreimaliges Pochen, eher Schlagen, mit feierlichen Pausen dazwischen.

»Es ist soweit«, sagte der Direktor leise. Er öffnete die Tür, und da stand der Scharfrichter, einen in einen silbernen Fuchs- oder Wolfskopf auslaufenden Stab in der Hand, mit dem er offensichtlich geklopft hatte.

Es wunderte Wult schon nicht mehr, daß auch der Henker, gerade der Henker, es ausdrücklich vermied, ihn anzusehen. Sein Hofstaat abgewandter Blicke war damit komplett. Als er über die Schwelle und am Henker vorbei geführt wurde, roch er, daß der Mann getrunken hatte. Alkoholismus oder Selbstmord oder beides: Früher oder später wurde der Scharfrichter zum Märtyrer seiner Opfer. Wult sah ihn voll Sympathie an.

Der Hinrichtungsraum, mindestens fünf Meter hoch, war etwa acht mal zwölf Meter groß, wurde aber von schweren Vorhängen in zwei Teile geteilt, deren größerer acht Quadratmeter maß. In den Vorhängen, die über die ganze Breite des Raumes gingen und von der Decke bis zum Boden reichten, war, genau in der Mitte wie mit einer Schere, eine Öffnung von der Größe einer Doppeltür ausgespart. Dahinter, im kleineren der beiden Räume, standen fünf oder sechs Bänke hintereinander, wie in einer Kapelle. Nirgendwo Fenster in den hellgrün getünchten Wänden. Sein Abschied von der Sonne war nicht verfrüht gewesen. Es war kühl hier, fast schon kalt.

In der Mitte des großen Raums befand sich, mit Bolzen im Fliesenboden verankert, der Stuhl.

Auf ihn waren von verschiedenen Stellen der Decke, wo sie wie im Theater an Schienen hingen, so viele Spots gerichtet, daß er nicht den geringsten Schatten warf. Sogar die Gurte und

Schnallen bewirkten keinerlei Abstufung in Form eines kleinen Schattens. Hier herrschte absolutes Tageslicht, ohne die geringste Nuance. Das ließ den Stuhl bedrohlich wirken, zusammen mit seinen gewaltigen Ausmaßen, die nach ein paar Sitzpolstern schrien.

Und doch hatte das Möbelstück auch etwas Vertrauenserweckendes an sich, und das kam vor allem daher, weil es aus Holz war. Holz bot bekanntlich Schutz vor Elektrizität. Wer auf einem Brett stand, hatte die Chance, einen starken Stromstoß zu überleben. So hatten sie es ihn gelehrt.

Und dann diese Gurte und Schnallen ... Trotz ihres Formats, das durch die Ausmaße des Stuhls neutralisiert wurde, erinnerten sie an das Geschirr eines Kinderstuhls – eher ein Steg zum Leben als zum Tod.

Ein Füßescharren lenkte Wults Blicke von seinem Thron ab. Auf der anderen Seite des Vorhangs füllten sich die Bänke mit Zuschauern. Die offiziellen Zeugen. Eine ausgewählte Gruppe von Journalisten. Ärzte. Wult erkannte auch einige Familienangehörige, darunter seine Mutter. Ob auch Angehörige des Opfers anwesend waren, konnte er nicht sagen. Er sah aber zwei Männer eintreten, die, mit dünnen weißen Stöcken vor sich tastend, auf die hinterste Bank zuschlurften: möglicherweise Vertreter des Blindenverbands, die mit ihrem Geruchssinn Zeuge sein wollten, wenn der Mord an einem wehrlosen Verbandsmitglied geahndet wurde.

Erst als die Bewacher ihn, noch immer mit sanftem, fast zärtlichen Druck, zum Stuhl führen wollten, entwickelte Wult die Symptome, die allgemein einem Verurteilten auf dem Weg zum Schafott zugeschrieben werden. Als fühle er sich im Scheinwerferlicht vor den Augen der Welt gezwungen, diese Szene aufzuführen.

»Ich habe es getan ... ja, ich habe es getan ... aber es ist ein Mißverständnis. Ein religiöses Mißverständnis. Eine Sache der

Metaphysik ... falsch ausgelegt. Meine Jugend ... meine Erziehung ...«

Er kam sich selbst fremd vor, so. Er erkannte seine eigene Stimme nicht. Er verspürte keine Angst, und doch bemerkte er ein heftiges Zittern. Sein Atem, für ihn seit jeher ein völlig natürliches Phänomen, über das er nie hatte nachdenken müssen, bohrte sich nun auf einmal schmerzhaft in seine Brust und zwängte sich ebenso schmerzhaft durch Nase und Kehle wieder hinaus, in unregelmäßigen Stößen. Dazu kamen laute Schluckgeräusche.

Und mit diesem stoßweisen Atem, der seine Stimme brechen ließ, wiederholte er immer wieder, daß es ein »religiöses Mißverständnis« sei, »eine Sache der Metaphysik ...«

Wult hatte sich in den Tod gefügt, auch jetzt, wo sein Glaube an eine andere Welt dahin war, und dennoch leistete sein Körper – ohne Zutun seines Willens – theatralischen Widerstand, so daß die Bewacher alle Finger um seine Arme schrauben mußten. Sie schleiften ihn zum Stuhl, äußerlich ein Mann in Todesnot, innerlich voller Erstaunen über das Versagen seiner stoischen Haltung.

Die Todesangst, die zweifelsohne irgendwo lauerte, bewirkte, daß alles, was er wahrnahm, jedes Detail, ob akustisch oder visuell, schmerzlich scharf über seine nutzlos gewordenen Sinne zu ihm drang. Zum Beispiel:

Der Henker stellte seinen Stab in eine Ecke. Es war, sah er jetzt, tatsächlich ein Wolfskopf.

Seine Mutter, ganz grau geworden, trug ein dunkelblaues Kleid mit weißem Lackgürtel.

Der Hebel in der Glaskabine des Henkers, an der rückwärtigen Wand befestigt, ähnelte einer großen Stimmgabel.

Die Bewacher zogen ihn in den Stuhl. Seine Beine stolperten rückwärts mit.

»... ein Mißverständnis ... metaphysischer Schwindel ...«

Seine Stimme hatte nun einen weinerlichen Ton angenommen. Er saß zappelnd auf dem Stuhl wie ein zorniges Kind. Schnallen schlugen scheppernd gegen das Holz. Die Männer waren stark. Sie banden, jeder auf einer Seite, die Arme des Verurteilten mit einem Lederriemen an der Lehne fest. Um die Taille bekam Wult eine Art Sicherheitsgurt, wie in einem Flugzeug, und auch um seine Brust und die Oberarme wurde ein Gurt fest angezogen. Den Lederriemen, der stramm um seine Stirn lag, glaubte er leicht abstreifen zu können – aber dazu hätte er tiefer rutschen müssen, und das war unmöglich.

Sein geschorener Schädel wurde mit einer kalten Salbe eingeschmiert, und er bekam einen (ebenso kalten) Metallhelm aufgesetzt. Und plötzlich – das hatte er in seiner hellen Welt selten erlebt – wurde es stockdunkel um ihn: Sie hatten ihm die Kapuze übers Gesicht gezogen.

Mit dem Festschnallen der Beine hatten die Wärter mehr Probleme, denn seine Füße führten eine Art ekstatischen Trappeltanz auf. Die Zuschauer kamen voll auf ihre Kosten. Nachdem die Lederriemen um seine Knöchel festgeschnallt waren, wurde das rechte Hosenbein bis übers Knie hochgekrempelt.

Nackter als nackt saß er da: verschleiert, maskiert, behelmt, gut gekleidet, den Stuhl wie einen etwas merkwürdigen steifen Mantel um die Schultern – und dazu dieser entblößte Unterschenkel, der um so nackter wirkte, als ein großer Teil der Wade rasiert war.

Die Wadenmuskeln wanden sich wie Schlangen in einem Sack.

Wult hörte, wie ein Wärter vor seinem Thron niederkniete, und das wirkte, zusammen mit dem Salben seiner Wade, wie in einem Märchen. »*Majestät* ...« Dann aber wurde ihm bewußt, oder besser gesagt, seiner Angst wurde bewußt, daß die Salbe eine Art Klebstoff sein mußte, dazu bestimmt, die Elektroden zu befestigen. Instinktiv spannte Wult in Erwartung der Berührung mit der Metallplatte alle Muskeln an. Er fühlte in der Tat etwas Kaltes an seinem Bein, aber das kam von dem nassen Schwamm, der offenbar auf der Platte klebte.

Nun war niemand mehr in seiner Nähe. Alle schwiegen. Wult hörte nicht einmal mehr einen Atemzug... Und doch, weil seine Sinne sich so weit geöffnet hatten, nicht aus Gier, sondern aus Angst, und wahrnehmen mußten, auch wenn nichts zu hören oder zu sehen war, bemerkte er den Gefängnisdirektor, der dastand wie ein Dirigent zwischen dem Stimmen der Instrumente und dem Beginn des Konzerts. Den Kopf geneigt, die Arme ausgebreitet. Nun hob er Kopf und Arme, den Blick voll auf den Verurteilten gerichtet, der ihn jetzt nicht mehr mit seinen Augen lähmen konnte, und – der Henker schlug die Stimmgabel an die Wand.

Genau wie beim vorigen Mal waren der Schlag von unten gegen die Sitzfläche und der Ruck beim Starten so stark, daß er einen Moment lang das Bewußtsein verlor. So mußte es diesem Teufelchen zumute sein, wenn die Schachtel aufging und die Sprungfeder ihn in die Höhe schnellen ließ.

Im nächsten Moment schon wieder bei Bewußtsein, schoß er mit hoher Geschwindigkeit auf seinem Sitz durch wirbelnde Wolkenmassen. In seiner Nase (aber wie war das möglich, er trug doch eine Sauerstoffmaske) der Gestank von verbranntem Haar und angesengtem Fleisch. Sein Kamerad mußte noch in der brennenden Maschine sitzen. Es war wirklich eine paradoxe Situation in so einem doppelt bemannten Düsenjäger: Wer vorn saß und die Gefahr nahen sah, konnte seinen Schleudersitz erst betätigen, wenn der Mann hinter ihm weg war...

Er hatte sich übergeben, merkte er erst jetzt. Das mußte in diesem einen unkontrollierten Moment nach dem Schlag passiert sein... Jetzt müßte er, wie sie ihm während der Ausbildung eingebleut hatten, seine Sauerstoffmaske auslecken, sonst würde der Schlauch verstopfen.

Merkwürdig, jetzt auf einmal, beim Dahinjagen durch die wirbelnden Wolken, eine Geschwindigkeit zu spüren, die im Flugzeug nicht wahrnehmbar gewesen war. Lang dauerte diese Empfindung nicht, denn ein neuerlicher Ruck bremste seine Fahrt und bewirkte, daß die Gurte des Sitzes in seine Arme schnitten. Der Fallschirm hatte sich geöffnet. Für einen Moment hatte Wult das Gefühl, in der Luft stillzusitzen, gleichsam wie auf einer Wolke, aber dann wurde er vom Fallschirm seitlich fortgerissen.

Der Sitz ...! Warum hing das Ding noch immer an ihm? Er zerrte an den Gurten, so lange, bis dieser alberne Stuhl ohne Beine unter ihm wegglitt und in völliger Ruhe, sich langsam um sich selbst drehend, seinen eigenen Weg durch die Wolken nahm. Wult zog sich die verschmierte Sauerstoffmaske vom Gesicht.

Und dann, mit einemmal, während er langsam der Erde entgegenschwebte, hatte er eine Empfindung größtmöglichen Wohlbehagens, nicht nur in Kopf und Brust, nein, auch im Unterleib. Es glich dem Wohlbehagen eines Menschen, der sich voller Hingabe erleichtert hatte. Ja, das tat gut ... so war es gut.

Den scharfen Geruch von versengtem Haar und Fleisch war er zwar nicht losgeworden, doch der störte ihn nicht mehr. Er schien nur zu einem geringen Teil der Schwerkraft unterworfen zu sein und zum restlichen Teil dem Luftwiderstand. Ganz allmählich schien die Schwerkraft zu siegen, doch ohne Zwang, ohne Aufdringlichkeit, und eher als eine Kraft war es ein Lokken.

»Komm nur. Hierher ...«

Die Bewölkung hörte auf, und dort, genau unter ihm, lag die Stadt. Er sah nach oben. Das Wolkenfeld, das ihm wie ein undurchdringlicher Urwald vorgekommen war, schrumpfte zu etwas Harmlosem mit dünnem Goldrand zusammen. Eine Wolke, ein Wölkchen, nur dazu bestimmt, das tiefe Blau des Himmels hervorzuheben.

Die Stadt mit ihren hohen, spitzen Gebäuden lag wie ein unregelmäßiges Nagelbett bereit, seinen Fall aufzufangen. Die Sonne stand im Zenit und drang bis in die Tiefen der schnurgeraden Täler und Flußläufe, die die Stadt rasterartig durchzogen. Das fast völlige Fehlen von Schatten hätte die Steilheit, Tiefe, Stachligkeit nur noch beängstigender gemacht, wenn der Fallschirmspringer nicht dieses Gefühl des Friedens und Gleichmuts gehabt hätte. Er wußte genau, daß er sicher landen würde.

Weiter nach rechts, zur Südspitze der Insel hin, wurde die Bebauung immer höher und spitzer, und nicht anders war es bei dem Gebiet zu seiner Linken, wo die Stadt in Richtung des großen Parks hin anstieg. Es war, als würde er in einen abgenutzten Besen sehen, der außen noch Haare und in der Mitte nur abgefressene Stummel besaß.

Etwas Kaltes berührte seine Brust, aber er fuhr nicht zusammen und bekam auch keine Gänsehaut. Das kalte Ding bewegte sich hüpfend über seinen Oberkörper. Ein Frosch, eine Kröte, wie bei einem der Streiche, mit denen ihn seine Freunde früher manchmal geneckt hatten?

Wult schlug die Augen auf. Ein Arzt fuhr unter dem aufgeknöpften Oberhemd mit einem Stethoskop über seine Brust. Seine Miene war gleichgültig-gelangweilt. Er nahm die Bügel des Instruments aus den Ohren, klemmte sie sich um den Hals und stand auf. Er nickte einem Bewacher, an den Wult sich nicht erinnern konnte, fast unmerklich zu, woraufhin dieser sich zur Tür umdrehte.

Wult saß noch immer auf dem Holzstuhl, aber die Gurte

waren losgeschnallt. Von Elektroden keine Spur mehr. Vor seinen Füßen breitete sich auf den Fliesen eine bizarre Pfütze aus, deren einer Ausläufer, den Fugen folgend, in zitterndem Zickzackkurs einer Frau entgegenkroch, die gerade einen Schrubber in einen Eimer mit Seifenlauge tauchte. An seiner Hose waren Schritt und rechtes Bein bis zu dem hochgekrempelten Teil direkt oberhalb des Knies warm und durchnäßt.

Den Gefängnisdirektor sah er nirgends mehr, ebensowenig die Wärter, die ihn hierher gebracht hatten. Die Glaskabine des Scharfrichters war leer; die Gabel zeigte mit dem Griff nach oben.

Die Putzfrau hatte mit dem Schrubber einen triefenden Putzlumpen aus dem Eimer gefischt und klatschte den in die Urinpfütze. Sie brummelte vor sich hin, mißmutig, eben wie Putzfrauen, die ewig anderer Leute Dreck aufwischen müssen. Beschämt beugte Wult sich vor, um sein rechtes Hosenbein hinunterzukrempeln, und wurde sich dabei erst bewußt, wie gerädert er war. Er war kaputt. An seiner Wade, die heftig brannte, waren verkohlte Reste des Schwamms klebengeblieben.

»Hoch mit den Flossen«, herrschte, ganz nah jetzt, das Weibsbild ihn mit einer hohen, blechernen Stimme an, die nicht zu ihrem plumpen Körper paßte. »Ich hab heut schließlich auch noch was anderes zu tun.«

Wult zog mühsam die Beine hoch. Die Putzfrau fuhr mit Schrubber und Putzlumpen unter dem Stuhl durch. Während er so dasaß, die Arme um die Knie geschlungen, um keinen Krampf zu bekommen, und noch immer zu abgestumpft, um sich zu fragen, was eigentlich passiert sei, merkte er, daß er sich noch auf andere Weise beschmutzt hatte. Die Putzfrau zog laut und vernehmlich die Nase hoch. Sie wrang mit roten Händen den Lumpen über dem Eimer aus und legte ihn dann ausgebreitet vor dem Stuhl auf den Boden.

»Füße wieder runter. Besten Dank für die Mithilfe. Und jetzt würde ich mir, wenn's recht ist, gern noch den Stuhl vornehmen.«

Wult blieb sitzen, verstört. Die Frau hatte die Hände in die Seiten gestemmt.

»He«, sagte der Wärter, auch nicht viel freundlicher, »wollen Sie den ganzen Tag da sitzen bleiben? Wir machen hier zu, hören Sie. Wird Zeit, daß Sie Leine ziehen.«

Wult begriff nicht. Er hatte zwar schon einmal von mehreren Fehlversuchen gehört, als jemand in einem anderen Teil des Landes durch den Strang hingerichtet werden sollte, was schließlich zur Begnadigung geführt hatte ... Aber im Falle der Hinrichtung durch den elektrischen Stuhl waren ihm aus den Berichten viele Fälle bekannt, bei denen Verurteilte die vorschriftsmäßige Anzahl von Stromstößen überlebt hatten, dann aber eben Stöße von noch höherer Voltzahl verabreicht bekamen, so lange, bis alles Leben erloschen war.

Er stand mit schmerzenden Gliedern auf. Sein Kopf brannte. Das nasse Hosenbein scheuerte an den Brandwunden seiner Wade. Schwankend, steifbeinig, ging er auf die Tür zu, die der Arzt soeben hinter sich geschlossen hatte. Durch diese Tür, erinnerte er sich, hatten sie ihn hereingebracht, um hier zu sterben.

»He, Mann, so geht das nicht. Hier lang ...«

Der Bewacher nahm Wult am Ellbogen und führte ihn unter dem Vorhang hindurch quer durch den Raum für die Zeugen zu einer Tür ganz hinten. Die Bänke waren leer. Wo war seine Mutter geblieben? Hatte sie es nicht bis zum Ende mitansehen können? (Er wollte den Wärter fragen, aber seine Zunge war wie gelähmt.) Zweifellos befand sie sich in der Annahme, ihr Sohn sei tot, und hier ging er, »mehr tot als lebendig«, aber doch lebendig.

Die Tür führte in eine schlecht beleuchtete Halle mit zwei Fahrstühlen. Über dem rechten Lift stand BESUCHER, über dem linken PERSONAL. Der Wärter drückte auf den Knopf des Personallifts, dessen Türen sich sofort öffneten.

»Ich bringe Sie schnell runter.«

Im Fahrstuhl gab der Mann Wult seine Sachen zurück, darunter seine Brieftasche. Dutzende von Stockwerken tiefer öffnete er den Personalausgang für ihn.

»Hier schräg über den Innenhof, und dann sehen Sie schon selbst. Das Tor ist zu, aber nicht abgeschlossen. Und ... äh ... kümmern Sie sich um diese Brandflecke. Am Kopf auch. Das kann sonst noch ekelhaft wehtun.«

Wult, der sich bei dem Mann hatte bedanken wollen (ihn vielleicht auch ausfragen), brachte noch immer kein Wort heraus. Der Wärter schien dies nicht merkwürdig zu finden. Er zog die eiserne Tür hinter sich zu, wonach nur noch das Geräusch des Schlüssels im Schloß zu hören war.

Auf dem Innenhof, wo offensichtlich regelmäßig Waren ein- oder ausgeladen wurden, standen mehrere Sackkarren, die durch einen Lacksplitter hier und da ihre ursprüngliche Farbe verrieten. Die hohen Mülltonnen stanken wie die Abfallcontainer eines Krankenhauses. Eine Mischung aus Essensresten und Chemie ... An drei hohen Mauern führten Feuerleitern nach unten, die etwa zwei Meter über dem Boden endeten. Sie verbanden sich für den, der in dem Luftschacht nach oben sah, zu einem so schwindelerregenden Gebilde, daß es Wult um ein Haar wieder übel wurde.

Das Tor, aus Eisen, war tatsächlich offen. Wult stand auf der Straße. Es war eine stille, unscheinbare Nebenstraße, ziemlich breit, die zwischen den hohen Gebäuden aber zwangsläufig schmal wirkte. Auf beiden Seiten parkten Autos. Die meisten sahen im vollen Sonnenlicht stumpf und staubig aus. Hier und da hatten Kinderfinger flüchtige Hieroglyphen in die Schmutzschicht gemalt, aber im Augenblick war in der ganzen Straße kein Kind zu sehen. Nirgendwo Leben.

Die Sonne mußte fast im Zenit stehen. Noch nie hatte Wult so wenig Schatten zu Füßen der Gebäude gesehen. Was auch als »Spiel von Licht und Schatten« bezeichnet wurde, war im Grunde ein sich äußerst langsam und auf äußerst vorhersehbare Weise entwickelndes Spiel, bei dem ein und dieselbe Partei stets eine Haarbreite Territorium dazugewann, und zwar so, daß in der ersten Hälfte von Wults Leben die Sonne auf der Siegerseite war, und er nun, während der restlichen ihm zugemessenen Zeit, Zeuge sein konnte, wie die Stadt mit immer längeren Schatten genauso langsam die Oberhand über das Sonnenlicht gewinnen würde.

Die Straße mündete in eine breite Avenue mit Geschäften und Bars und Hotels und mit Verkehrsampeln, die über die Fahrbahn hingen. Keine Menschen. In der Ferne, an einer Kreuzung, war eine Polizeisperre, zumindest konnte Wult am Blau der Hemden sehen, daß dort annähernd zwanzig Polizisten den Verkehr stoppten. Er sah ein Gewühl gelber Taxis. Mehrere kleine Lastwagen durften passieren. Durch das aufblitzende Sonnenlicht wußte er, daß es Glastransporter waren.

Zwischen der Kreuzung, an der Wult stand, und der Polizeisperre wurden an vielen Stellen neue Schaufensterscheiben eingesetzt. Auch da hatte die Sonne reichlich Gelegenheit, an den spiegelnden Glasscheiben wahre Lichtexplosionen auszulösen.

In dem Teil der Avenue rechts von der Kreuzung, der wegen des Einbahnverkehrs keine Absperrung erforderte, waren Männer mit Mützen und grauen Kitteln dabei, Glasscherben zusammenzufegen. Nicht nur die Besen, auch die Schaufeln hatten lange Stiele, so daß sie sich nicht zu bücken brauchten. Die Schaufeln wurden in einen großen Container ausgeleert, den man mitten auf die Straße gestellt hatte. Auch fuhr, auf unsichtbaren Rädern, ein äußerst wendiges Wägelchen herum, das die Scherben, dem Geräusch nach zu urteilen, vom Asphalt und vom Bürgersteig aufsaugte. Bei dem Glas im Rinnstein war das schwieriger, und dort vor allem wurde mit der Hand gekehrt.

Auf der anderen Seite kamen aus der Nebenstraße zwei kurzbehoste Mädchen auf Rollschuhen in die Avenue geschwenkt. Das Glas knirschte unter den Plastikrädern. Die meisten Arbeiter hörten einen Moment mit Kehren auf, um die üblichen Bemerkungen loszulassen.

»Da laufen mir ja Schauer über den Rücken... von dem Geräusch, meine ich.«

»He, Süße, die Dinger darfst du bei mir gern als Sporen benutzen.«

»Räder unter dem Po, wäre das nicht besser?«

»Eigentlich müßten sie in verschiedene Richtungen fahren, der linke und der rechte Fuß, meine ich.«

Bei den meisten Geschäften waren die Schaufenster zertrümmert. Bei manchen staken nur noch ein paar lange, messerförmige Scherben in den Rahmen; bei anderen glänzte in der Mitte des Fensters ein großer vielzackiger Stern oder, besser gesagt, das Negativ eines solchen Sterns. Viele Auslagen waren leer. Hier und da lagen noch Kleidungsstücke darin, mit Glassplittern übersät, so daß man sich an Theaterkostüme mit aufgestickten Talmijuwelen erinnert fühlte.

»Was ist da passiert?« fragte Wult einen Mann, der, auf die Stiele seines Besens und seiner Schaufel wie auf zwei Skistöcke gestützt, den Rollschuhläuferinnen nachsah.

Der Mann blickte ihn spöttisch an. »Was passiert ist, fragt der... Du mußt vielleicht besoffen gewesen sein. Voll wie eine Haubitze, dem Geruch nach zu urteilen. Mann, du stinkst vielleicht. Und da vorn... sieh dir das mal an. Hier gehörst du nicht hin. Du hast dich verlaufen, Mann. Mach, daß du zurückkommst zu deinesgleichen.«

Wult nahm sich vor, so bald wie möglich etwas gegen seinen beschämenden Zustand zu tun. »Gut, ich geb's ja zu. Aber was ist hier passiert? Das ganze Glas ...«

»Du weißt ja echt gar nichts, Mann. In der halben Stadt ist der Strom ausgefallen, das ist passiert. Und dann wurde natürlich geplündert. Aber der Herr hat nichts gemerkt. Nein, gar nichts.«

»Geplündert ... Was hat das mit dem Stromausfall zu tun?«

»Ach, Mann, zieh Leine. Du stinkst drei Meilen gegen den Wind. Als ob wir nicht schon genug Müll hätten, hier auf der Straße.«

Der Mann kehrte ihm den Rücken zu. Wult überquerte die Kreuzung, unter seinen Füßen knirschte Glas. Er spürte, wie der Urin, der sein Hosenbein durchnäßt hatte, beißend in die Brandwunde drang.

»He, Glatzkopf!« rief ein Straßenkehrer ihm nach. Und ein anderer: »Toupet verloren?«

Was der eine mit dem Plündern nach dem Stromausfall gemeint hatte, verstand er nicht. Es gab ja kaum Schatten ... Wie konnten Plünderer sich mit ihrer Beute ungesehen aus dem Staube machen? Dann dämmerte ihm aber allmählich, so schwer ihm das Denken auch fiel, daß der Stromausfall etwas mit dem Umstand zu tun haben mußte, daß er jetzt als freier Mann durch die Stadt lief. Nach dem ersten, schweren Stoß, den er überlebt hatte, war der Strom ausgefallen. Ein zweiter oder dritter Stromstoß war nicht zu erwarten, und so mußten sie ihn wohl laufenlassen ... So mußte es gewesen sein.

Ein freier Mann ... Er empfand keinen Triumph, keine Freude. Als Gini auf den Stuhl gesetzt worden war, funktionierte alles noch einwandfrei. Nicht nur, daß er ihr nicht in eine andere Welt hatte folgen können, er teilte jetzt nicht einmal ihr Schicksal ... ihr sinnloses Schicksal ...

Ein Trost war nur der Gedanke an ihr Kind, das er jetzt ...

Nein! Es war Pflegeeltern anvertraut, und es zu besuchen, würde ihm mit größter Wahrscheinlichkeit verboten sein.

Plötzlich blieb er stehen, eine Hand vor den Augen, wie um sich so besser auf seine Gedanken konzentrieren zu können. So ein Gefängnis, mit einem Hinrichtungsraum ... hatte das nicht genau wie manche Krankenhäuser einen eigenen Generator zur Stromerzeugung? Er begann wieder zu zweifeln.

Er bog in eine Seitenstraße der Seitenstraße. Dort waren viele Häuser abgerissen. Vor den Lücken standen Bauzäune, in denen hier und da Bretter fehlten. Hinter einem solch lückenhaften Bretterzaun entdeckte Wult eine Baugrube, in der sich klares Grundwasser gesammelt hatte. Leitern und Stege führten dort hinunter. Wult verspürte große Lust, sich da zu waschen, aber der Gedanke, er müsse seine schmutzige Hose danach doch wieder anziehen, hielt ihn davon ab.

Ein Stück weiter in derselben Straße sah er durch einen Spalt in einer Umzäunung ein brachliegendes, grasbewachsenes Gelände. Dort lagen verschiedene Kleidungsstücke in der Sonne zum Trocknen, mit weit ausgebreiteten Beinen und Ärmeln. So sehr diese Kleider, wie sie da lagen, auch an Menschen erinnerten – es war niemand zu sehen. Ein roter Kater schlich an einer Reihe grauweißer Unterhosen entlang, schnupperte hier und da, fand aber nichts nach seinem Geschmack.

Wult zwängte sich durch die Öffnung. Er suchte sich Jeans, ein blaukariertes Hemd und eine Unterhose aus, rollte die Kleidungsstücke zusammen und eilte zur Baugrube zurück. Dort hockte er sich ans Wasser und säuberte sich, wobei er sich in einem fort nach möglichen Zuschauern umsah. Die Jeans waren ihm zu weit, das Hemd (wahrscheinlich gehörte es einem Jungen) zu eng. Daher ließ er die Kleider, in denen er auf dem Stuhl gesessen hatte, nicht liegen, sondern klemmte sie sich in einem Bündel unter den Arm.

Wieder auf der Straße, fragte er einen Fußgänger nach dem

nächsten Krankenhaus. Der Mann schwitzte stark, blickte sich, wahrscheinlich nach einem schattigen Fleck suchend, um, fand aber keinen.

»Ich würde fast sagen, ich gehe mit. Diese Hitze... nicht auszuhalten. Sie haben Glück. Es ist hier in der Nähe. Zwei Ecken weiter. Nein, drei. Ich glaube, ich kann nicht mehr richtig denken.«

»Das sieht aber bös aus. Wie kommen Sie um Himmels willen zu Brandwunden, die so weit voneinander entfernt sind wie Ihr Kopf und die Wade?«

»Ich bin durch einen brennenden Reifen gesprungen.«

»Sie brauchen es nicht zu sagen.«

Die Schwester reinigte und verband die Wunden.

»Ich habe etwas Wismutnitrat auf den Verband getan. Die Salbe, die ich Ihnen mitgebe, ist für später, wenn die Stellen zu heilen anfangen.«

Sie gab ihm sogar eine steril in Plastik verpackte Mütze, um den Kopf zusätzlich vor der Sonne zu schützen. »Halten Sie sich die nächste Zeit möglichst viel im Schatten auf.«

Die Schwester war hilfreich und lieb, eine reife junge Frau, und Benny Wult ertappte sich bei dem Gedanken, ob sie ihr Liebesleben wohl schon hinter sich habe.

»Sich möglichst viel im Schatten aufhalten«, das war leicht gesagt in dieser Zeit. Und bei wem könnte er wohl noch anklopfen, um sich im Haus verkriechen zu dürfen?

Wult war geraume Zeit im Verbandsraum gewesen. Draußen schien sich die Ordnung der Dinge auf beunruhigende Weise verändert zu haben, wenngleich er nicht sofort sagen konnte, wie. Nein, nicht die Gebäude, gerade nicht die Gebäude, denn daran schien die Arbeit seit seiner Entlassung aus dem Gefängnis äußerst langsam voranzuschreiten, wenn nicht gar ganz zu ruhen. Möglicherweise verzerrten die Stromstöße, die er noch im Kopf schwirren spürte und die genausogut sein Gehirn beschädigt haben konnten, sein Wahrnehmungsvermögen ...

Nachdem er sich von der Treppe des Krankenhauses aus genau umgeschaut hatte, glaubte er zu wissen, was es war. In dieser Straße lag zwar nicht viel, aber doch eindeutig mehr Schatten als anderswo. Wie war das möglich? Wie konnten die Schatten hier zehn Zentimeter dicker, breiter sein als in den anderen Straßen, durch die er auf dem Weg zum Krankenhaus gekommen war? Und ... warum fiel ihm dies jetzt erst auf? War es nicht schon so gewesen, als er hier ankam?

Die Sonne stand bereits sehr lange fast senkrecht über der Stadt, und das würde noch lange so bleiben, und die Menschen würden eher sich selbst alt werden als die Sonne ihren Standort verändern sehen. So war es. Wult setzte sich auf eine Stufe der Marmortreppe, die zum Haupteingang des Krankenhauses hinaufführte, und blickte auf die Schattenlinie der gegenüberliegenden Straßenseite, die mit ihren unregelmäßigen Vorsprüngen im Durchschnitt einen halben Meter vor der Häuserflucht lag. Durch dieses forcierte Starren in der glühenden Sonne meinte er nach einiger Zeit den Schatten wachsen zu sehen. Es war, wie wenn man auf eine schwarze Öllache schaut, die sich äußerst zähflüssig und träge zum Rand des Bürgersteigs vorschiebt.

Wult war sich jetzt sicher, sofern er sich in seiner derzeitigen geistigen Verfassung überhaupt einer Sache sicher sein konnte: Die Stromstöße mußten etwas in seinem Gehirn angerichtet haben. Die Unbeweglichkeit, die ihm seit frühester Jugend vertraut war, war in trügerische Bewegung geraten.

Den Menschen, die die Treppe hinauf- und hinuntergingen, schien nichts Besonderes aufzufallen. Es war nur bei ihm so. Es lag an seinem Kopf. Es war ein Wahn.

Er konnte es auch beweisen. Wenn es ihm gelänge, genügend Mut zu sammeln, um in die Sonne zu blicken, und die würde dann noch da stehen, wo sie immer stand, dann... Wult wandte sich nach Süden. Eine Hand über den Augen, ließ er seinen Blick wie entlang einer Meßlatte an dem Wolkenkratzer emporwandern, der schräg gegenüber dem Krankenhaus stand. Kam es durch die harte, blendende Konfrontation, durch die Flecken, die in seine Augen drangen oder sie verließen, daß er die Sonne tiefer stehen zu sehen glaubte und weiter rechts? Er bekam Angst.

Hinter sich hörte er ein klackendes Geräusch. Er sah sich um. Ein Mann auf Krücken mit einer Zigarre im Mund kam mühsam, keuchend, die Treppe herunter. Unter seinen Achseln waren nasse Flecken im Hemd. Das mußte eine Krankheit sein, dieses Schwitzen.

»Sehen Sie das? Die Sonne...« Wult deutete nach oben. »Die Sonne bewegt sich. Die Schatten...«

»Was du nicht sagst, du Philosoph«, knurrte der Mann, während er kein Auge von den gefährlichen Stufen unter sich wandte. »Klar bewegt sich das Ding. Hat es jemals was anderes getan? Nur sollte man sich das nicht anschauen, so mit dem bloßen Auge.«

»... die Schatten werden auch länger.«

»Das will ich ihnen auch geraten haben, ein Stück länger zu werden. Dann haben wir heute nachmittag vielleicht ein bißchen Schutz.« Der Mann blieb zwei Stufen über Wult stehen und nahm die Zigarre aus dem Mund, wobei die Krücke mit einem Metallgriff an seinem Oberarm hängenblieb. »So ein Pflaster ist natürlich nicht groß genug für den ganzen Kopf. Setz lieber die Mütze auf, bevor du einen Sonnenstich mit Philosophie verwechselst.«

Er klemmte sich die Zigarre wieder zwischen die Zähne und humpelte weiter hinunter zum Bürgersteig. Ohne sich umzudrehen, sagte er noch: »Jetzt werde ich dir Philosophen mal was erzählen. Das Ding da oben bewegt sich nicht. Es muß die

Erde sein, deren Bewegung du spürst. Passiert öfter, wenn einem schwindlig wird. Das Krankenhaus ist gleich hinter dir.«

Während ihres Gesprächs hatte sich der Schatten auf der gegenüberliegenden Straßenseite wieder ein Stückchen vorgeschoben, nicht viel, aber doch wahrnehmbar. Kein Mensch schien sich darum zu kümmern, kein Mensch, daß der Tag auf einmal so schnell verging. Oder existierte diese Beschleunigung immer noch ausschließlich in seinem Kopf?

Im Laufe des Mittags von Wults Leben neigte sich die Sonne weiterhin mit der gleichen beunruhigenden Geschwindigkeit der Erde zu. Das Ganze glich so sehr einem Sturz, einer selbstgewählten Zerstörung, daß es Benny sogar wunderte, die Sonne weiter ihre Bahn ziehen, anstatt senkrecht hinabfallen zu sehen.

Das Leben der Menschen ging beschleunigt dem Ende zu, doch niemand schien in Eile zu sein. Im Gegenteil: Sie kamen Benny jetzt noch träger und langsamer vor, die Menschen, vor Wärme verschlafen blinzelnd wie träge Katzen. Häufig gähnend – als wäre der Tod etwas, nach dem man gierig, ohne Schrei, den Mund aufsperrt. Er selbst schien in der ganzen Stadt der einzige zu sein, der in Panik herumrannte und nicht den immer größer werdenden Schatten aufsuchte. In der glühenden Sonne ging er weiter, als könne sie ihn vor dem näherrückenden Abend bewahren. Und worunter er sein Leben lang noch nie zu leiden hatte – er begann heftig zu schwitzen.

Immer wieder betrat Wult eine Bar oder ein Lokal und ging dann gleich zu den Toiletten, um in einem Spiegel sein rasch alterndes Gesicht zu betrachten. Es brachte ihm keine Gewißheit. Hatte das Entfernen des Kopfhaars seine Züge nicht schärfer gemacht, die Falten tiefer?

Außerdem bestellte Benny, um sich Haltung zu geben, in jedem Etablissement etwas zu trinken, wobei er vergaß, daß sein Magen noch immer leer war. Konnte es sein, daß der Alkohol seine Augen tiefer in die Höhlen drückte und die Lider zu einem Ausdruck der Müdigkeit faltete, oder machte sich doch das Alter bemerkbar? Wie dem auch sein mochte, das Tageslicht veränderte sich rasch. Bald würde es Abend sein.

An der Bar eines Luxushotels, in dem man Wults Eintreten argwöhnisch verfolgt hatte, stand eine feine Dame mittleren Alters und beklagte sich über »eklige Viecher in der Luft«.

»... gräßliche Insekten. Als ob sie zu schwer und zu schwach zum Fliegen sind. Sie fliegen einfach gegen einen. Wenn man nach ihnen schlägt, fallen sie sofort auf den Boden. Sie lassen sich leicht totschlagen. Aber wenn man sie totschlägt, diese Viecher, wird einem ganz anders, sie sind so schwabbelig. Wie Schnodder...«

Der Barkeeper in weißem Jackett mit roter Fliege versuchte, während er ein zusammengedrehtes Tuch zwischen den Händen herumschwingen ließ, mit schnappenden Lippen auf den Namen dieses Insekts zu kommen. »Jedenfalls«, sagte er schließlich, »sind sie so um Johanni in der Luft. Sie leben nur kurze Zeit.«

»Aber ich bitte dich, Maurice... jetzt haben wir doch noch nicht Johanni.« Die Dame spritzte sich aus einem metallicblauen Siphon etwas Sodawasser in ihren Whisky.

»Na ja, mal kommen sie früher und mal später. Manchmal auch genau zu Johanni... He, Baseballer, du hast dich wohl verirrt? Hier ist dein Ball nicht.« Letzteres galt dem Neuankömmling, der seine weiße Mütze trug.

»Der Herr hat Durst, Maurice. Siehst du das nicht? Er ist ganz erhitzt. Gib dem Herrn etwas zu trinken, auf meine Rechnung...«

»Was wollen Sie trinken auf Frau Rorqual?«

»Hm, wenn es nicht zu unbescheiden ist... bitte einen Whisky mit etwas Soda.«

»Hast du gehört, Maurice?« Die Dame musterte Benny schamlos von Kopf bis Fuß, von den Füßen bis zur Taille, von der Taille bis zum Kopf, und von Bennys Kopf sank ihr Blick wieder bis zu seiner Taille. Benny fragte sich, ob sie zu Beginn des Nachmittags vielleicht noch eine schöne, junge Frau gewesen war.

»Wissen Sie, junger Mann, was das da draußen für eklige Viecher sind?«

Benny waren keine Insekten aufgefallen.

»Sie stechen nicht, sie kribbeln. Aber am gräßlichsten juckt es einen, wenn man sie nur anschaut. Und zum Schluß sehen sie glibberig aus. Wie Gelatine. Fast flüssig. Sie glänzen in der Sonne wie schwarze Lackfäden. Ihre Flügel sind zu nichts mehr nütze. Mit letzter Kraft, glauben Sie mir, haben sie sich über meinen Terrassentisch geschleppt. Manchmal klebten zwei oder drei von ihnen zusammen. Sie fielen um, lagen in den letzten Zuckungen... Diese dünnen, zappelnden Beine, mein Gott! Wie ich sagte, es juckt einen schon, wenn man nur hinschaut. Überall. Ein ekliges Gefühl. Vom Tischrand fallen sie einfach so auf den Boden...«

»Junger Mann« hatte sie gesagt. Wie konnte sie ihn so verspotten? Sie näherte sich doch genauso schnell ihrem Ende?

Benny ging nicht noch einmal in die Toilette, um sich im Spiegel zu betrachten.

Draußen waren die Schatten der Gebäude auf der einen Straßenseite dabei, an denen der anderen Seite hinaufzuklettern – Formen, die nicht ganz aufeinanderpaßten. Ein lange vergessenes Bild aus seiner Jugend, als er auf dem Weg zur Schule gewesen war, nur bei einem anderen Licht, denn die Sonne hing nun wie eine rotkupferne Scheibe am Ende einer Nebenstraße. Man konnte längere Zeit hinschauen. Sie besaß nicht mehr die Kraft, einen mit Blindheit zu schlagen. Nur ein vor den Augen tanzender Fleck, kupfergrün, erinnerte flüchtig an ihre frühere Macht.

Benny folgte der breiten Avenue zum zentral gelegenen Park. In jeder der aufeinanderfolgenden Seitenstraßen zur Linken stand die Sonne, tief und wieder ein klein wenig röter und etwas erloschener. Die Menschen bewegten sich bereits weniger langsam und träge die Geschäftsstraße entlang, die jetzt mit Ausnahme der Kreuzungen ganz im Schatten lag – als seien sie erleichtert, daß der Tag zu Ende ging und sie nichts mehr zu erhoffen brauchten. Sie würden sterben, die Menschen, noch bevor es ganz dunkel war, oder spätabends oder erst tief in der Nacht, doch bis auf einen Neugeborenen hier und da – die Sonne würden sie nicht mehr zu Gesicht bekommen.

Auch Benny Wult würde sterben, doch was machte das schon? Hätten Gini und er sich nicht auf ihr Abenteuer eingelassen, so wären sie ebenfalls am Ende dieses Tages gestorben, alle beide, ohne die Chance, den Liebesakt zu wiederholen.

Voller Vertrauen auf eine andere Welt hatte Gini sich auf den Stuhl gesetzt. Sie war nirgends angekommen. Nirgends. Das große Nichts hatte sie aufgenommen, und dort erklang kein Bedauern, kein Vorwurf, keine Klage. Es mußte verdammt still sein dort.

Er selbst hatte noch gerade vor Besteigen des Stuhls von dem großen Nichts erfahren, das ihn erwartete, und ausgerechnet er überlebte diese Besteigung. Doch offenbar hatte er sich in der Zeit vor der Hinrichtung so auf die ersehnte Welt der Wiederholung konzentriert, auf diese Welt, in der ein Tag endlos dem anderen folgte, daß er jetzt, mit einem von den Stromstößen schwer geschädigten Kopf, die Empfindung hatte, das, was ihm von dem ihm zugemessenen Tag noch blieb, würde beschleunigt herunterbrennen. Es mußte etwas mit Relativität zu tun haben ... So starb Benny Wult nur wenig langsamer, als wenn die Stromstärke auf dem Stuhl ausreichend gewesen wäre. Er konnte nicht einmal sagen, »um so besser, so hole ich Gini schneller ein«, denn Gini wartete nirgends auf ihn.

Halb betrunken, schwindlig vor Hunger, wankte Benny in den Park. Ab und an überholten ihn Geher in Sportkleidung. Da der Park, seit er am Morgen gestutzt worden war (was am Nachmittag wohl noch ein paarmal geschehen sein dürfte), so ganz anders aussah, fiel es ihm schwer, die Bank wiederzufinden. Als Benny schließlich vor ihr stand und sie trotz der neuen Farbschicht wiedererkannte, mußte er lange warten, bis sich ein alter Mann in dickem Mantel an seinem Spazierstock hochgestemmt hatte und sich schlurfend auf den langen Weg in die Stadt machte, die er vielleicht nicht mehr erreichen würde.

Als Benny sich hinsetzte, sah er sie auch, die netzflügligen Insekten mit ihren glänzenden Ameisenleibern. Fliegen konnten sie schon lange nicht mehr. Sie krochen, manchmal in Grüppchen, über die Sitzfläche der Parkbank, quälend langsam. Fiel eines vor lauter Schlaffheit um, dann zappelten die Beine nicht wie bei einer Fliege, die auf dem Rücken liegt, nein, sie rollten sich kraftlos ein, ohne sich wieder zu strecken. Wer das sah, fühlte, wie ihm eine unendliche Müdigkeit in Muskeln und Gelenke und Knochen kroch.

Zu dritt, zu viert fielen sie durch den Spalt zwischen den Latten auf den Asphaltweg.

Ein Läufer stützte die Hände gegen einen Baum und stemmte, stemmte, tief vorgebeugt, keuchend. Hinter den Wolkenkratzern im Westen des Parks sah Benny die Sonne untergehen. Es war Abend. Er hatte schon zu lange gelebt.

Der Liebesüberschuß

Woher nahmen sie die Kraft und Energie, diese Fliegen, um so laut, so aufgeregt zu pfeifen? In den letzten Zügen, kaum mehr imstande, sich ein paar Millimeter weiterzuschleppen, und dann so ein Lärm...!

Es war ein Geräusch, das er seit seiner Kleinkinderzeit, am frühen Morgen, nicht mehr so schrill gehört hatte. Irgendwie hing dieses höllische Geschrei mit dem Fortgehen seines Großvaters zusammen, im Halbdunkel noch. Nie wiedergesehen, den Mann. Er lag in einem Massengrab am Meer.

Wie konnten solch dünne Insektenkörper, die obendrein so erschlafft waren, einen derartigen Lärm erzeugen? Von dem Gekreisch bekam er Kopfschmerzen. Über lange Zeiten seines Lebens hinweg hatte er überhaupt keine Fliegen, oder welche Insekten dies auch waren, pfeifen hören. Die Hitze des späten Vormittags schnürte ihnen die Kehle zu (oder wo saß bei großen Fliegen das Stimmorgan?). Ja, vereinzelt war manchmal eine kleine Fliege zu hören gewesen, die in einem Käfig, nicht größer als ein Tee-Ei, am offenen Fenster sang, da es ja ihr ganzes Leben lang Sommer bleiben würde...

Und was das Ärgerlichste war: Mit ihrem Geschrei hatten sie Gini vertrieben. Wie lange wartete er nun schon auf ihre Rückkehr? Sie kam nicht zurück. Das wilde Durcheinander-Lärmen Dutzender von Insekten schien immer lauter zu werden. Wenn man lange genug lauschte, unterschied man allmählich verschiedene Stimmen, eine höher als die andere, keine einzige angenehm. Einen häßlicheren Schwanengesang konnte man sich nicht vorstellen.

Benny öffnete die Augen. Er lag auf der Holzbank. In den Büschen ringsum, in den Baumkronen über seinem Kopf, machten die Vögel Radau. Er erinnerte sich nicht an den Zeitpunkt, an dem er sich hingelegt hatte. Ob es seitdem viel später geworden war? Die Sonne, so sah er zwischen den Bäumen, stand noch genauso tief und genauso rot zwischen den Gebäuden am Rande des Parks. Nachdem er sich hier ausgestreckt hatte, war sie also nicht mehr wahrnehmbar gewandert. Diese wilde Jagd schien beendet zu sein, dieser Todesritt des Tages auf dem Weg zur Nacht. Gott sei Dank. Der Himmel war in seinen normalen, reglosen Zustand zurückgekehrt. Die Elektrizität deformierte sein Gehirn nicht länger. Es würde, auch für ihn, noch lange Abend bleiben, und die ganze Zeit würde die Luft vom ausgelassenen Lärmen der Vögel erfüllt sein, das ihm wie die Musik einer zweiten Jugend in den Ohren klang.

Er war Gini begegnet...!

Benny schwang die Beine von der Bank und setzte sich auf, die Ellbogen auf die Knie, den Kopf in die Hände gestützt. Während alles in der vertrauten Geschwindigkeit weiterging, hatte er sich von der Welt abgesondert, mit geschlossenen Augen, um Gini zu sehen. Aus finsterer Tiefe, in der schwarze Schleier hingen – nein, Netze waren es, feinmaschige Netze –, aus dunklen Wassern war sie zu ihm aufgestiegen, mit einem Körper aus Silber. Sie stieg (und es schien, als tanzte sie) zwischen den Netzen hindurch, die wie schmutzige Wäsche dahingen. Geschickt wich Gini ihnen aus und erreichte, ohne sich in ihnen zu verfangen, die Wasseroberfläche. Ihre bleichen Lippen, so sah es aus, küßten den Himmel, der schwer auf dem Wasser lastete. Der Teich schien von einer zähen Haut überzogen, unter der sich ihre Lippen bewegten, Worte formten, ohne daß ein Laut aus dem Wasser drang. Benny beugte sich vor, um sie herauszuziehen, nur zu küssen, wenn mehr nicht möglich war... Er mußte den Fisch verjagt haben, denn nachdem die konzentrischen Kreise verschwunden waren, waren nur noch die zerrissenen Netze zu sehen, die in der Tiefe träge wogten.

Als er wieder aufschaute, sah er die Sonne nicht mehr. Benny saß auf genau demselben Platz, auf den er sich, als der alte Mann aufstand, hingesetzt hatte, um den Sonnenuntergang zu beobachten. Alle Schatten, so fiel ihm jetzt auf, zeigten nach Westen, auch sein eigener. Aber was hieß zeigen? Jeder längliche Gegenstand hatte zwei Enden. Ein Schatten saß, wie ein menschlicher Arm, an einer Seite des Körpers fest; die andere, freie Seite »zeigte«, wie eine Hand mit dem Finger. Schatten zeigten mit dem festsitzenden Ende zur Lichtquelle.

Die Sonne stand im Osten.

Benny blickte auf den Boden zwischen seinen Füßen. Sich bewußt zu machen, daß die Sonne so schnell auf der Nachthälfte der Erde zur anderen Seite gewandert sein mußte, ließ ihn schwindlig werden, fast bis zum Erbrechen. Vorsichtig drehte er sich um. Optische Täuschung, oder war die Scheibe tatsächlich weniger rot, das heißt greller geworden, seit er die Augen geöffnet hatte? Man konnte schon fast nicht mehr hinschauen. Und daß sie zu wandern schien, nicht wie vor so kurzem noch nach unten, auf den westlichen Horizont zu, sondern nach oben, zu den Dächern der Gebäude – war das eine Sinnestäuschung, wie eine Münze, die, zwischen Daumen und Zeigefinger beider Hände manipuliert, dehnbar scheint? Litt er noch immer an den Stromstößen, die Löcher in sein Gehirn gebrannt hatten?

Jedenfalls gehörten diese Eindrücke nicht mehr zu der Vision, deren Projektionen er auf der Innenseite seiner Lider wahrgenommen hatte. Seine Augen waren jetzt offen und in sie strömte Licht, Morgenlicht, Licht eines neuen Tages ... Die Vögel krakeelten. Er konnte sich heimgekehrt fühlen in das Paradies seiner frühesten Jugend. Er hatte den Kreis geschlossen – doch was hier tobte, war wohl, er mußte noch einen Ausdruck dafür finden, der nächste Morgen. Der Morgen einer neuen Generation.

Er, Benny Wult, lebte nun bereits länger als vierundzwanzig Stunden. So lange hatte seines Wissens noch niemand gelebt. War dies das Alter? Er fühlte sich nicht alt. Gerädert noch immer vom Sitzen auf diesem unbequemen Stuhl, abgestumpft, aber alt, nein. Er blickte prüfend auf seine Handrücken. Noch genauso straff und gebräunt, die Haut, ohne eine Spur der Pigmentflecken, die ihn als kleinen Jungen bei alten Männern immer so fasziniert hatten. (»Ihre Arme sind alte Schlangen«, hatte er sich einmal überlegt. »Wenn sie die Hand öffnen, schießt eine gespaltene Zunge hervor.« Nicht von ungefähr wußte seine Mutter von einem uralten, gut und gern zwanzig Stunden alten Mann zu erzählen: »Er trägt den Tod in der Handfläche.«)

Wult griff sich ans Gesicht. Keine Spur von schlaffer, runzliger Haut. Der Stoppelbart, für den er ein halbes Menschenleben gebraucht hatte und der ihm vom Gefängnisfriseur abrasiert worden war, begann wieder zu sprießen, genauso übrigens wie die Haare auf seinem Kopf, und das waren doch Tatsachen, die darauf hindeuteten, daß er mindestens ein halbes Menschenleben weiter war. Daß das schmerzhafte Gefühl in seinen Brandwunden nach all der Zeit kaum nachgelassen hatte, gab ihm wieder zu denken.

Ein neuer Tag... Sie hatten ihn in dem friedlichen, beruhigenden Bewußtsein aufwachsen lassen, daß er keinen anderen Tag erleben würde als den, an dem er geboren war. Im Lichte eines neuen Tages sterben zu müssen – dieser Gedanke machte ihn, nach der anfänglichen Überraschung, so niedergeschlagen, daß er buchstäblich aus dem Park floh, um unter Menschen, unter Schicksalsgenossen zu sein. Den Weg in die Stadt wiederzufinden fiel ihm weniger schwer als diesem Greis vorhin... nein, am Abend zuvor.

Am Abend zuvor! Er war, wurde ihm klar, fast solange in einer Welt des Schlafs und der Träume gewesen, wie er, alles zusammengenommen, gelebt hatte. Wie mußte sich die Stadt verändert haben...

Mit den Veränderungen war es nicht so weit her. Auf den ersten Blick schien sich sogar erschreckend wenig verändert zu haben. Nichts Gravierendes jedenfalls, außer daß die Schatten der Gebäude nicht mehr an der östlichen Fassadenreihe der breiten Avenue emporkletterten, sondern sich auf der Westseite langsam hinuntergleiten ließen. Hatte die Stadt einen neuen, fortschrittlichen Magistrat, dessen großes Anliegen die Erhaltung des alten Stadtbilds war? (Der Magistrat, den Wult in seiner Jugend erlebt hatte, war konservativ, aber äußerst progressiv, wenn es ums Abreißen ging.) Nur hier und da, ganz hinten in einer Seitenstraße, stand das asymmetrische Kreuz eines Krans als Hinweis auf eine Baugrube. Kein Kran war in Betrieb. Überhaupt war in der Stadt kaum etwas los. Von Hysterie über das außergewöhnliche Wunder des Sonnenaufgangs, das höchstens einmal pro Menschenleben eintreten konnte, war nichts zu spüren. Sein Großvater hatte den neugeborenen Enkel, seinen ganzen Stolz (wie Bennys Mutter versicherte), dafür zurückgelassen, ohne viel Aussicht, das Kind noch aufwachsen zu sehen. Jetzt, wo die Sonne ein weiteres Mal aufgegangen war, liefen die wenigen Menschen, die die Straßen bevölkerten, gelangweilt oder verdrießlich herum – die meisten mit dicken Augen, doch das mochte daran liegen, daß sie heute, in aller Frühe schon, so lange auf den östlichen Horizont gestarrt hatten.

Wult streifte kreuz und quer durch die Stadt, von Ost nach West, von West nach Ost, und gelangte so, nach Veränderungen an Straßen, Plätzen, am Wasser suchend, langsam nach Süden... Stark verändert fand er nur die Orte, an denen er seit seiner Jugend nicht mehr gewesen war. Sein Geburtshaus konnte er trotz aller Bemühungen nicht wiederfinden: Die ganze Straße schien verschwunden mitsamt den gußeisernen Treppen und Bäumen und allem. Eine neue Adresse hatte seine Mutter ihm nie geschickt.

In der Lage der Schule mußte er sich geirrt haben. Anstelle des alten Gebäudes, das er von innen und außen so gut kennengelernt hatte, traf er ein vom Stil her viel älteres Bauwerk an, das ebenfalls als Schule diente, aber unmöglich die seine sein konnte. Kleine Kinder, immer noch mit den gleichen Ranzen auf dem Rücken (und darin zweifellos dem Apfel, der einen so unangenehm zwischen den Schulterblättern drücken konnte), wurden von ihren Müttern bis ans Tor gebracht, doch da spielten sich weniger schmerzliche Szenen ab als die, an die er sich von früher erinnerte. Er, Benny Wult, hatte Tränen in den Augen bei diesem Abschied, der ein Abschied für immer gewesen war von der wunderbaren Innigkeit zwischen Mutter und Kind; die Mütter dagegen drehten sich höchstens noch einmal nach ihren Kindern um, abwesend lächelnd, selten winkend.

Das Studentenheim, in dem Gini gewohnt hatte, suchte er nicht. Es lag nahe dem Park, und von dem bewegte er sich ja schon die ganze Zeit fort. Im Angesicht der Fassade, hinter der sich der glücklichste Teil seines Lebens abgespielt hatte, wäre er noch im nachhinein gestorben, vor Scham.

Dagegen kam er, nicht absichtlich, sondern durch Zufall, an der Bar vorbei, in der er Gini nicht nur kennengelernt hatte, sondern in gewisser Weise auch Abschied von ihr genommen hatte. Sie lag jetzt auf der Schattenseite der Straße und hieß nicht mehr *Zur Sonnenseite*, sondern *Zum Elefanten*, wahrscheinlich seit einem umfassenden Umbau, der, sah man sich die vergammelten Holzteile an, wohl nicht der letzte gewesen sein dürfte. Die Bar war geschlossen.

Er begriff schließlich, ohne einen besonderen Anlaß. Seine Gedanken, die sich die ganze Zeit ruhelos wie eine Katze auf der Suche nach dem richtigen Platz im Kreise gedreht hatten, waren zur Ruhe gekommen.

Als Benny Wult nach seinen Streifzügen, wobei er sich von Straße zu Straße immer weniger darüber wunderte, daß er nicht schon längst tot umgefallen war, die Südspitze der Insel erreichte, kam es ihm nicht merkwürdig vor, dort zusammen mit der Sonne anzulangen. Der Vormittag war nach diesem Stadtbummel zu Ende, die Sonne stand im Zenit und würde nun mit der Geschwindigkeit, an die Benny sich noch gewöhnen mußte, nach Westen schwenken und zu sinken beginnen, ohne die Menschen in Panik zu versetzen (im Gegenteil, bei dieser Hitze sehnten sie sich nach dem Abend). Nach einer Nacht, zu kurz, um zum Melancholiker zu werden, würde die Sonne wieder im Osten erscheinen, um sich auf ihre schnelle Himmelsbahn zu begeben.

Diese Erkenntnis überkam ihn mit einer derartigen Ruhe, daß er sich mehr über diese Ruhe wunderte als über das, was die neue Einsicht ihm bot. Es kam ihm jetzt völlig selbstverständlich vor, daß die Priester seiner Jugend die Wahrheit gesagt hatten. Er, Benny Wult, hatte auch nie an ihren Worten gezweifelt. Durch irgendeine metaphysische Falltür war er in eine andere Welt gelangt. Eine Welt, die äußerlich der bisherigen glich, in der aber alles schnell, in nahezu endloser Wiederholung (und damit doch wieder langsam) verlief.

Und mit der gleichen Ruhe wollte er sich der Trübsal einer Welt hingeben, in der die Menschen den Priestern zufolge von allem Schönen abgeschnitten waren, als die nächste Erkenntnis seine Ruhe wieder zunichte machte: Wenn er in der Welt der Wiederholung war, dann mußte er durch den Stuhl hierher gekommen sein ... und dann war auch Gini hier.

In viel ausgeprägterem Maße als dort, wo er herkam, war dies eine Welt der Schatten.

In der Stadt, über die täglich die Sonne jagte, schrumpften morgens die Schatten; sie schrumpften, indem sie sich drehten, während die Gebäude, für die sie standen, immer gleichblieben, aufrecht und stolz in der Sonne. Gegen Ende des Sommermorgens rollten sie zusammen, die Schatten, wie die schwarzen Eselsohren brennenden Papiers, und die Hitze ließ die Luft ringsum flimmern.

Für ganz kurze Zeit, um die Mittagsstunde, hielten sich die Schatten verborgen – vor der extremen Hitze, so schien es –, als wären sie wie ein Teppich hereingeholt, um im Laufe des Nachmittags wieder ausgerollt oder ausgebreitet zu werden, und verliehen den Gebäuden, die der Sonne die Stirn boten, indem sie sich zusammen mit anderen Schatten wie eine Handvoll Spielkarten auffächerten, immer mehr Macht.

Aufdringlicher als daheim waren die Schatten hier. Morgens noch am wenigsten, denn jeder Morgen erinnerte ihn an die allmählich heller und wärmer werdende Welt, die er so gut gekannt hatte. Aber die Nachmittage, mit ihren sich aggressiv vorschiebenden Pflugscharen von Schatten, flößten ihm nach wie vor Angst ein, ebenso wie die Abende und Nächte, die ganz aus Schatten bestanden.

»Sind Sie es nun oder sind Sie es nicht?«

Einen Moment lang glaubte Benny, der Mann, der in der Halle an einer Säule lehnte, meinte ihn. Aber wer könnte ihn hier schon kennen? Für einen Augenblick verlangsamte er seinen Schritt auf dem glatten Boden, fast wie von selbst. Der Mann sah an ihm vorbei, und Benny ging weiter in Richtung Ausgang.

»Ja, Sie da, mit den quietschenden Turnschuhen ... kennen wir uns nicht?«

Tatsächlich trug Wult Turnschuhe, die auf dem spiegelnden Boden quietschten, aber nicht – wie es so schön hieß –, weil »sie noch nicht bezahlt waren«, denn er hatte sie gestohlen. Benny ging ein paar Schritte weiter und drehte sich dann erst um. Der Unbekannte wandte ihm nun das Gesicht ganz zu, sah ihn aber irgendwie doch nicht richtig an.

»Na?« Der Mann, das Gesicht bleich, stieß sich von der Säule ab und machte einen kleinen Schritt in Wults Richtung. Er tastete mit der Hand in seiner Umgebung, wie um Halt zu suchen. Nicht weit von der Säule stand ein großer, mit Sand gefüllter Ascher, in dessen unteren Teil Schirme gestellt werden konnten. Seine Finger sanken auf den feinen, grauweißen Sand herab und verschwanden bis zum zweiten Knöchel darin, ohne daß der Mann erschrak. Im Gegenteil, er wühlte, rührte darin herum, so daß Kippen, Streichhölzer, gezuckert aussehende Kaugummis, ein Wegwerffeuerzeug, die beiden Hälften einer zerbrochenen Zigarre, eine Schnalle an die Oberfläche kamen.

»Sie hier?« Benny sagte es fast gelangweilt, ohne sich anstrengen zu müssen, es etwa aus Angst vor Gesichtsverlust gelangweilt klingen zu lassen.

»Wie Sie sehen.«

»Ich hatte Sie nicht gleich erkannt, so ohne Brille.«

»Ich wußte nicht, daß Sie eine Brille tragen. Waren es nicht Linsen? Ach nein, das war ...«

»Ihre Brille.«

»Die ist in dem Haus am Kai geblieben. War es nicht ein Lagerhaus? Mein Stock übrigens auch.«

»Das tut mir leid.«

»Schon gut.«

»Wie haben Sie mich bloß erkannt? Diese Schuhe habe ich erst seit gestern.«

»Wer erkennt seinen Mörder nicht am Schritt? Ach, wissen Sie, niemand geht auf die selbe Weise. Ihren Gang würde ich aus Tausenden herauskennen. Selbst hier, in diesem Sumpf der Imitation und Gleichmacherei.«

»Daß ich Sie hier treffe... Hatten Sie als unschuldiges Opfer nicht einen Platz auf der anderen Seite der Welt verdient?«

»Würde man erwarten. Aber die Entscheidung fiel anders aus, wie Sie sehen.«

»Aus den Zeitungen, die mir mein Anwalt in die Zelle brachte, erinnere ich mich, daß soviel Aufhebens um Ihr Staatsbegräbnis gemacht wurde. Verbrecher werden für gewöhnlich nicht...«

»Ach, was hat Gott schon von Beerdigungen mit militärischen Ehren, oder wie lief das ab... ich war nicht dabei... Ja, was hat Gott davon? Sehen Sie mal, guter Mann. Meine eigene Tochter hat mich nie anders als blind gekannt, und besonders schön kann das für sie nicht gewesen sein. Und trotzdem war sie immer sehr geduldig mit mir. Weshalb das gute Kind schließlich selbst mit einem Blinden als Verlobtem ankam, werde ich wohl nie mehr erfahren. Eine Geste der Demut mir gegenüber? Wollte sie ihren Vater nicht vor den Kopf stoßen mit einem Liebsten, der mehr Qualitäten besaß als er? Rätsel. Fest steht, daß ich so einen Schwiegersohn weit unter meiner Würde fand. Jedesmal, wenn er zu Besuch kam, bat ich meine Tochter, ihm bis zur Haustür entgegenzugehen und unbedingt unter seinen Schuhen nachzusehen, ob ›nicht etwas von der Straße hängengeblieben‹ sei. Ich rief das laut, damit er es draußen hören konnte. ›Du weißt, wie Blinde sind. Die riechen einen Pferdeapfel erst, wenn sie hineingetreten sind. Ich weiß, wovon ich rede.‹ Auf dem Flur hob sie seine Füße hoch, wie ein Hufschmied die Hufe eines Pferdes hebt: mit dem Rücken zum Hintern, und dann den Unterschenkel nach oben gewinkelt. Sie kam immer heulend ins Zimmer zurück, so erniedrigend fand sie das. – Und sehen Sie, solche Dinge sind Gott nicht wohlgefällig, und deshalb finden Sie mich an diesem Ort.«

In seinen toten Augen glomm kein Spott, aber nach kurzem Schweigen lachte er hämisch auf, kurz und scharf. »Ich werde Ihnen die Wahrheit sagen. Und wenn ich Ihnen die Wahrheit sage, dann deshalb, weil ich mir dieses Vergnügen nicht verkneifen will. Sagen Sie mir aber erst, wie Sie hierher gekommen sind, so schnell nach mir? Ich nehme an...«

Wult zog sein Hosenbein hoch und zeigte auf die heilende Wunde an seiner Wade.

»Ich riech's schon«, sagte der Blinde. »Der Stuhl. Hab ich mir gedacht. Man hat Sie zum Tode verurteilt wegen Mordes an einem ehemaligen Diplomaten. Richtig?«

»Richtig.«

»Und dieses nette, wohlduftende Frauchen hat man sicher...«

»Auch hingerichtet.«

»Wundert mich. Na schön, darüber können wir noch ein andermal reden. Hier haben wir ja mehr Zeit als genug.«

Offensichtlich hatten die Beamten des Einwohnermeldeamts jetzt Mittagspause. Sie trieben das Publikum, das gerade noch abgefertigt worden war oder die Schalter bereits geschlossen vorgefunden hatte, mehr oder weniger vor sich her ins Freie, und das ergab ein großes Durcheinander in der Halle. Der Blinde mußte fast schreien, um sich verständlich zu machen.

»...diplomatische Posten fungierte als Deckmantel für ganz andere...«

Ein Mann kam mit glimmendem Zigarettenstummel in der Hand auf den Ascher zu. Der Blinde hatte es bereits gerochen und zog die Finger aus dem Sand, woraufhin er sich die Hände abklopfte. Der Mann zog noch schnell ein paarmal an dem Stummel, bevor er ihn ausdrückte.

»...nie ans Licht gekommen. Was ist das für ein Gefühl, möchte ich Sie fast fragen, wegen Mordes an jemandem verurteilt worden zu sein, der, was Ihre Richter nicht wußten, eine

Gefahr für den Staat war. Der Feind. Sie sind selber der Feind, und Sie haben denen einen großen Dienst damit erwiesen, mich wie einen Hund abzustechen. Sie werden es nie erfahren. So spielt die Ironie des Schicksals, nicht wahr? Ich wußte, daß es so laufen würde. Mir wurde das im letzten Augenblick klar. Es machte den Tod leichter. Zumindest erträglicher. Denn ich wußte auch, daß ich, selbst wenn meine Landsleute keine Ahnung hatten, der Strafe des höchsten Richters nicht entrinnen würde. Egal, welche Seite ihn betreibt, Landesverrat gilt vor Gott als Todsünde. Und das ist der Grund, weshalb ich mich hier zu Tode langweile. Na ja, Tod im übertragenen Sinn natürlich. – Diese Brandsalbe riecht aber stark.«

»Wie ging es Ihnen, als Sie hier ankamen?«

»Miserabel. So eine Fleischwunde ist für einen, der nun mal hier gelandet ist, zwar nicht schlimmer als für einen, der eine vergleichbare Wunde gerade noch überlebt hat, aber immerhin ernst genug. Dauert lange, bis man wieder auf dem Damm ist. Außerdem hatte ich am Morgen nach meiner Ankunft hier einen gräßlichen Kater.«

»Einen Kater?«

»Ja, etwas, womit ich hier inzwischen bestens vertraut bin. Der ›Morgen nach dem Fest‹ sagt man auch dazu. Nicht nur die Übelkeit vom Alkohol, wie sie bei uns jemand hin und wieder kennenlernt, sondern dazu noch Kopfschmerzen, schmerzende Glieder, kalte Schauer, allgemeines Elend. Und dann spreche ich noch nicht von harmlosen kleinen Dingen am Rand unseres Blickfeldes, die sich in plötzlich davonflitzendes Ungeziefer verwandeln können ... Ja, ja, so kann man sich durch die Möglichkeit, seinen Rausch endlos zu wiederholen, selbst eine höchstpersönliche Hölle bereiten. Denn die Möglichkeit der Wiederholung wird schon bald zum Zwang zur Wiederholung, und gibt es die Möglichkeit einmal nicht, so bleibt der Zwang gleichwohl. Da muß man sich auf alles gefaßt machen. Vor allem nachts. Das hier ist eine bescheiden eingerichtete Hölle. Man kann sie nach eigenen Wünschen und Bedürfnissen weiter ausstatten. Der eine sucht sich das Delirium aus, der nächste eine andere, eiskalte Hölle der Entzugserscheinungen. Sein Leben lang mit dem Kopf gegen die Wand zu hämmern ist auch eine Form von Wiederholungszwang. Übrigens, was halten Sie von der Liebe? Von all diesen verschiedenen, endlos zu wiederholenden und variierenden Möglichkeiten sinnlichen Genusses? Ein Dichter hat es mit dem Trinken von Salzwasser verglichen: ein Durst, der sich beim Löschen selbst erzeugt, immer heftiger, bis es einen anwidert. Für mich eine suggestive Aussage durch den Geruch von faulem Fisch, den das Meer hat, nachdem man von weitem erst mal den erfrischenden Salzgeruch geschnuppert hat. – Sie wollten mir noch erzählen, was aus diesem netten Frauchen geworden ist, das ich vor einer schweren Verstümmelung durch den Ventilator bewahrt habe...«

»Der Stuhl. Sagte ich doch bereits.«

»Ja, ja. Ist es das eine nicht, dann ist es das andere. Aber eigentlich wollte ich fragen, ob Sie sich hier schon getroffen haben. In der Welt des Tages und der Nacht, will ich mal sagen.«

»Seit meiner Ankunft habe ich jeden Tag von morgens bis abends nach ihr gesucht. Sie ist unauffindbar.«

»Wo gesucht?«

»An allen möglichen Stellen. Wo wir früher... Überall... Nirgends zu finden.«

»Wo wir früher... Ja, ja. Hier ist es doch noch anders. Aber... hatten Sie denn so ein Bedürfnis, sie zu sehen? Ich glaube mich zu erinnern, daß Sie... Sie beide, meine ich... daß Sie alles, dieses ganze Theater mit der Liebe, bereits hinter sich hatten. Verzeihen Sie, aber ich roch bei Ihrer Rückkehr in die Bar, daß sie keine Jungfrau mehr war. Bei Ihnen roch ich es auch. Zu dem Zeitpunkt war es vielleicht noch nicht so, aber bald danach muß die Anziehungskraft doch aufgehört haben. Oder etwa nicht? Na, kommen Sie, der Mord kann noch mit dem in andere Bahnen gelenkten Rest an sexueller Energie verübt worden sein. (Was für eine Idee übrigens, den Liebesakt zu vollziehen, bevor man an die Ausführung seiner Mordpläne geht. So würde man Sie, falls Sie, wie tatsächlich geschehen, gleich danach festgenommen werden, nicht mehr am Liebesvollzug hindern können. Riskant, riskant, auch für Ihre Auftraggeber, denn im Postcoitum hat man in der Regel wenig Energie. Ihnen mußte schon viel daran gelegen sein, mich aus dem Weg zu räumen.) Aber danach... ich wette, daß sie, als Sie sie vor Gericht wiedersahen, alle Anziehungskraft für Sie verloren hatte. Und umgekehrt natürlich. Weswegen also diese Anstrengungen, sie wiederzusehen?«

»Vielleicht ist dies der Augenblick, Ihnen meinerseits reinen Wein einzuschenken. Wir haben Sie nicht aus irgendwelchen politischen Motiven ermordet. Ich wußte nicht einmal... ja, später fiel mir ein, daß jemand in der Bar gesagt hatte, Sie seien ›früher ein ganz hohes Tier‹ gewesen, aber darum ging es nicht. Nachdem unsere sexuellen Kräfte aufgebraucht waren, stellten wir fest, daß die Verliebtheit, die sich vor Ihrer Nase in dieser Bar entwickelt hatte, noch keineswegs nachgelassen hatte.«

»Kann vorkommen, ja. Nicht in meiner Familie. Ich erinnere mich an einen Fall...«

»Genau. Das einzige, woran wir in unserer zum Sterben verdammten Verliebtheit denken konnten, war, das zu wiederholen, was uns eben noch den höchsten Genuß und das höchste Glück verschafft hatte. In unserem Haß auf die Welt und die Natur gingen wir so weit, eine Tat zu planen, die uns auf direktem Wege in die Hölle bringen sollte...«

»Aber warum haben Sie ausgerechnet mich ausgesucht, wenn ich von keinerlei politischer Bedeutung für Sie war?«

»Wir gingen davon aus, daß die Ermordung eines wehrlosen Menschen wie Sie uns mit größter Sicherheit auf den Stuhl bringen würde. Später kam mir der Gedanke, daß unsere Wahl vielleicht nicht frei von Groll war. Sie hatten uns mit Ihrer Warnung, Ihren Bemerkungen, mehr oder weniger zusammengebracht. Eine Tatsache, unter der wir inzwischen litten ...«

Der Blinde lachte wieder kurz und scharf auf.

»Es war also nichts anderes als ein Liebestanz, den ihr da in dem Lagerhaus um meinen armen, vom Alkohol halb gelähmten Körper aufgeführt habt! Ein Paarungstanz ...! Nur, daß der Stachel in einen Dritten gebohrt wurde. Genial. In meiner Jugend gab es so einen Fall. Der Fall Glass/Ising. Sehr bekannt. Nie davon gehört? Die schossen unmittelbar nach dem Akt, noch im Liebesrausch, den Pförtner tot. Armer Kerl. Sie hängten ihn an einem Draht an den Türpfosten und schnitten seine Haut in soviel vertikale Streifen, daß es wie ein Fliegenvorhang aussah. Mit dem Unterschied, daß die Fliegen sich nur so darauf stürzten. Da kann ich ja noch von Glück reden. Als das Motiv herauskam, wurde die Todesstrafe im voraus in lebenslänglich verwandelt. Sie sind beide hochbetagt im Gefängnis gestorben. Vielleicht sind sie sich hier noch einmal begegnet. Dann konnten sie alte Erinnerungen aufwärmen. Hat man in Ihrem Prozeß nie an diesen Präzedenzfall erinnert?«

»Unser eigentliches Motiv kam nie heraus. Von Anfang an führten die Juristen nur politische Motive ins Feld. Und wir haben unseren Mund gehalten.«

»Bravo. Sie haben also beide geglaubt, den Sieg schon in der Tasche zu haben. Und jetzt? Jetzt ist das Frolleinchen unauffindbar. Haben Sie sich damals denn genau verabredet?«

»Nein. Man hatte uns immer erzählt, diese Welt würde sich nicht von der bisherigen unterscheiden. Äußerlich. Der einzige Unterschied wäre der Zeitablauf. Die ewige Aufeinanderfolge von Tag und Nacht... Wir gingen davon aus, daß wir uns schon irgendwo an einem bekannten Ort treffen würden.«

»Darf ich Sie fragen, Herr... äh... Sie hätten sich damals ruhig vorstellen können, in diesem Lagerhaus.«

»Wult.«

»Herr Wult, Sie sind, wenn ich Sie richtig verstanden habe, schon eine ganze Weile hier. Wenn ich fragen darf... wovon leben Sie hier eigentlich?«

»Bei meiner Ankunft trug ich einen Anzug, der wohl viel Geld gekostet haben muß, denn im Pfandhaus bekam ich einen ordentlichen Batzen dafür. Seit gestern bin ich blank. Ich habe heute noch nichts gegessen. Ich weiß nicht, wie es weitergehen soll. Hier können sie vorläufig nichts für mich tun.«

»Genau, das meine ich. Glauben Sie, daß... wie hieß sie gleich wieder?«

»Gini.«

»Sie haben für Ihren Anzug trotz des aufgeschnittenen Hosenbeins ein nettes Sümmchen im Pfandhaus bekommen. Aber glauben Sie, daß Frau Gini auch nur einen Bruchteil davon für ihr Hinrichtungskleid bekommt? Ganz abgesehen davon, ob sie sich wie Sie trauen würde, fremder Leute Kleider von der Wäscheleine zu stehlen...«

Wie hatte er so selbstverständlich davon ausgehen können, das Opfer seiner Tat werde der himmlischen Glückseligkeit teilhaftig werden? Durch die Gegenwart, die Worte dieses unverbesserlichen Einmischers wurde ihm der Gedanke an Gini – eine Gini, die hungrig, ohne Geld, ohne Dach über dem Kopf durch diese Stadt streifte, auf der Suche nach ihm oder vielleicht schon nicht mehr auf der Suche nach ihm – unerträglich.

»Wo wollen Sie hin?«

»Was ich sage. Wir leben hier doch in einer Welt der Wiederholung, oder? Alles ist wiederholbar. Alles...« Der Blinde nahm Wult beim Arm. »Ich werde Ihnen zeigen, was ich meine. Jetzt aber nichts wie raus hier. Vom langen Stehen fängt meine Narbe zu jucken an ... Hinaus, hinaus.«

Das Gespräch mit dem Blinden hatte ihn so in Beschlag genommen, daß Benny sich jetzt erstaunt umsah. Die Halle war leer. Die ganze Zeit hatten sie hier gestanden und laut miteinander geredet.

»Man muß sich hier bei einem Neuankömmling immer als allererstes fragen: Wovon lebt der? Ganz einfach. Und dann weitersuchen.«

Wult sah auf die grauen, schweigsamen Menschen, die ihm in der Metro gegenübersaßen. Waren unter ihnen Neuankömmlinge? Beim besten Willen konnte er kein Interesse dafür aufbringen, wie sie ihr Brot verdienten. Die U-Bahn glitt lange Zeit in nördlicher Richtung durch eine Kanalröhre und schoß dann plötzlich ins grelle Mittagslicht. Dennoch kam sich der Fahrgast durch die Schmuddeligkeit der Umgebung und die im Zickzack abwärtsführenden Treppen auch hier wie im Untergrund vor. (Denn das war seltsam: Die eisernen Treppen erweckten ausschließlich Assoziationen an hinab, nie an hinauf, natürlich auch deshalb, weil sie häufig einige Meter über dem Boden endeten. Ihre Struktur verzerrte die Häuser nicht nur zur Seite, sondern zog sie auch hinab, in die Erde hinein.) Manche Häuser schienen nur deshalb rosa oder hellblau getüncht, um die Gräue des restlichen Häuserblocks zu betonen. Und andererseits wurden die Farben von den nicht getünchten Häusern beschmutzt, als hätte man sie mit Ruß vermischt.

»Ich höre Ihre Gedanken«, sagte der Blinde beim Aussteigen. »Erst sind wir zwischen den Gräbern herumgereist, jetzt gehen wir um die Grabplatten herum. So ähnlich ist es auch. – Dort lang.«

Sie kamen in eine Straße mit hohen, relativ schmalen Häusern, die so viele eiserne Balkons und Treppen an ihren vorderen Fassaden hatten – mit Stufen und Geländern und Stäben, die auch noch alle ihre Schatten durcheinanderwarfen –, daß sie wie mit groben Spinnweben behängt schienen, die sich infolge der Wärmeschwingungen der Luft leise bewegten. In schattigen Hauseingängen standen Frauen, und zwar so, daß ihre Oberkörper im Schatten blieben und ihre Beine, lang und fleischig unter ebenso engen wie kurzen Röckchen, die Sonne auf sich zogen.

»Wissen Sie, Herr Wult, worauf diese Damen ... sogar in dieser unglücklich gewählten, dieser heißesten Stunde des Tages ... warten?«

»Keine Ahnung.«

»Hab ich mir gedacht. Sie sind erst zu kurze Zeit hier und haben Ihre Tage bisher mit Suchen vertan ... ja, wonach eigentlich? Nach etwas, das Sie als etwas Kostbares betrachten, was es aber nicht ist. Nicht mehr ist.«

»Ich muß schon bitten ...«

»Kann ein Opfer seine Mörder je beleidigen? Na schön. Dann sehen Sie sich doch einmal um. So etwas haben wir in unserer alten Welt nicht gekannt. Diese Frauen haben aus der Wiederholbarkeit des Liebesakts, hinter dem Sie hier so verzweifelt her sind, ihren Beruf gemacht. Und nicht nur aus der Möglichkeit, ihn zu wiederholen, nein, sondern aus dem zwanghaften Bedürfnis nach Wiederholung ... Wiederholung mit immer wieder anderen. Hier, Herr Wult, in diese Körper, die man für eine Viertelstunde kaufen kann, werden die Liebesüberschüsse der Menschen geschüttet. Man kann die Wiederholung förmlich riechen.«

In dem Hauseingang, der ihnen am nächsten lag, verlagerte eine Frau gerade ihr Gewicht von einem Fuß auf den anderen. Danach lehnte sie sich mit dem Rücken an die Tür und schlug die Beine übereinander.

»Sie sind hierhergekommen«, sagte der Blinde, und es war, als wäre er Bennys Blick gefolgt, »um noch einmal Liebe zu machen... Haben Sie denn schon bewiesen, daß sie zu einer solchen Wiederholung imstande sind?«

»Sie?«

»Ich bin nicht freiwillig hierher gekommen, um mein Sexualleben zu verlängern...«

Nach jedem Zweifel verstand der Blinde es, ihn erneut und immer zwingender davon zu überzeugen, daß Gini, um sich in dieser Welt am Leben zu erhalten, ihren Körper verkaufte.

»Sie müssen sich noch an den Gedanken gewöhnen. Der Körper braucht sich nicht auf wie in der alten Welt. Im Gegenteil. Sie wird mit der Zeit immer müheloser und immer teilnahmsloser eine wachsende Zahl von Kunden bedienen können. Dabei wird sie noch genug Liebe und Zärtlichkeit und Lust für ihren wahren Geliebten und Liebhaber übrigbehalten... wenn der sie eines Tages gefunden hat. Sie haben inzwischen doch selbst erlebt, wie nach jedem Samenerguß die Lust rasch wieder erwacht, oder nicht?«

»Das war etwas anderes. Ich brauchte es nicht für Geld zu tun.«

»Dann probieren Sie es doch mal, würde ich sagen. Es wird Sie Gini näherbringen.«

»Ich... als Mann?«

»In dieser bewußten Straße – Sie wissen schon – habe ich meine Ohren aufgesperrt. Sie wurden als ausnehmend gut gebaut bezeichnet, immer wieder. Normalerweise sind sie nicht so freigiebig mit Komplimenten, die Damen. Allein schon aus ihren Bemerkungen habe ich mir ein ganz gutes Bild von Ihrer Erscheinung machen können. Wenn man die so hört, dann haben Sie die alte Welt gerade noch rechtzeitig verlassen – noch bevor Sie zu schrumpeln begannen. Kommen Sie heute abend mal mit, dann zeige ich Ihnen etwas, worüber Sie nachdenken sollten. Aber – damit wir uns richtig verstehen – das ist das letzte Mal, daß ich Sie freihalte. Ich brauche mein bißchen Geld für Schnaps.«

»Allein schon des Geruches wegen lohnt es sich herzukommen, obwohl ich meinem Tastsinn gelegentlich auch schon nach Herzenslust gefrönt habe. Talkumpuder, Blut, Vaseline, parfümiert mit einem Hauch Körpergeruch, Whisky, Spucke, wenn sie an Fingerspitzen verdunstet, die eine überhitzte Glühlampe aus der Fassung schrauben... ein Geruch, der unendlich mehr ist als die Summe seiner Bestandteile. Nach dem Trinken meine größte Leidenschaft. Ich habe zwar das Augenlicht verloren, aber das hindert mich nicht daran, der größte Voyeur unter allen hier Anwesenden zu sein.« »Übrigens«, fügte der Blinde hinzu, »wäre ich Ihnen sehr verbunden, nachher von Ihnen genau zu hören, was hier alles gezeigt wird. Die Drinks spendiere ich.«

In der Mitte des kleinen Saals befand sich ein rundes Podest, von sanften Spots angestrahlt und von Sesseln und Zweisitzern umgeben, auf denen meist ältere Herren saßen. Benny war mit Abstand der jüngste Zuschauer.

Nach einem Schlag auf einen Metallgong kamen aus zwei Ecken des Raums etwa zwanzig nackte junge Männer auf das Podium zu, einige Hand in Hand, andere schäkernd, sich spielerisch knuffend, wieder andere in sich gekehrt, mit ernsten oder verdrossenen Mienen. Alle waren ausnahmslos schlank und muskulös, allerdings von einer rätselhaften Zartheit, doch was am meisten auffiel – ihre Körperlänge unterschied sich um nicht mehr als zwei Zentimeter.

Die jungen Männer gruppierten sich scheinbar wahllos, aber doch peinlich darauf bedacht, den Zuschauern den Rücken zuzuwenden. Aus ihrer Mitte erklang Flüstern, leises Lachen.

»Jetzt fängt es an«, sagte Bennys Begleiter. »Das Bouquet öffnet sich langsam. Ich glaube, ich rieche schon was.«

Sie stellten sich in zwei gegenüberliegenden Reihen zu je zwölfen auf, alle inzwischen mit einer Erektion. In Schlachtordnung. Das Podium begann sich langsam zu drehen. Der Anblick all dieser aufgerichteten Penisse, einer neben dem anderen, hatte eine unerwartete Wirkung auf Benny Wult. Vielleicht lag es an diesem gemeinsamen Emporstreben, diesem vibrierend die Schwerkraft des Körpers Besiegen... Er verspürte das Bedürfnis, sich – anonym – gemeinsam mit all diesem geballten Fleisch emporzurecken. Das beunruhigte ihn. Seit er hier, in diesem Land der sich endlos wiederholenden Dinge, angekommen war, hatte er nie geahnte Abgründe der Lust in sich entdeckt; sie mußten sich irgendwo auf der Grenze jener beiden Welten aufgetan haben, und dann hatte es noch eine Weile gedauert, bis Dünste, Düfte, Visionen aus ihnen aufzusteigen begannen.

Aus einer Tür im Rücken der Zuschauer trat nun ein junger Mann, ebenfalls nackt, in den Saal. Er trug eine grünseidene Maske, die nur die obere Hälfte seines Gesichts bedeckte. Einige Herren, die offensichtlich wußten, was nun bevorstand, klatschten leise.

»Der Spießrutenläufer«, erläuterte Bennys Führer. »Es kommt darauf an, daß er den anderen ausweicht. Allen zwei Dutzend. Für jede Rute, die er berührt, erwartet ihn eine Strafe... Geben Sie gut acht. Sie müssen mir gleich alles erzählen.«

Das Podium hatte sich jetzt so gedreht, daß Benny von seinem Platz aus genau zwischen den beiden Reihen durchschauen konnte. Die jungen Männer standen regungslos da, und diese Reglosigkeit kontrastierte deutlich mit dem – wenn auch noch so geringfügigen – Zittern, Zucken und Schaukeln ihrer Penisse. So als hätte sich ihre ganze Ungeduld an dieser einen Stelle zusammengezogen. Benny war jetzt auch klar, weshalb ihre Körper so exakt auf Größe hin ausgewählt worden waren. Von all diesen Erektionen in exakt derselben Höhe nebeneinander ging ein ästhetischer Reiz auf die Zuschauer aus (es hatte Ähnlichkeit mit den gleichzeitig hochgeworfenen Beinen von zwanzig Tänzerinnen, erstarrt auf einem Plakat im Theaterviertel); wer aber, wie Benny es jetzt tat, das eine Auge zukniff und mit dem anderen an diesen so präzise ausgerichteten Reihen entlangschaute, sah, daß jedes geschwollene Glied durch die Art, wie es aus der Reihe tanzte, wie das Blut sichtbar in ihm pulsierte, wie merkwürdige Spasmen es durchzuckten, gleichsam seine Individualität verriet... Er hatte den Eindruck, daß jeder der aufgerichteten Penisse dort sich einzig und allein dadurch, daß er sich seiner eigenwilligen Art, sich zu bewegen, hingäbe, zu einem Samenerguß bringen könnte.

Der maskierte junge Mann betrat das Podium und wagte sich in die äußerst schmale Gasse, die von den zwei Dutzend Körpern gebildet wurde. Die gekrümmten Phalli ließen etwa zwanzig Zentimeter frei, je nachdem, wie weit sie hochfederten oder zitternd wieder sanken.

So ließen sie ihn Spießruten laufen.

Der junge Mann mit der Maske war womöglich noch schmalhüftiger als seine passiven Aggressoren. In einem fast fließenden Tanz, bei dem er sich die meiste Zeit seitwärts bewegte, gelang es ihm, ihnen auszuweichen, allen vierundzwanzig. Auch der Weg zurück zum Ausgangspunkt verlief graziös und ohne Berührung. Ein Schiedsrichter im Bademantel behielt, während er entgegen der Drehbewegung ums Podium schlich, alle Manöver genau im Auge.

Nach jedem geglückten Durchgang war dem jungen Mann Applaus sicher, aber Benny, der selbst nicht mitapplaudierte, kam es vor, als handele es sich eher um Höflichkeitsapplaus als um ehrlichen Beifall. Jeder wollte, daß ab und an ein erigiertes

Glied am spitzen Hüftknochen des Maskierten hängenblieb – nicht unbedingt, um Zeuge seiner »Bestrafung«, wie diese auch aussehen mochte, zu sein, sondern um das mitgenommene Geschlechtsteil mit aller in ihm enthaltenen Spannkraft zurückfedern zu sehen.

»Er hat, glaube ich, siebzehn Durchgänge«, sagte der Blinde.

Solange die Erregung der anderen nicht auf den jungen Mann übergegangen war, absolvierte er seinen Tanz mit angespannten Gesäßmuskeln jedesmal bravourös. Schwierig wurde es, als die Doppelreihe nicht mehr einfach ein zu überwindendes Hindernis darstellte, vielleicht infolge des würzigen Schweißgeruchs, der unter den warmen Spots von den Körpern ausging und auch Benny und seinen Begleiter bald erreichte. Benny sah, wie das Geschlecht des Tänzers zu schwellen begann, schwerer wurde, wie bei einem Tier zur Erde hin wuchs. Der Junge selbst bemerkte dies wahrscheinlich erst, als nach einem weiteren Schwenk am Ende der Gasse sein Glied sich beim vertrauten Herumschlenkern versteifte und nicht wieder senken wollte. Der Schiedsrichter, der ihn zögern sah, ermahnte ihn, weiterzugehen. Auch jetzt noch versuchte er sich seitlich zwischen den vorgereckten Ruten hindurchzumanövrieren. Sein Geschlecht schien mit kurzen Rucken Anlauf nehmen zu wollen, um über das erste Hindernis zu springen.

Benny ertappte sich bei dem feurigen Wunsch, das Geschlecht des Jungen möge sich gleich am ersten erigierten Glied zu vollständiger Steife schlagen. Das geschah nach einer Reihe von Berührungen aber erst in der Mitte der Gasse, als Bennys Wünsche schon keine Grenzen mehr kannten. Er wollte, daß der Spießrutenläufer all diese gestreckten Penisse mit seinem eigenen in einer geheimen Reihenfolge anschlagen sollte, als wären es Teile eines Glockenspiels, das dann in ihm, Benny, und nur in ihm, zum Klingen käme. Nein, noch weiter rissen ihn seine Phantasien mit. Laufen sollte dieser Spießrutenläufer, die Gasse entlanglaufen, bis ein anschwellendes Summen erklingen würde wie von einem feinzahnigen Kamm, über den ein Daumennagel strich ... Zum Schluß würde er sie mit einer einzigen langen Bewegung leckschlagen.

Jeden Tag wurde es wieder Abend, und jeden Abend brauchte man vier Vorstellungen. Auf Vorsprache des Blinden, der hier Stammgast war, wurde Benny Wult in das Team der Spießrutenläufer eingereiht, erst als Teil der Gasse, später gelegentlich auch als maskierter Tänzer. Der Geschäftsführer hatte anfangs, da Benny den Längsten der Gruppe noch um einen Zentimeter überragte, Bedenken, ließ diese aber großherzig fallen, als sich zeigte, wie sehr der Neue dem Publikum gefiel.

Er verdiente sein Geld damit, aber es war die hochgespannte Erwartung auf noch unbekannte Genüsse, die ihn in diese Situation gebracht hatte. Etwas Unbekanntes hatte sich seiner bemächtigt, tötete aber nicht seine Gier nach Frauen. Im Gegenteil. Lust erzeugte Lust. Es war einfach so, daß es in ihm immer noch einen weiteren Keller gab, einen Keller unter dem Keller. Benny barg eine ebenso vielseitige wie anspruchsvolle Unterwelt von Lustvisionen in sich und blickte auf sich wie auf einen Fremden, auch wenn er durchaus am Genuß dieses Fremden teilhatte. Und doch wieder nicht ganz.

Gerne spürte er beim Spießrutenlaufen für einen Moment einen anderen an sich, aber der Sinn der Sache bestand darin, daß jede Berührung mit der Unterwerfung unter den Berührten »bestraft« wurde – unter den Augen des Publikums, den Blinden nicht mitgerechnet, dem Nase und Ohren genügten. Benny mochte das Penetriertwerden nicht. Er fürchtete die Durchbohrung. Es kam also darauf an, den einmal Berührten im Vorbeigehen immer wieder zu berühren, bis der Spießrutenläufer nach einem letzten Schritt und einem letzten Hüftschwenk in die richtige Richtung einen warmen Tropfen langsam den Rücken hinabrinnen fühlte als Zeichen, daß die Gefahr einstweilen gebannt war. Darüber hinaus machte das Spiel einen Schlangenmenschen aus ihm.

Wenn er sich dennoch regelmäßig prostituierte, so deshalb, weil er es als Opfer verstand. Ein Opfer, um die Scham von Ginis erzwungener Prostitution zu tilgen. Nur so, wenn ihre beschämenden Wiederholungsübungen sich gegenseitig aufhöben, würden sie sich einander wieder hingeben können.

Das Ereignis, das dieses Kapitel seiner Wiederholungen beendete, hatte wieder mit seinem alten Beruf zu tun.

Eines Tages fragte ihn Scant, ob er noch genug vom Fallschirmspringen verstehe, um gegen ein fürstliches Honorar plus eine immens hohe »Gefahrenzulage« an einer Orgie in luftiger Höhe teilzunehmen. Der reiche Veranstalter, der sein Privatflugzeug dafür einsetzen konnte, war ein verwöhnter Voyeur und Perfektionist in erotischen Dingen. *Die Orgie des freien Falls*, so nannte er sein neues Projekt. Dabei hatten sich ein paar junge Männer nach dem Sprung aus dem Flugzeug zu einer erotischen Konstellation zusammenzufügen, die später, nach dem Öffnen der Fallschirme, eine Fortsetzung finden sollte.

Es dauerte Tage, bevor der Mann in seinem Bekanntenkreis und in verschiedenen Bordellen genügend junge Männer mit Springerfahrung aufgetrieben hatte. Zwanzig Mann stiegen schließlich an einem klaren Sonntagvormittag auf: vierzehn Fallschirmspringer, der Veranstalter des Ganzen und fünf seiner Freunde, darunter der Pilot und ein Instrukteur. Das ganze Unternehmen sollte gefilmt werden.

Schon während des Fluges begannen die Fummeleien, was weniger lästig als sonst war, da sich die meisten nicht kannten. Weil sie nicht völlig nackt springen konnten, hatte man Spezialhosen für sie entworfen: Hosenbeine, die mit einer Art Straps an einem Gürtel befestigt waren, so daß Gesäß und Geschlecht frei blieben.

Gesprungen wurde erst, als alle vierzehn eine Erektion hatten. Sie sollten versuchen, während des freien Falls zwei geschlossene Kreise zu je sieben zu bilden, dicht übereinander. Die sieben des oberen Kreises sollten die des unteren penetrieren, wobei sie höchstens eine Hand benutzen durften, um ein wenig nachzuhelfen. Ansonsten sollten die Hände möglichst nur dazu dienen, den menschlichen Kreis geschlossen zu halten.

Benny Wult hatte früher sogar die straffsten Wangen anderer Springer unter dem Zugriff der Luft zittern und flattern sehen. Er hätte nie vermutet, das noch einmal, nun aber viel extremer zu sehen, und zwar bei den Skrota der Fallschirmspringer. Ihre Hoden schlugen mit der gleichen Gewalt an ihren Unterleib wie Schnallen und Teile von Kleidungsstücken an andere Stellen des Körpers. Eine derartige Gewalt – unsichtbar – ins Fleisch der Männer dringen zu sehen, war ihm nicht unangenehm. Es bei sich selbst zu fühlen, war weniger schön.

Dicht beieinander zwar, aber immer noch im freien Fall. Ein paar streckten bereits die Arme nacheinander aus. Benny sah, wie sich die hart gewordenen Phalli durch den Luftdruck in das Fleisch der überwiegend muskulösen Bäuche drückten, so daß sie bis zum Nabel mit ihnen verwachsen schienen, was irgendwie animalisch wirkte. Kahlgeschorene Hunde.

Benny – so hatte es sich ergeben – gehörte zum unteren Kreis. Mit ausgebreiteten Armen hielt er die Hände der Boys links und rechts von sich fest. Sie verstanden es, ihren Fall zu verlangsamen, genauso wie die Boys über ihnen ihn zu beschleunigen verstanden. Obwohl alle zusammen schnell fielen, näherten sich die beiden lebenden Kreise flappender, flatternder Körperteile einander langsam. Eine Erektion war unter diesen Umständen ein Muß; ein erschlafftes Geschlecht wäre schmerzhaft gebeutelt worden.

Er fühlte, wie ein Körper fast schwerelos auf ihn herabsank. Ein Arm schlang sich um seinen Bauch, und dadurch wurde er fester an den anderen gedrückt, der deswegen nicht schwerer auf ihm lastete. Im Flugzeug schon waren Vorkehrungen getroffen worden, die das Eindringen des einen Körpers in den anderen erleichtern sollten. Benny fühlte, wie eine behandschuhte Faust über seine Oberschenkel fuhr, und aus dieser Faust bohrte sich ein glühender Trieb geradewegs in ihn hinein.

Paarende Raubvögel beim Sturzflug auf Beute. Im Bett war diese passive Handlung, diese Unterwerfung schon eine Zumutung für ihn; jetzt, wo er mit jemandem auf sich, dessen Gewicht nicht einmal zu spüren war, wie ein Stein auf die Erde zufiel, ohne viel mehr Halt als die nach oben drückende Luft zu haben, wurde die Penetration unerträglich. Die brutale Gegenwart eines anderen Körpers in seinem war gerade noch zu ertragen, solange er vorne, in greifbarer Nähe, die Lust pochen fühlte – die Lust, die zur Ablenkung diente. Jetzt, wo der kalte Wind sein Geschlecht, so prall gefüllt mit Blut es auch sein mochte, gefühllos machte und die Hoden wieder in ihre Körperhöhlungen peitschte, konnte keine Lust den Penetrationsschmerz betäuben.

Hierhin, in diese mißliche Lage zwischen Himmel und Erde hatte die zynische Logik seiner Sucht nach Wiederholung ihn geführt. Vielleicht hätte ein Lachanfall die betäubende Funktion der Lust übernehmen können, wäre nicht jeder Ansatz eines Lachens vom Luftstrom abgeschnitten, ihm buchstäblich von den Lippen gerissen und wieder in die Kehle gedrückt worden.

Er hörte das Dröhnen des Flugzeugs über sich. So sehr fühlte er sich in seiner wehrlosen Position belauert, daß er sogar das Surren einer Kamera zu hören glaubte. Ihm gegenüber trug jemand eine kleine Filmkamera am Oberarm festgeschnallt, die natürlich geräuschlos lief, in Bennys Ohren jedoch wie ein Maschinengewehr ratterte. Der Filmer ließ, selbst auf die Gefahr hin, die ganze Konstellation zu zerstören, zwei-, dreimal die Hand seines Nebenmanns los, um den Schwanz des Boys unter ihm zu packen, zu wärmen, zu reiben.

Das war ihm an einer windigen Straßenecke schon mal passiert: ein Mann, der glaubte, nach dem Räuspern diskret in den Rinnstein zu spucken, seinen Schleim aber in Bennys Gesicht landen sah. Es dauerte einen Moment, bis ihm klar wurde, daß das, was ihm gerade auf die Stirn und ins Auge klatschte, nicht die Ausscheidung eines hochfliegenden Vogels war, sondern die Frucht der Liebkosungen des Kameramanns ihm gegenüber. So kurz der Weg auch war, den der Samen zurückzulegen hatte, als er Benny erreichte, war er durch den Luftstrom bereits kühl, ja sogar kalt geworden.

Kam es durch dieses beleidigende Bespucken seines Gesichts, daß ihm alles auf einmal zuviel wurde? Er mußte sich jetzt sofort, und keine Sekunde später, von diesem genußlosen, brennenden Schmerz in seinem Leib befreien.

Benny ließ die Hand des Jungen rechts von ihm los und tastete hinter sich nach dem noch verpackten Fallschirm auf dem Rücken seines anonymen Liebhabers. Er fand den Ring – und zog. Benny wurde ihn aber nicht gleich los. Der Wind wartete kurz, bis der Fallschirm weggeschliert war, und stieß dann seine Faust mit voller Kraft von unten ins Tuch. Von oben mußte man die Knöchel im matratzenförmigen Fallschirm sehen können.

Durch diesen treffsicheren Faustschlag des Winds wurde der Boy buchstäblich aus ihm herausgerissen und auf das Flugzeug zugeschleudert. Es war die Gewalt dieses abrupten Herausbrechens, die Benny den Genuß schenkte, mit dem er nie gerechnet hätte.

Auch für ihn wurde es nun höchste Zeit, die Reißleine zu ziehen. Der Wind erbarmte sich seiner mit einer solchen Kraft, daß er für einen Moment damit rechnete, in die Arme seines betrogenen Liebhabers zurückgeworfen zu werden. Der Wind hätte mehr Hände gebraucht, so viele Faustschläge mußte er links und rechts austeilen, und er fuhr damit fort, bis der Himmel übersät war mit sich blähenden Fallschirmen.

An einem, der aus zwei zusammengenähten Halbkugeln bestand, hingen zwei Männer. Derjenige, der die Gurte umhatte, hielt den anderen kopfüber an sich gedrückt und bot ihm außerdem dadurch Halt, daß er dessen Mund ganz und gar füllte. Dieser andere hatte die Beine in einer kraftvollen Umarmung um den Hals des Fallschirmspringers geschlungen, der seinerseits das Gesicht tief in der so dargebotenen Scham vergrub. Es hatte etwas von der natürlichen Leichtigkeit an sich, mit der eine Affenmutter und ihr Junges sich beim Durch-die-Luft-Schwingen aneinanderklammern. Nicht weit von dem Paar hing der Mann mit der Kamera am Arm. Das kleine weißrote Flugzeug versuchte, waghalsig dicht heranzukommen.

Bennys Fallschirm schwebte langsam von den anderen fort. In der Ferne sah er mitten im Delta die stachlige Stadt liegen, und das erinnerte ihn wieder an den Augenblick, da er hier, in dieser Welt, gelandet war. Damals hatte sich seine Ankunft aus der Luft als Vision ereignet; jetzt wiederholte sich die Landung noch einmal in der Realität. Es erinnerte ihn auf schmerzliche Weise an sein ursprüngliches Anliegen: die Wiederholung zu suchen, aber mit Gini... So glich das langsame Niedergehen einer Läuterung. Aus einer Orgie mechanisch wiederholter Liebe schwebte er zu seinem Bestimmungsort zurück. Dort, im Herzen dieses Igels auf der Insel, würde er enthaltsam leben, bis Gini gefunden war. Notfalls in Armut, mit Hunger im Bauch.

Doch die Erde ist etwas anderes als die Luft, und fester Boden läßt einen auf praktischere Gedanken kommen als ein derartiger Schwebezustand. Unten zog der Blinde ihn wieder mit, wie ein Hund seinen Herrn mitzieht und damit zum Herrn wird.

»Ich rieche sie.«

Er lief vor Benny her in ein anderes Viertel, wo die Straßen auf andere Weise vom Zickzack eiserner Treppen beherrscht wurden. Hier fand er – nicht in Hauseingängen, nicht in schmuddeligen kleinen Etablissements, sondern in Kaffeebars – Boys, genauso jung, genauso schön (aber weniger strahlend) wie den, den er vor kurzem hoch in der Luft abgeschüttelt hatte. Im Gegensatz zu den Spießrutenläufern, die ihn oft bis zur Sättigung und sogar darüber hinaus bedient hatten, drängten sie sich ihm nicht auf.

»Ja, höchstens mit Mordplänen«, sagte der Blinde, dem gegenüber er sein Befremden äußerte. »Hier geht es härter zu, es ist eine Welt der Konkurrenz. Eine monogamere Welt auch. Sie wollen alle der feste Gigolo der reichsten Tante werden.«

Sie waren beschränkter und boshafter als die Jungs aus dem *Gepanzerten Handschuh*, mit einem rattenhaften Zug im Gesicht; ihnen war deutlich anzusehen, daß sie ihr Geld mit größerem Widerwillen verdienten. Um vor den anderen nicht das Gesicht zu verlieren, konnten sie ihre Erfahrungen mit ihren »Gönnerinnen« nur in den gröbsten und beleidigendsten Worten austauschen.

»... wie ein Haifischmaul. Sie hätte sich, verdammt noch mal, zur Warnung eine Flosse am Bauch montieren lassen können.«

»... aber damals, beim ersten Mal, sagte sie, daß sie noch Jungfrau sei. Vierzig und noch Jungfrau! Mann, hatte ich einen Bock! Neugierig war ich natürlich auch ... Na, wenn die noch Jungfrau war, Bob, dann hatte sie ihre Jungfräulichkeit inzwischen wohl als Gummi in ihrem Strapsgürtel verarbeitet.

Schau, Bobby, du weißt natürlich genausogut wie ich, wie das ist, wenn man alle Kräfte anspannt, um ein geschlossenes Tor einzurennen... na, kapiert? Ich habe mich verirrt. Die Jungs haben mich wochenlang nicht mehr gesehen.«

Scant brachte ihn nicht zu Gini, sondern zu einer wohlhabenden Frau von dreiundvierzig Jahren, die nur ein Bein hatte.

»Für meine Dienste verlange ich nur eine kleine Provision, Herr Wult. Es geht mir in erster Linie darum, Ihnen zu zeigen, wie die Liebe, der Liebesvollzug, durch seine Unversiegbarkeit derartig im Wert sinkt, daß die Sache sich nur noch in Geld ausdrücken läßt. Verstehen Sie?«

Ihr leidenschaftlicher Wunsch, den sie ihrem Mann nicht zu gestehen wagte, war, einmal von der Seite genommen zu werden. Es überraschte Benny, daß sich sein Körper selbst in einer solchen Situation, wie ein Lohnsklave, zur verlangten Leistung anspornen ließ. Und mehr noch: Die ungewohnten Manipulationen, die Regieanweisungen, erregten ihn. Die Frau gab ihm zu verstehen, daß sie auf der rechten Seite liegen wolle, während er sich in der üblichen Paarungsposition, bäuchlings, auf sie legte. Das Fremdartige und Erregende daran war, daß diesmal nicht zwei Beine ihn umschlangen, sondern daß er mit seinen Beinen sie umklammern mußte, das heißt, ihr rechtes Bein, und zwar so fest wie möglich. Von ihrem amputierten linken Bein war nicht einmal ein Stumpf geblieben, was das Manöver, sich an der Innenseite ihres einzigen Schenkels hochzuschieben, erleichterte, auch wenn sich ihm ihre Hüfte wie ein störender Ellbogen in den Bauch bohrte. Beim Eindringen wurde sein Penis, ohne daß er noch etwas zu melden gehabt hätte, abgelenkt. Sie war anders gebaut als andere Frauen. Die Welt hatte eine Vierteldrehung gemacht, und nichts paßte mehr. Ihre Brüste hingen zu einer Seite hinunter, auf die Matratze. Ihre Hände lagen zusammengefaltet unter der rechten Wange, wie bei einem schlafenden Kind, und wie ein kleines

Kind gab sie sich auch schlafend, mit kleinen Stöhnlauten und allem, was sonst noch dazu gehört. Benny konnte sich nur halten, indem er die Hände um ihre Schulter legte und sich gleichsam an ihr hochzog, sobald diese schubsende Hüfte ihn aus ihr herauszustoßen drohte.

Und er wiederholte ihn so oft, diesen hinkenden Ritt auf dem einen Bein, bis er die Wahrheit kannte; bis das, was sie ihren »leidenschaftlichen Wunsch« nannte, letztlich als Ausdruck der Scham eines Menschen entlarvt war, der keine zwei Beine mehr hat, um den anderen damit zu umschließen. Es war viel mehr als bei den Jungs im *Gepanzerten Handschuh* eine »Liebe mit abgewandtem Gesicht«. Es war Liebe aus den Augenwinkeln.

So machte er durch Scant (»Ich rieche sie«) auf die denkbar intimste Weise Bekanntschaft mit Frauen, die schon ein ganzes Liebesleben hinter sich hatten, oft mehr als einmal verheiratet gewesen waren, mit oder ohne Liebhaber nebenbei, und die durch die endlose Wiederholung des Akts zu dem geworden waren, was sie waren: Frauen auf der Suche nach der Befriedigung von Leidenschaften, die bei aller Wiederholung nie erfüllt worden waren. Alle Gelegenheit dazu hatten sie verpaßt, und jetzt mußten sie dafür bezahlen, was übrigens meist mit dem Geld des – verstorbenen oder noch lebenden – Gatten geschah.

Scant verhalf ihm zu einer Kindfrau mit heiserer Stimme, fast fünfzig und schon seit achtzehn Jahren Witwe.

Auf Drängen des Blinden hatte Benny seine Beine, um noch jünger zu wirken, enthaart. Weil er sie aber rasiert hatte, anstatt ein Enthaarungsmittel zu benutzen, fühlten sie sich schon bald »wie feines Sandpapier« an, wie die kleine Witwe sagte. Ihre Wünsche waren bescheiden.

»Wenn du die Hand so hältst, halb gewölbt, mit den Knöcheln nach oben«, fing sie mit ihrer weinerlichen, matten Kinderstimme an, »sieht es dann nicht ganz wie ein Häuschen aus? Nun, so hatte ich ein kleines Häuschen gefunden: die Innenseite meiner abgeknickten Hand. In diesem Häuschen lebte mein ... mein ... Also, da lebte ... Aber da drinnen war es ein wenig rauh. Feine Risse, Abschilferungen, Splitter ... Und jetzt bist du gekommen, mein Engel, um mit deinen langen Beinen aus feinem Sandpapier die Innenseite meines Häuschens glatt und blank zu schleifen, so daß mein zarter ... mein zarter ... bald noch bequemer darin wohnen kann, wenn du wieder fort bist, mein Engel. Ohne sich stoßen zu brauchen. Wenn ich meine Hand jetzt so ... von deinem Knöchel aus ... mit langen ...«

»Ich habe eine Frau Rorqual für dich«, sagte der Blinde. »Steinreich.«

»Rorqual, Rorqual ... woher kommt mir der Name so bekannt vor?«

»Vielleicht hast du die anderen Jungs von ihr sprechen hören. Sie soll ziemlich anspruchsvoll sein, heißt es, und schickt einen aus dem geringsten Anlaß fort. Sieh dich also vor!«

Erst als er vor ihr stand, fiel es ihm wieder ein. Es war die Dame, die ihm in der Bar des Luxushotels einen Whisky spendiert hatte, in seiner alten Welt. Nein, kurz nach seiner Ankunft hier, während er sich noch in dem Wahn befand, in der alten Welt herumzulaufen.

»Ah, unser Baseballer ... Sie haben wieder mehr Haare, sehe ich. Gut so. Sie trinken gern Whisky mit Soda, nicht wahr? Wollen wir dann damit anfangen?«

Nach dem Whisky zeigte sie ihm ihren Swimmingpool auf dem Dach des Gebäudes, in dem sie ihr Apartment hatte. »Das Wasser ist kalt. Eiskalt. Ich werde Ihnen erklären, warum, und worum es geht.« Sie sprach wie eine Arbeitgeberin, die ihre neue Putzfrau einweist, wobei sie lässig, aber vielsagend mit der Hand gestikulierte, in der sie eine lange Filterzigarette hielt.

Frau Rorqual ließ Benny bei jedem Besuch erst eine halbe Stunde in dem künstlich auf niedriger Temperatur gehaltenen Becken schwimmen. Es ging ihr um seinen kalten Körper, der sie heftig erregte, und dabei vor allem um seine in der Kälte geschrumpften Geschlechtsteile. Er mußte sich auf dem relativ kalten Beckenrand ausstrecken, und dann legte Frau Rorqual, die die ganze Zeit in der Sonne sitzen geblieben war, ihre glühenden Hände auf seine eiskalte Brust und Oberschenkel und nahm das, was sie ihren »kleinen Lolly« nannte, in den Mund und sogar zwischen die Zähne, um sanft daran zu knabbern. Er mußte sich dabei möglichst reglos verhalten, bis ihm vom unterdrückten Atmen die Brust wehtat, die nach der langen Schwimmerei ohnehin heftig genug ging.

»Als ob man einen ertrunkenen Jungen zum Leben erweckt«, sagte sie einmal. »Dieses Spiel ist mein kleines Laster. Ein fehlgeleiteter nekrophiler Einschlag, vermute ich.«

Diesen Begriff hatte sie von ihrem Psychiater. »Wiederbeleben« nannte sie ihr kleines Laster manchmal auch. Daß dieses Wiederbeleben so langsam ging, machte ihren Genuß aus. Von ihrem Mund und den Händen sollte ein Funke lebenspendender Wärme in den eiskalten Körper überspringen.

Als seine Haare wieder voll nachgewachsen waren, entdeckte er im ursprünglichen Dunkelbraun einen schmalen weißen Streifen von der Stirn bis zum Hinterkopf. Das ärgerte ihn gewaltig, war es doch äußerst hinderlich in seinem derzeitigen Metier. War vielleicht doch bei seinem Übertritt von der einen Welt in die andere ein rascher Alterungsprozeß in Gang gesetzt worden, der danach wieder zum Stoppen gekommen war?

»Diesen Streich hat Ihnen die Todesangst angesichts des Stuhls gespielt«, sagte der Blinde. »Hier, schauen Sie mal...«

Er beugte den Kopf. »Ich weiß nicht, ob man's noch so gut sieht, denn mittlerweile bin ich grau und halb kahl ... aber irgendwann hatte sich von einer Sekunde zur anderen eine schneeweiße Locke in meinem damals fast schwarzen Haar gebildet. Vor Angst. Todesangst. Das war in der Zeit meiner Diplomatentätigkeit, in der Hauptstadt des Feindes, will ich mal sagen. Geheimagenten waren mir auf den Fersen. Ich fühlte mich bedroht. Wußte, ich würde dran glauben müssen. Man verdächtigte mich, wollen wir's mal so ausdrücken, zwei Herren zu dienen. Nun, ich bin mit knapper Not davongekommen, aber beim ersten Blick in den Spiegel – ich fand, daß ich für jemanden in meiner Lage noch relativ ungerührt aussah, ›na, Cooler‹, sagte ich noch – sah ich auf einmal, wie eine Visitenkarte des Todes, diesen weißen Büschel.«

In der Tat, zwischen dem normal grauen, durch den Aufenthalt in billigen Lokalen leicht gelblich gewordenen Haar, das bis auf eine kahle Stelle seinen Schädel bedeckte, und einer völlig farblosen Locke Engelshaar, die dem Mann in die Stirn hing, ließ sich ein gewisser Farbunterschied feststellen. Brachten diese bleibenden Zeichen von Todesangst, diese »Visitenkarten des Todes«, die beiden Männer einander näher?

Benny hielt seine Haare kurz, was den Farbunterschied nur noch deutlicher machte. Wegen dieser Zeichnung in seinem »Fell« nannte Frau Rorqual ihn »mein geruchloses Stinktier« – »aber das hängt natürlich auch mit dieser Drüse zusammen, mein Schatz, mit der du deine Säfte hier so verschwenderisch verspritzt. Du kannst beruhigt sein, mein Liebling, es wird mich nie in die Flucht schlagen. Nie. Egal, wie ausgiebig du es tust. Du lockst mich damit nur noch näher zu dir. Ja, so ist das bei geruchlosen Stinktieren ...«

Immer wieder mußte Benny Wult feststellen, mit welch überwältigender Macht sich die Erinnerung an das kleinste Detail jener anderen, der alten Welt aufdrängen konnte. Eine solche Erinnerung ließ das erinnerte Objekt sogar physisch gegenwärtiger sein als die Dinge, die Benny in dieser neuen Welt der Wiederholung mit seinen Sinnen unmittelbar wahrnahm. Das traf insbesondere auf alles zu, was mit Gini zu tun hatte, auf die kleinsten Einzelheiten ihres damaligen Zusammenseins.

Als er an einem dieser Tage auf dem Weg zu Frau Rorqual am Hafen stehenblieb und beobachtete, wie ein kleines Boot im Wellenschlag eines langsam vorbeiziehenden Ozeandampfers an den Trossen riß, sah er, wie ein ohnehin schon faseriges Tau nachgab. Nachdem der erste Strang gerissen war, drehten sich die frischen Enden rasend schnell, mit schwirrendem Geräusch, um die noch miteinander verflochtenen Stränge, die – ächzend – noch standhielten. Durch ihre Geschwindigkeit, aber auch durch die sprühenden Funken (in Wirklichkeit winzige Fasern goldblonden Hanfs, die in der Sonne aufleuchteten) erinnerten sie an Flämmchen, die an einer Lunte entlangrasen, diese Tauenden. Aber je weiter sie – in entgegengesetzter Richtung – vorankamen, desto langsamer wurden sie, bis sie schließlich ganz zum Stillstand kamen und quastenförmig ausfaserten. Faser für Faser suchte unsicher, sprunghaft die ursprüngliche starre Formlosigkeit des Hanfs, wenngleich ihnen etwas leicht Welliges blieb.

So hatten sich vor langer Zeit, in einer anderen Welt, Ginis verflochtene Haare gelöst, nachdem er sie von ihrer Strumpfhose befreit hatte. Als er mit dem Gesicht dicht heranging, hörte er sie ganz leise knistern, diese blonden Hanffasern, so statisch hatte das Nylon sie aufgeladen. Wo das Gewebe sie plattgedrückt hatte, sprangen sie eine nach der anderen an seine Lippen; ein zarterer Kuß war nicht vorstellbar. Und das genau war der Unterschied zu der Wirklichkeit, die ihn in diesem neuen Leben umgab. Hier schien alles stumpf, von einem Schleier überzogen, trotz des Sommers, der alle Konturen scharf hervortreten ließ. Jeder Gegenstand schien dem Betrachter seine stumpfeste, farbloseste Seite zuzukehren, mit der Aufforderung, ihn so rasch wie möglich zu vergessen. Wohingegen allein schon in seiner Erinnerung an Ginis Entkleidung jedes dickblonde Haar mit der zarten Kraft eines goldenen Klöppels an seine Lippen schlug, und jeder Klöppel einen anderen Ton anschlug, aus denen sich ein jubelndes Glockenspiel entspann.

Hier dagegen verblaßte die Wirklichkeit noch mehr, wenn sich, aus welchem Anlaß auch immer, eine kleine Erinnerung an dort einstellte. Es war sogar, als ob ein solches Erinnerungsbild vom ohnehin bleichen und blutarmen Körper der Wirklichkeit schmarotzte und sich von den letzten Resten an Farbe und Blut nährte.

Seit seiner Ankunft hier hatte er die Höhen und Tiefen der sexuellen Lust kennengelernt, Euphorie und Ekel, alle Varianten, in jeder Konstellation, mit beiden Geschlechtern. Doch alle Höhlen, Furchen, intimen Fältchen verblichen sofort zu einem gräulichen Rosa, sobald sich Ginis ovales Bildnis in seine Erinnerung schob (ein Rosa, wie es bei manchen Tieren vorkam, an der Innenseite von Hundelefzen oder bei Schweinen, die ihre Ferkelfärbung verloren hatten – ein Rosa, so grau, daß man es eigentlich gar nicht mehr als Rosa bezeichnen durfte).

Es war die Möglichkeit der Wiederholung, die die Welt hier ihre Farbe verlieren ließ. Dinge, Körper, Erscheinungen lieferten sich immer wieder den taxierenden Blicken von Menschen aus, die die Freiheit besaßen, zu entscheiden, ob ein Gericht aufgetragen werden sollte oder nicht, sie sich von einem anderen befriedigen lassen wollten oder nicht, einen windigen Tag dazu benutzen wollten, einen Drachen steigen zu lassen oder nicht. Durch all dieses gefallsüchtige Ausliefern verblaßten die Dinge, wie Gardinen, die zu lange in der Sonne gehangen haben. Sie verloren ihre Konturen durch all die Hände, die im Vorbeigehen prüfend, aber gedankenlos über sie fuhren. Ihr Glanz verschwand unter den Fettabdrücken von Fingern, die oft nicht einmal richtig zugegriffen hatten. Es war eine Welt, die Eselsohren eher vom Blättern als vom intensiven Lesen bekam.

Benny wartete nicht, bis der Rest des Taus gerissen war. Er hatte genug gesehen, um diese eine Erinnerung zu nähren. Er mußte weiter, sonst würde er zu spät zu Frau Rorqual kommen, die ihren Swimmingpool nicht unbegrenzt kalt halten konnte.

Gab es ein Entrinnen aus dieser Welt, in der er nichts verloren hatte außer Gini, die er nicht finden konnte?

Eingeklemmt zwischen zwei-, dreimal so hohen Wolkenkratzern fand Benny Wult eine Kirche, die dort vor Jahrhunderten den Horizont mit ihrem schlanken Turm beherrscht haben mußte. Er trat ein. Von nirgendwo konnte hier noch Sonnenlicht eindringen, um die Bleiglasfenster aufglühen zu lassen. Die Orgel, auf der gerade geübt wurde, klang dumpf, so als könne sie ihren Klang nicht voll entfalten, da diese hoch aufragende Stadt sich wie eine Glocke über die Kirche stülpte. Die düsteren, tiefen Töne suchten noch unter ihm zwischen den Bankreihen.

Angenehm kühl war es hier aber. In der Nähe eines Beichtstuhls saßen, in verschiedenen Bänken verstreut, fünf Menschen und warteten. Ein sechster kam aus den Klapptüren heraus, trat an den Altar und kniete nieder. Sein Platz im Beichtstuhl wurde von einem anderen eingenommen. Zwei Stimmen flüsterten, die eine brummend, die andere zischelnd.

Während Benny wartete, bis er an die Reihe käme, konnte er die Augen nicht von einer Art Nagelbett zu Füßen der Heiligen Jungfrau Maria lösen. Auf die meisten Nadeln waren dünne

Kerzen gespießt. Sie brannten mit hoher, gerader Flamme. Inmitten dieses brennenden Schilfs, dicht am Rand des schwarzen Bretts, hing eine frisch angezündete Kerze schlaff herunter, wahrscheinlich weil ein Stumpf in ihrer Nähe noch einmal hoch aufgeflackert war. Sie hing mit dem Docht über den Kirchenboden, so daß ihre Flamme am eigenen Schaft emporzüngelte und dicke Tropfen flüssigen Wachses brennend auf die Steinplatten fielen, wo sie beim Auftreffen sofort erloschen.

Benny ertappte sich dabei, wie er dieses Bild im Halbdunkel der Kirche mit Ginis Augen sah, ohne sich dazu zwingen zu müssen. Und mit einemmal wußte er auch genau, was sie dazu sagen würde, nein, er glaubte sogar ihre Stimme zu hören, so stark war die Suggestion.

»Schau bloß, was für ein Kummer. Sie läßt den Kopf hängen. Ihre Tränen brennen.«

Die Orgel spielte etwas so Schweres, daß das Holz der Bänke vibrierte, aber gleichzeitig erklang aus kleinen Pfeifen an der Seite die Melodie von Popeye the Sailorman. Der Organist übte seine rechte Hand.

So gefräßig jagte die Kerze sich die Flamme über den eigenen Rücken, daß das heruntergebogene Ende einem tropfenden Wasserhahn glich, der – zwischen Tropfen und Fließen – flüssiges Feuer produzierte. Erst als sie sich bis zur Mitte heruntergebrannt hatte und die letzten Tränen versiegten und erstarrten, löste Benny den Blick. Die Bänke waren leer. Er stand auf und ging in den Beichtstuhl.

»Haben Sie in letzter Zeit Sünden ...«

»Ich bin nicht gekommen, um meine Sünden zu beichten. Ich möchte Sie aber etwas über potentielle Sünden fragen. Was erwartet mich, wenn ich mir das Leben nehme?«

Der Schatten im angrenzenden Verschlag kam mit dem Gesicht dicht an das kleine Gitterfenster. »Selbstmord gilt als Todsünde und führt daher zwangsläufig in die Hölle.«

»Wie lange dauert Ihre Hölle?« (Er fragte nicht: »Wie sieht Ihre Hölle aus?« Das war zweitrangig.)

»Eine Ewigkeit natürlich. Was haben Sie denn gedacht? Genau wie der Himmel.«

»Eine relative Ewigkeit ... wie das Leben hier?«

»Eine ganze Ewigkeit natürlich!« Der Priester schrie es fast. »Was dachten Sie denn? Sie ist nie zu Ende. Nie.«

»Und wie ist Ihre Hölle beschaffen? Wie sieht sie aus?«

Der Mann auf der anderen Seite setzte sich bequemer hin und warf einen Blick auf die Armbanduhr. »Ja, die Hölle ... die sieht natürlich bei jedem anders aus. Es geht darum – rein technisch gesehen –, was hier auf der Erde, in diesem Tränental, Ihre größten Ängste, Ihre schrecklichsten Erlebnisse, Ihre schlimmsten Sünden waren. Diese Greuel werden dann in der Hölle endlos wiederholt. Das ist nur recht und billig, nicht wahr? Wer jemanden vergewaltigt hat, dem wird der Teufel höchstpersönlich bis in alle Ewigkeit mit einem weißglühenden Stock in den ... Eingeweiden herumstochern. Um nur ein Beispiel zu nennen. Wer Selbstmord begeht, wird bis in alle Ewigkeit seinen Selbstmord erleiden müssen. Bis in alle Ewigkeit Gas einatmen müssen. Bis in alle Ewigkeit den würgenden Strick spüren. Unzählige Tode stirbt man im Laufe einer solchen Ewigkeit. Gift? Tausende von Schlangen werden Sie bis in alle Ewigkeit klappernd, zischend umschlingen. Die Kugel? Ein Hinrichtungskommando unaufhörlich schießender Teufel wird eine Ewigkeit lang vor Ihnen stehen. Ich will's mal so sagen ... die Hölle, das ist die absolute Wiederholung aller Qualen, die Sie anderen oder sich selbst zugefügt haben.«

Hatte Wult nach allem, was ihm widerfahren war, noch einen triftigen Grund, an den Worten eines Priesters zu zweifeln?

»Und Ihr Himmel?«

»Der Himmel ist das absolute Nichtvorhandensein irdischer

Qualen. Ein solcher Zustand von Ruhe und Friede und Schwerelosigkeit, etwas so absolut Herrliches, daß es sich nur in Begriffen von Licht und Gold und ... und Engelsposaunen ausdrücken läßt. Das alles ist nur eine bildhafte Umschreibung, weil wir sonst völlig sprachlos wären. Das Paradies, mein Sohn, ist die absolute Absenz von allem, aber auch allem. Denn die kleinste und geringste Präsenz, gleichgültig welcher Art, würde Schmerz und Last bedeuten, allein durch ihr Vorhandensein. Das Nichts ist das Höchste. Nicht das Nichts, das vor uns war... oh nein! ...denn das hat gewissermaßen keine Substanz. Nein, das Nichts, das nach unserem Leben kommt. Das relative Nichts. Das Nichts als Absenz jeglichen Schmerzes, der ihm voranging. Dieses Nichts ist die wahre Erlösung... dies ist das Paradies! Man tritt durch den Tod ein. Einen Tod, der sich im Gegensatz zum Land zur anderen Seite Gottes nicht wiederholt, sondern auf ewig fernhält, so wie alles, aber auch wirklich alles sich auf ewig fernhalten wird. Hatten Sie sonst noch Fragen?«

»Danke nein, Vater.«

Der Blitzbesuch

Vorbestimmt für ein Leben, das den Zeitraum von vierundzwanzig Stunden nicht überschreiten würde, hatte Benny Wult sie natürlich nicht gezählt, all die Tage, aber es mußten inzwischen schon eine Menge sein, und solange er nun schon hier war, in diesem Ferienparadies, in dem die Sinnesfreuden kein Ende fanden, hatte das Wetter sich nicht geändert. Es blieb ungefähr so, wie er es seine ganze Jugend hindurch gekannt hatte, nur mit dem großen Unterschied, daß der Sommer jeden Tag aufs neue ... ja, entfacht werden mußte, so schien es.

War der Morgen einmal richtig in Gang gekommen, dann überkam ihn ein Gefühl der Vertrautheit, und er erkannte die einzelnen Stadien seiner Jünglingszeit, wie sie in scheinbar beschleunigter Folge an ihm vorüberzogen. Erst nach Mittag fühlte er sich immer unbehaglich. Benny konnte sich einfach nicht an das Sinken der Sonne gewöhnen. Es drückte ihm aufs Gemüt, machte ihn furchtbar depressiv, und das wurde schlimmer, je kürzer ihm die ohnehin schon kurz vorkommenden Tage im Laufe des Sommers wurden. Jeden Nachmittag von neuem erwartete er eine Katastrophe, doch nichts passierte, außer daß sich die Sonne abends in roten und goldenen Schleiern auflöste, um schon bald auf der anderen Seite der Welt wieder aufzugehen, eingehüllt in dieselben, zuweilen auch noch violetten Schleier. Ohne daß Benny Wult sichtbar älter wurde.

Nur an jenem Nachmittag des Tages, der oben auf jeder Zeitungsseite »19. August« genannt wurde, schienen sich seine hartnäckigen Vorahnungen mit aller Gewalt bewahrheiten zu wollen. Nicht lange nach der Mittagszeit wurde das sonst so beständige Blau des Himmels fahl wie verschossene Gardinen. Noch war Benny der einzige auf der Straße, der immer wieder besorgt hinaufblickte, als ob alle anderen Menschen mit diesem Phänomen vertraut wären. Erst als die Büros schlossen, sah er einige wenige (und vorläufig nicht mehr als diese) flüchtig hinaufblicken und mit den Achseln zucken, obwohl jetzt doch schon ein Schleier vor der Sonne hing, so schmutzig wie der Mullverband, den er so lange auf seinen Brandwunden getragen hatte. Sie ignorierten einfach, was da im Anzug war, die Menschen.

Sie mußten erst heftig ins Schwitzen geraten, bevor endlich über das Bedrohliche gesprochen wurde. Der Schweiß in ihrem Nacken machte sie gesprächig.

»Drückend.«

»Schwül.«

»Man kriegt kaum noch Luft.«

»Ich werd nicht mehr.«

»So 'ne Stadt, das ist nix im August. Bleibt alles hier unten hängen, die verbrauchte Luft.«

»Schon gut, spar dir den Atem.«

»Mann, ich geh ein.«

Wult schwitzte auch. Zum erstenmal kam ihm der Sprung in Frau Rorquals eiskalten Swimmingpool nicht mehr als Strafe vor. Doch der Gedanke an die zahnlose Behandlung, die sie ihm hinterher angedeihen lassen würde, schreckte ihn ab: Er wußte, sein Herz, das jetzt schon so heftig pumpte, würde schlappmachen. Ihr grinsendes falsches Gebiß, knallrosa auf dem himmelblauen Beckenrand ... Die Hexe würde ihm das Herz aus dem kalten Leib saugen, genauso wie er sie mal eine Auster hatte ausschlürfen sehen, die auf zerstoßenem Eis gelegen hatte.

»Wir kriegen anderes Wetter«, hörte Benny einen Taxifahrer zu einem Kollegen sagen. »Unter Garantie.«

»Am sichersten bist du im Wagen.«

Anderes Wetter ... Er bekam jetzt wirklich Angst. »Anderes

Wetter« war in seiner alten Welt nichts gewesen als eine Redensart, mit der man auf die Zukunft verwies. Eine Möglichkeit allenfalls für die eigenen Enkel. »Werden künftige Generationen einen Sturm überleben können?« »Überlebt die Menschheit bis zum nächsten meteorologischen Frühling ... oder geht sie in einem strengen Frost zugrunde?«

So sehr Benny die Begegnung mit Scant auch widerstrebte, er mußte ihn danach fragen. Hoch oben zwischen den Wolkenkratzern färbte sich der Himmel dunkelgrau.

Ihn verstand der Blinde immer zu finden, aber umgekehrt war es schwieriger, denn Scant wechselte ständig sein Domizil. Beim letztenmal, als Benny ihn um Rat gefragt hatte, lebte er unter Wellpappe in einer Straße ohne Namen und Nummer, zumindest war an keinem Pfosten ein Schild mit Namen oder Nummer zu entdecken gewesen. Benny nannte sie die »Edisonstraße« wegen der Buchstaben EDISON Co., die in die runden Kanaldeckel gestanzt waren.

Es wurde viel früher dunkel als sonst. Während Benny eilig dahinging (oder rannte er?), sah er die roten Rücklichter der Autos in dichten Girlanden vorbeiziehen. Von Zeit zu Zeit ertönte ein Geräusch, das seine Angst vergrößerte – noch nie gehört und auch nicht mit dem Verkehr oder sonstigem Stadtlärm in Verbindung zu bringen. Es war weit weg und gleichzeitig sehr nah, denn es kribbelte ihm an den Fußsohlen. So mußten sich unterirdische Explosionen von weitem anhören und anfühlen. Aber unterirdische Explosionen in der Nähe einer dichtbevölkerten Stadt ...? Er beschleunigte seine Schritte, als könne das Wellpappehäuschen des Blinden ihm Schutz vor jeglicher Katastrophe bieten.

In der Querstraße waren die Lichter noch nicht an. Aus Löchern in den Kanaldeckeln, die sich in langer Reihe über den Asphalt zogen, entwich heiße Luft aus den Katakomben darunter, wo mit Dampfenergie das ganze Viertel klimatisiert wurde. In der kellerartigen Kühle dieser ausschließlich aus hohen, blinden Hinterfronten bestehenden Straße bildete die heiße Luft einen ganzen Säulengang weißer Dampffahnen.

»Hallo, Herr Wult«, rief Scant, noch bevor Benny ihn gesehen hatte. »Ihr Gang ist aufgeregter als sonst. Hat Frau Rorqual ihr Testament zu Ihren Gunsten geändert?«

Zwischen zwei parkenden Autos saß der Blinde auf dem Bordstein vor einem riesigen Pappkarton, aus dem eine niedrige Tür und ein Fenster ausgeschnitten waren. In der Rechten eine braune Apothekerflasche (Äthylalkohol, wie Benny wußte), in der Linken einen Plastikbecher. Zu seinen Füßen stand eine Zweiliterpackung Aqua destillata, zur Zubereitung von Longdrinks.

»Sie keuchen ja. Hatten Sie's so eilig, mir meinen Anteil zu bringen?«

»Ich war heute nicht da. Können Sie mir sagen ...«

»Sie waren nicht da ...? Traute Frau Rorqual dem Wetter nicht?«

»Deswegen komme ich ja. Anderes Wetter. Jeder spricht davon. Was passiert jetzt? Was wird noch passieren?«

»Schiß, was?«

Ein plötzlicher Windstoß zwang die Dampfsäulen, sich nacheinander zum Asphalt zu neigen. Ein dichter weißer Nebel entzog den Blinden für einen Moment seinem Blick. Als die Säulengalerie sich wieder aufrichtete, waren das Gesicht des Blinden und das Fläschchen in seiner Hand und auch die Schuhe mit winzigen Tröpfchen bedeckt.

»Sie vielleicht nicht?«

»Vor Gewitter? Hab ich schon mal erlebt. Voriges Jahr, kurz nach meiner Ankunft hier. Ja, ehrlich gesagt, da hab ich schon einen Schrecken gekriegt. Ich hatte als Junge viel davon gehört – von meinem Großvater, der es wieder von seinem Urgroßvater hatte. Und so weiter. Alles Überlieferung. Die Wirklichkeit ist dann doch noch was anderes. Da ist ganz schön was los. Aber machen Sie sich keine Sorgen: Die Wolkenkratzer hier haben alle ordentliche Blitzableiter.«

Beim nächsten Windstoß bekam Benny den weißen Nebel voll ab.

»Soll ich Ihnen etwas zu trinken einschenken?«

Benny rieb sich übers nasse Gesicht. »Nein, danke.«

»Verstehe. Bei Frau Rorqual sind Sie was anderes gewöhnt. Sie läßt bestimmt exotische Cocktails am Rand ihres Swimmingpools servieren.«

»Am Rand ihres Swimmingpools sehe ich nie etwas anderes als ... Ich trinke nicht.«

»Es könnte Ihr Herz stärken, denken Sie daran, was noch alles auf Sie zukommt.«

Scant goß sich etwas Alkohol in seinen Becher und tat einen Schuß Wasser dazu.

»Sie müßten mich noch mal zum Spießrutenlaufen begleiten. Niemand dort ist bereit, mir genau zu berichten, wie das Spiel abläuft. Man erzählt mir nur, was ich auch so riechen kann. – Was war das? Wetterleuchten?«

Der Blinde mußte gehört haben, daß Benny unwillkürlich zusammengezuckt war. Tatsächlich hatte er sich über ein unregelmäßiges Flackern erschrocken, das nicht von den Lichtreklamen herrühren konnte.

»Da hat was geflackert ... völlig farblos. So ... als ob das Tageslicht in den Himmel zurückschießen wollte. So ähnlich.«

»Sehen Sie, genau das meine ich. Details, von denen man etwas hat. Sie sollten mich wieder mal in den Gepanzerten Handschuh begleiten.«

Der Himmel, hoch oben zwischen den Gebäuden, war wieder bleiern grau. Doch in der Ferne hörte Benny wieder dieses Geräusch, als wenn ein Gott in seinen Bart brummelt.

»Es kommt näher«, sagte Scant.

»Woraus schließen Sie das?«

»Es kommt immer näher. Bis zum Höhepunkt. Dann entfernt es sich wieder. Leicht zu merken, was?«

Er nahm einen Schluck von dem verdünnten Alkohol.

»Und ... die Suche nach der kleinen Gini aufgegeben?«

»Nein, aber es ist so was wie ›Ausschau halten nach Gini‹ geworden. Eher ein Tick als systematisches Bemühen. Gesucht habe ich überall. An jedem Ort, an dem wir je zusammen waren und der als Treffpunkt in Frage kommen könnte. Die Bar ... die Parkbank ... der Strand. Überall.«

»Und der Ort, wo Sie ... äh ... zusammenwaren? Zusammen-waren, meine ich.«

»Ein Wohnheim für Studentinnen. Ist jetzt ein billiges Hotel. Touristen und Handelsreisende. Heee ...!«

»Wetterleuchten?«

»Dieses Geflacker wieder. Ich glaube, diesmal dauerte es länger.«

»Schön. Und dieses Hotel, wie lange haben Sie da gewartet?«

»Ich bin nicht drin gewesen. Nicht weiter als bis zur Rezeption jedenfalls. Dort gab's kein Zimmer 1524. Das Hotel hat eine L-Seite und eine U-Seite. Außerdem sind die Zimmer von unten an durchnumeriert, nicht etagenweise wie früher. Nein, ich habe dort so oft wie möglich draußen Wache gestanden. Sie muß dagewesen sein, aber dann zu einer Zeit, als ich ... na ja, geschäftlich zu tun hatte. Ich kann mir ihre Enttäuschung vorstellen: Das Wohnheim existiert nicht mehr, hier wird Benny nie auf mich warten.«

»Donnergrollen? Jetzt schon? Dann ist das Gewitter näher, als ich dachte.«

»Wie bestimmen Sie das?«

»Sie, als unwissendes Sommerkind, registrieren natürlich zwei verschiedene Phänomene. Ein optisches und ein akustisches. Der alte Fehler. Was Sie sehen und was Sie hören, sind zwei Seiten desselben Phänomens. Nur daß das Licht dem Ton vorauseilt ... Denken Sie an eine vertrautere Erscheinung, zum Beispiel die Sonne. Sie aalen sich in ihrem Licht, Sie leben davon, aber das Prasseln der Flammen, das Getöse, das mit dem Feuer einhergeht, das würden Sie erst viele Jahre nach Eintreffen des Lichtscheins auf der Erde zu hören bekommen, na ja, zumindest wenn es nicht irgendwo unterwegs hängenbliebe. Ich meine nur so. Das Gewitter spielt sich näher bei uns ab. Es hat, woll'n wir mal sagen, eine langsame, irdische Seite – den Donner – und eine schnelle, himmlische in Gestalt des Blitzes. Der Regen ist eher eine Begleiterscheinung.«

Es war, als läse der Blinde seinen Text da vor sich vom Asphalt ab. Benny blickte unverwandt auf diesen imaginären Fleck und sah, mehr als daß er es spürte, wie die staubige Fahrbahn von großen dunklen Punkten übersät wurde. Er griff sich an den Nacken, die Stirn. Aber auch seine Handrücken waren dem ausgesetzt.

»Es regnet«, sagte der Blinde.

»Regen ...« Bennys Panik wuchs und wurde gleichzeitig gedämpft durch ein Gefühl der Befreiung. »Ich muß weg. Ich kann hier nicht so stehenbleiben.«

Während er sprach, fiel ein dicker Tropfen auf seine Lippen. Er schmeckte den Eisengeschmack, doch für ihn war es der Geschmack von etwas viel Eindrucksvollerem und Unfaßlicherem.

Der Blinde lachte. »Davon schmilzt man nicht.«

Aber genau das erwartete Benny von dem unbekannten Regen: daß er ihn zum Schmelzen bringen würde, fortspülen, auflösen ...

»Ich muß weg. Ich gehe.«

»Einen Moment noch, Herr Wult. Ich will Ihnen noch was erzählen, ziehen Sie Ihre eigenen Schlüsse. Neulich hörte ich ein Gespräch zwischen zwei Frauen mit, in einer Espressobar. Mutter und Tochter. Sie hatten sich kurz zuvor beim Schaufensterbummel verloren. ›Ich denke mir also, wir haben so oft nach einem Stadtbummel bei Thalberg was gegessen – diese Pastetchen, weißt du noch? –, also, da geh ich hin. Wer weiß, vielleicht kommt Mama auf dieselbe Idee. Ist Thalberg doch dicht! Ein Café ist jetzt drin! Ich war schon weitergegangen, als mir einfiel: Ja, aber es ist noch immer derselbe Ort, wo dieser Halsabschneider Thalberg... Vielleicht denkt Mama ja, daß ich denke... Zurück! Und, hatte ich recht oder nicht?‹ Wenn ich Sie wäre, Benny, würde ich versuchen, herauszubekommen, welchem Zimmer in diesem Hotel Ginis altes Zimmer entspricht. Ich meine, von irgendeinem Punkt in dieser Straße muß doch festzustellen sein, wo ihr Zimmer lag. Suchen Sie eins aus, das dem möglichst nahekommt und die gleiche Aussicht hat. Warten Sie dort eine Weile, sobald es frei wird. Wenn es sehr teuer ist, dann bezahlen Sie mir meinen Rorqual-Anteil eben später.«

Als er die Eingangshalle betrat, gingen noch mehr Lichter an. Es war hier weniger kahl als... ja, als wann? Damals. Kästen mit Plastikfarnen standen herum, die man in feine Kieselsteine gepflanzt hatte. Die Fische im Aquarium lebten wirklich, wenn auch zwischen Wasserpflanzen aus Plastik. Vielleicht hatte ein Kind diese beiden Zaubermuscheln hineingeworfen. Sie hatten sich auf dem Boden geöffnet und bunte kleine Fallschirme freigegeben, die jetzt leise schaukelnd dicht unter der Wasseroberfläche hingen. Benny stellte sich seinen kleinen Sohn vor, wie der seine Fettnase gegen die Scheibe preßte und darauf wartete, daß die Muscheln ihren Inhalt preisgeben würden...

Der Portier verfolgte auf seinem Monitor gespannt eine Person, die irgendwo im Hotel einen Gang entlangging. An der

Wand hinter seinem Rücken hing zwischen gerahmten Reklamepostern eine große Karte der Insel.

»Ich behalte dich im Auge, Freundchen«, brummte der Portier. »Du entwischst mir nicht.«

»Meine Bitte wird Ihnen vielleicht merkwürdig vorkommen, aber ...«

Der Portier sah von seinem Monitor auf. »Sie wollen sich wohl unterstellen? Sie haben's ja, wie man sieht, nicht mehr ganz geschafft, trocken zu bleiben!«

»Nein, darum geht es nicht. Ich habe hier früher gewohnt, und ...«

»Das Hotel steht erst seit zwei Jahren.«

»Na schön, dann eben an dieser Stelle. In dem Gebäude, das man abgerissen hat. Im fünfzehnten Stock. Ich würde gern, sagen Sie ruhig aus sentimentalen Gründen, für ein paar Tage in ein Zimmer ziehen, ungefähr da, wo mein Apartment damals lag. Es geht mir um die Aussicht. Ich konnte auf den Park sehen.«

Ein Donnerschlag übertönte den Straßenlärm.

»Das war schon näher«, sagte der Portier. »Und nicht von schlechten Eltern. Ich sag Ihnen, das gibt gleich wieder ein einziges Chaos. Ein Gewitter, sage ich immer, ist der Handlanger der Kleinkriminalität. – Fünfzehnter Stock, sagten Sie?« Er drückte auf ein paar Tasten, bis das, was er wissen wollte, in weißen Blockbuchstaben auf dem grünen Bildschirm erschien. »Dann kommen nur die Zimmer L 331, L 333 und L 335 in Frage. Wir haben in jedem Stockwerk nur drei mit Aussicht auf den Park. L 333 ist besetzt. Die anderen beiden sind frei, nicht einmal reserviert. Warten Sie«, – er nahm den Telefonhörer, ließ kleine Schalter knacken – »ich schicke jemand mit Ihnen hinauf.«

»Darf ich fragen, wer in L 333 wohnt?«

»Sie dürfen fragen, aber ich darf Ihnen keine Antwort darauf geben. – Bist du's, Benjamin? In Topform heute? Hier ist ein Herr, der von dir die Treppen bis in den fünfzehnten Stock hinaufgetragen zu werden wünscht. Rezeption, ja.«'

»Und wenn ich die Frage negativ stelle?«

»Lassen Sie mal hören.«

»Wohnt in dem Zimmer eine Frau oder ein Fräulein Trades?«

»Ach so meinen Sie's. Nein, ganz sicher nicht. Und es kann diese Dame auch nicht unter anderem Namen sein, denn dort wohnt zur Zeit ein Herr.«

»Danke.«

Im Fahrstuhl versuchte er, das heimwehartige Gefühl von damals wieder zu empfinden, als er, bei jenem ersten Mal, in diesem Schacht (einem Schacht an etwa der gleichen Stelle) auf dem Weg zu Gini gewesen war, doch ihn überkam nun das beklemmende Gefühl, zu diesem Hexenkessel aus Donner und Blitz aufzusteigen, selbst wenn in dem geschlossenen Käfig nichts davon zu hören oder zu sehen war. Der Hotelboy spielte mit den beiden Schlüsseln, deren birnenförmige Anhänger er in den Händen hielt, L 331 und L 335. Die Birnen, hatte Benny bereits gesehen, waren aus Plexiglas und mit Miniaturschlüsselchen gefüllt, so ähnlich wie der Tagebuchschlüssel, den Frau Rorqual an einer Kette um den Hals trug. Schnell wie Propeller ließ der Junge sie herumwirbeln.

»Fünfzehnter Stock. Bitte sehr.«

An den Flurwänden hingen Siebdrucke auf einer Art Jutetapete. Aus Lautsprechern, die in die Decke eingelassen waren, erklang leise Musik. Benny erkannte eine bekannte Melodie, die in der Instrumentalfassung für Flöte, Streicher und elektrische Gitarre viel zahmer wirkte. Der Hotelboy, der die Schlüssel noch immer nicht zur Ruhe kommen ließ, brummte (auf seiner noch nie rasierten Oberlippe zeigte sich Flaum) das

Stück mit. Die roten Feuerwehrschläuche, hier in Nischen hinter Glas, sahen aus wie in allen Zeiten, allen Welten.

Ohne das Kreisen des Schlüssels in seiner Linken zu unterbrechen, öffnete der Boy die Tür zu Zimmer L 335. »Bitte sehr.«

Benny ging gleich zum Fenster und schob die Gardinen beiseite.

»Nein, dieses nicht.«

»Wie Sie wünschen.«

L 335 wurde wieder verschlossen. Vor der Tür von L 333 stand ein Tablett mit Frühstücksresten. Abgekratzte schwarze Krümel eines verbrannten Toasts. Fruchtfleischfasern von einer Apfelsine in einer trüben Flüssigkeit. Ein halbes Croissant, das sich an einem nassen Teebeutel labte.

L 331. Benny erkannte bewegt die Aussicht. Er stand da, blickte auf den Park hinunter, hatte den Boy völlig vergessen.

»Entspricht dies Ihren Wünschen, mein Herr?«

»Oh, Entschuldigung. Ja, mehr als das.«

»Wünschen der Herr sonst noch etwas?«

»Nein. Oder doch. Sollte sich an einem der nächsten Tage eine gewisse Frau beziehungsweise Fräulein Trades melden, dann seien Sie bitte so freundlich, sie von meiner Anwesenheit zu unterrichten.«

»Ich werde es an die Rezeption weitergeben. Trades, sagten Sie?«

»Trades, ja.«

»Trades. Gut.«

»Soll ich es Ihnen aufschreiben?«

»Nein, nicht nötig. Ich behalte es auch so. TRADES, nehme ich an?«

»Ja, TRADES.«

Die Wiederholung des Namens wirkte regelrecht unangenehm, bis Benny klar wurde, daß der Junge, der jetzt nur noch einen Propeller schnurren lassen konnte, auf sein Trinkgeld wartete. Er gab ihm einen viel zu hohen Betrag von seinem eigenen, liebedienernd verdienten Geld.

»Ich wünsche Ihnen einen angenehmen Aufenthalt bei uns. Wenn Sie etwas benötigen, dann wählen Sie die Neun für den Roomservice.«

Der Junge zog die Tür hinter sich zu, und Benny hörte ihn summend zum Fahrstuhl gehen mit dem klirrenden Tablett in den Händen.

Der Raum hatte mit Ginis früherem Zimmer nur die (ungefähren) Maße und die Aussicht gemein. Zwei Einzelbetten mit dunkelgrünen Überdecken waren da, ein Fernseher auf einem Ständer, ein kleiner Kühlschrank, mit Hilfe einer Folie auf Holz getrimmt – die »Minibar«. An der Wand ein derart eckiges Telefon, daß ein Benutzer sich früher oder später daran verletzen mußte. Die Einrichtung unterschied sich in nichts von der anderer Hotelzimmer, in die seine zahlenden Liebhaber und Liebhaberinnen ihn manchmal mitgenommen hatten. Die Kofferablage, der Plastikkleiderschrank mit Reißverschluß, der Kunstledersessel, der Treteimer mit dem über den Rand gestülpten Innensack... all diese Dinge flößten ihm leichten Ekel ein, Ekel vor dem erzwungenen Orgasmus, der jederzeit abrufbar und immer wieder abrufbar war. Und plötzlich war die Angst da, er könnte Gini hier begegnen... mit einem Freier. Umgekehrt hätte es schließlich auch passieren können.

Er fühlte sich so schmutzig von seinen Streifzügen durch die Großstadt, von seinen Abenteuern, daß er sogar den Speichel all derer, die ihn mit dem Mund berührt hatten, zu riechen glaubte. Er roch an seinen Armen, hockte sich hin, den Kopf zwischen den Knien, steckte die Nase unter den Pullover... überall der saure Geruch von fremder Leute Speichel. Es war der Geruch von Regen in seinen Kleidern und seinem Haar, doch von den Eigenschaften des Regens wußte er nichts. Er konnte nur noch an eine reinigende Dusche denken, mit der er den Gestank all dieser schleimabsondernden Klebewesen loswerden würde.

Während er in dem kleinen Bad, das ihm ebenso ekelerregend vertraut vorkam, duschte, grollte der Donner so laut und lang, bis in den Fliesenboden hinein fühlbar, daß er dort in dem abgeschlossenen Raum nicht so nackt und naß und wehrlos zu bleiben wagte.

Benny trocknete sich nur flüchtig ab. Innen an der Tür hing ein Bademantel, der auf dem Rücken den Namen des Hotels trug. LAMMERMOOR. Er schlüpfte hinein, nahm sich aber nicht die Mühe, den Gürtel durch die Schlaufen zu ziehen; den ließ er zusammengerollt in der verschweißten Plastiktüte der Reinigung.

Schwer atmend vor Angst, auf der Haut Schweißperlen zwischen den Wassertropfen, ging er ins Zimmer. Ruhe, Dämmerlicht. Kein Donner, kein Blitz, kein Geräusch fallenden Regens. Benny scheuerte sich an seinem Bademantel, um trocken zu werden. Durch das Halbdunkel konnte er sich mühelos in Ginis altem Studentenzimmer wähnen. Im Schrank, dessen Tür offengeblieben war, glaubte er ihre paar Bücher zu sehen. Zwei hatte er ihr geschickt, und er erinnerte sich an eine Passage aus ihrem Dankesbrief. »*Und ... deine Bücher stehen in meinem Bücherschrank in der Sonne und werden schön warm, und dein Brief ist auch schön warm geworden, der liegt nämlich daneben.*« Hätten diese Worte genauso rührend auf ihn gewirkt, wenn es unter Studierten nicht üblich wäre, Bücher vor Sonnenlicht zu schützen?

Im selben Schrank stand ihr Plattenspieler, auf dem – »in der Sonne« – eine Platte liegengeblieben war. Ein Stück war darauf, das er einmal, schon damals war es lange her, mit seinen Fingern auf ihren Fingern gespielt hatte. Um die Beklemmung, die das Postcoitum mit sich brachte, zu vertreiben, wollte sie sie spielen, als Erinnerung an ihre erste Begegnung, aber nachdem sie den Apparat eingeschaltet hatte, stellte sich heraus, daß die Platte so sehr eierte, daß sie den Tonarm wegschlug. Die Hitze hatte die Rillen verschmolzen.

»Oh, schau mal, meine Platte ... ein Lakritzpfannkuchen!«

Lakritzpfannkuchen. Dieses Wort. Es gehörte noch zu ihrer Ausdrucksweise aus der Zeit vor ihrem Liebesspiel. Zu diesem Zeitpunkt war das Schulmädchen noch nicht gestorben.

Benny trat ans Fenster. Der Park in der Tiefe war ein dunkler Teppich aus aufgerauhter Wolle. Die Wolkenkratzer rundum wirkten unter dem inzwischen fast schwarzen Himmel heller als sonst, hier und da fast kreideweiß. In rasendem Tempo gingen hinter diesen Tausenden von Fenstern die Lichter an. Jeden Moment erwartete man, wie bei der Neonreklame im Theaterviertel, sie alle gleichzeitig wieder ausgehen zu sehen – aber etwas anderes geschah. Über den Wolkenkratzern an der Ostseite des Parks wurde ein bizarrer, stark verästelter Fluß aus weißem Licht an den Himmel geschleudert. Es dauerte nur ganz kurz, aber er war in all seinen Verästelungen zu sehen, wie die Flüsse, die Benny manchmal für einen Moment vom Flugzeug aus in der Sonne grell hatte aufleuchten sehen. Es gab ihm immer ein Gefühl der Macht. Gott hatte die Flüsse erschaffen, um den Menschen, der in aller Demut am Ufer saß, etwas über Zeit und Vergehen zu lehren. Aber berücksichtigte Er bei der Schöpfung auch, daß eben dieser Mensch sich auch hoch über die Erde erheben konnte? Benny konnte sein Kampfflugzeug so schwenken, daß der Strom in seinem bizarren Bett unter dem Blitzlicht der Sonne zu einem ewigen Foto gefror. Jetzt sah er, wie dieses Foto, nun allerdings vor dunklem Hintergrund, noch einmal geknipst wurde.

Ohne sich zu bewegen, ohne sich bewegen zu können,

ebenso erstarrt wie der gefrorene Strom, blieb Benny Wult am Fenster stehen und sah zu der Stelle, wo er den Fluß gesehen hatte. Das Flußbett, so etwas wie ein verzweigtes Delta, brannte noch für einen Moment auf seiner Netzhaut nach, bis es auch da für immer gelöscht war. Benny merkte erst jetzt, daß er gleich beim Aufzucken des Blitzes die lose hängenden Teile seines Bademantels übereinandergeschlagen hatte, wie um seine Männlichkeit vor dem Licht zu schützen; seine Fäuste, die den Stoff umklammert hielten, waren gekreuzt auf seinem Unterleib liegengeblieben. Ebenso bizarr und schnell wie das Wetterleuchten schossen Gedanken durch seinen Kopf, so etwa an alte Flußläufe, die »untergetaucht« waren und über sich eine Wüste zurückließen ... doch das wurde alles vom Hammerschlag des Donners hinweggefegt, dessen Echo höchstens mit dem Geräusch zu vergleichen war, mit dem ein Gebäude durch Dynamit in die Luft gesprengt wird.

In einer Reflexbewegung machte Benny einen großen Schritt nach hinten, auch wenn er eher das Gefühl hatte, zurückgestoßen zu werden, stolperte dabei und fiel rücklings auf eines der Betten. Die stark federnde Matratze, die ihn erst hochwarf und dann noch eine Weile weiterschaukelte, löste die Erinnerung an Ginis schmuddlige Studentenmatratze aus, aus der sie mit ihren stoßenden Körpern soviel alten Staub herausgeklopft hatten, daß dieser den Streifen Sonnenlicht zwischen Vorhang und Wand ganz füllte. Solange ihr Ritt nicht zu Ende war, tanzte und wirbelte er weiter, dieser Staub aus einem so lange keusch gebliebenen Bett ... Dafür legte das Sonnenlicht diesen ganzen Weg durch das Sonnensystem zurück – um zu zeigen, wie Staub aufstob, tanzte und sich wieder legte.

Vom Bett aus konnte Benny gerade die Ausläufer des nächsten Blitzes sehen. Während seiner Pilotenausbildung hatte der Instrukteur an das Phänomen Gewitter wenig Worte verschwendet, so gering war die Chance, daß die Piloten tatsächlich damit konfrontiert würden. Donner und Blitz gehörten in die Mythologie, nicht in die Realität. Am Vibrieren des Bettes konnte er spüren, daß auch er jetzt in diesen angsterregenden Mythos seiner Jugendzeit geraten war. Mitten hinein.

Von seinen Erinnerungen an diese alte, strahlende, helle Welt, die er nie, nie hätte verlassen dürfen, waren die an sein Beisammensein mit Gini die deutlichsten und süßesten. Hier in diesem Zimmer ließen sie sich noch leichter beschwören als anderswo in der Stadt, und sie waren durch die Kraft und die Klarheit ihrer Erscheinung sogar jetzt, bei diesem Gewitter, imstande, die Welt draußen farblos zu machen, unwichtig, fad.

Ginis Beine, nachdem er sie aus der Strumpfhose befreit hatte, gaben Licht, die Art von Licht, wie es durch dickes Milchglas dringt; sogar die Schatten, die seine Hände auf die Haut warfen, durchdrang es noch. Er erinnerte sich (erinnerte sich körperlich), wie gerade diese straffen, milchweißen Beine ihm Lust gemacht hatten, mit Zunge und Lippen in ihren dunklen Falten zu wühlen, damit er mit dem »salzigen Geschmack der Begierde« auch tatsächlich seinen Mund füllen könne. Er sog sie ganz in sich ein und wunderte sich über soviel unvermutete Falten, die zart, fast schwerelos, angezogen von seinem saugenden Atem, über seine Lippen glitten.

Der Bademantel hatte sich wieder geöffnet, aber Benny, aufs neue hypnotisiert von dem hoch aufschießenden Baum aus weißem Licht (der den Donner gleichsam nach sich aus dem Boden zog, so rasch folgten das Sichtbare und das Hörbare nun aufeinander), merkte nicht, wie sehr sein Körper an dem teilnahm, was sich in seiner Erinnerung abspielte.

Im letzten Donnerschlag hatte auch etwas Knisterndes mitgeklungen. Die Fensterscheibe vibrierte. Im Kühlschrank klirrten die Fläschchen. Benny spürte, wie der Boden schwankte. In seiner Angst flüchtete er sich noch weiter in die

Erinnerung, die jetzt so schmerzhaft deutlich war, daß er durch seinen eigenen Sommerabendschweiß hindurch den würzigen Duft von Ginis Körper zu riechen glaubte, so wie er damals gerochen hatte.

Die Dunkelheit war fast vollkommen, auch im Zimmer, wo Benny keine Lampe angemacht hatte. Höher über der Stadt zuckte jetzt ein Blitz, ohne Verästelungen und kaum weniger gerade als ein Schwert, fast unmittelbar darauf gefolgt von einem trockenen Schlag, der etwas Triumphierendes an sich hatte: endlich getroffen. Benny wich auf den Ellbogen zurück – bis er mit dem Kopf an die Wand hinter dem Bett stieß. Aus der Tiefe der Stadt gellten in den verschiedensten Tonlagen Alarmklingeln und Sirenen auf, die wohl von den heftigen Vibrationen ausgelöst worden waren.

Und offenbar war es immer noch nicht genug. Beim nächsten Ausbruch trafen Licht und Ton hundertprozentig zusammen. Der Blitz war das Krachen. Der Donner war die Explosion von Licht. Dieser wüste Wirbel von Licht und Lärm schluckte das Licht und den Lärm der Stadt, ohne es wieder preiszugeben. Die Zehntausende von Lampen waren aus, die Alarmanlagen schwiegen. Als die Hotelzimmertür, als hätte der Boy sie nicht richtig zugezogen, mit großer Gewalt aufschlug, brannte im Gang dahinter keine einzige Lampe mehr.

In diesem unteilbaren Moment der Stille zwischen dem Verstummen des Sirenenlärms und dem Niederprasseln des Regens kam es über ihn. Er spürte ihren Körper durch seine Arme schießen wie einen großen, zappelnden Fisch, aber warm, heiß und so rasch, daß es bereits Erinnerung war in dem Moment, da es geschah. Die Suggestion von Ginis Anwesenheit war trotz ihrer unendlichen Kürze dermaßen stark, daß Benny für einen Moment ihr Gesicht über sich aufleuchten zu sehen glaubte. (Oder war es ein Nachzucken des Blitzes?) Alles, was sie bei ihrer Umarmung damals so lange wie möglich auszudehnen versucht hatten – Streicheln, Düfte, Geschmack, den glühenden Faden, der aus seinem Rückgrat gezogen wurde... –, spielte sich diesmal in diesem einen unteilbaren Augenblick ab. Der Beginn der Handlung fiel mit seinem eigenen Ende zusammen.

»Benny...«

Ihre Stimme war bereits ein Echo auf den Moment des Sprechens.

»Benny, ich war nicht ganz bei der Sache. Tut mir leid.«

Seine Befriedigung war vollkommen. Eigentlich war es nur ein Orgasmus, ein Orgasmus, der alles, was zu einem Höhepunkt führen sollte, jede vorbereitende Bewegung, alles, alles, bereits in sich barg. Überall – auf dem Bauch, in allen Gliedern – fühlte Benny den Abdruck ihres Körpers, als ob er noch da wäre, doch als er sie umarmen wollte, schlangen sich seine Arme um die eigenen Arme. Er glaubte, sie müsse irgendwo in dem dunklen Raum sein, und rief sie.

»Gini...! Gini, bist du da? Wo bist du? Gini...?«

Als Antwort begann der Regen herabzuprasseln. War alles eine viel zu suggestive Vision gewesen, entstanden aus Verlangen und Angst? Er griff an seinen Unterleib. Sein Geschlecht war noch klebrig, wie es bei jenem ersten Mal gewesen war: klebrig von ihr. In immer größerem Radius tastete er um sich, konnte aber nirgends Spuren seines Samens entdecken, nicht auf dem Bauch, nicht auf dem Bademantel und auch nicht auf der Decke. Sie mußte ihn in ihrem Inneren mitgenommen haben.

Aber wohin nur?

Für Plünderungen war diesmal nicht viel Zeit gewesen, denn die Lichter gingen bereits wieder an, während das Gewitter noch grollte, schon über die schlimmste Wut hinaus, wie gezähmt vom Regen. Sirenen von Polizeiautos und Ambulanzen, vielleicht auch der Feuerwehr, griffen den Lärm der Alarmglocken auf.

Im Licht des Badezimmers suchte Benny nach Spuren von Gini. Ihr Schleim, fast schon getrocknet, hatte glitzernde Abschilferungen auf ihm hinterlassen. Er beschloß, sich nicht zu waschen. Als müsse er den Beweis jener kurzen Begegnung mit ihr noch jemandem zeigen ... Sie war an ihm entlanggefahren und aufgeflammt, hatte ihn aufflammen lassen, Zündfläche und Schwefelkopf, nicht mehr. Und doch war es alles. Es war ein Traum gewesen, nein, es war Wirklichkeit. Ihn beschlich eine schreckliche Vermutung, die er sich nicht einmal selbst einzugestehen getraute. Das sollte ein anderer tun, mit ihm als Zuhörer ...

Benny beschloß, das Zimmer noch nicht aufzugeben, obgleich er wußte, daß er es nicht mehr benötigen würde. In der Hotelhalle herrschte großes Chaos. Er fragte den Portier: »Haben Sie vorhin, kurz bevor es zu regnen anfing, eine junge Frau hereinkommen sehen?«

»Mehrere ... Auch eine Gruppe von dreien. Schwestern.«

»Eine Blonde, mit Wuschelkopf?«

»Auch.«

»Hat sie ihren Namen genannt?«

»Ja, aber nicht den von Ihnen angegebenen. Sie ist hier zusammen mit ihren Eltern abgestiegen. Im dritten Stock.«

»Haben Sie nichts auf Ihrem Monitor gesehen? Eine Frau im fünfzehnten Stock ...?«

»Nicht solange bis der Strom ausfiel. Und nachdem es wieder Strom gab, auch nicht ... Was in der Zwischenzeit passiert ist, weiß ich nicht. Hier war das reinste Chaos. Zum zweitenmal in zwei Monaten ... Ich bitte Sie – das nennt sich Zivilisation?«

Von der Straße drangen Polizeisirenen bis in die Halle.

»Wenn sie noch kommt, würden Sie sie dann bitten, in meinem Zimmer zu warten? Oder im Foyer?«

»Selbstverständlich, der Herr. Tu ich gern.«

Auf der anderen Straßenseite war das Schaufenster eines Modegeschäfts eingeschlagen. Schicke Kleider lagen als durchweichte Lumpen im Rinnstein, verstopften einen Gully. Der Regen fiel unvermindert senkrecht zur Erde, als orientiere er sich am gleichen Lineal wie die hohen Gebäude in der Straße. Donner und Blitz hatten sich getrennt, entfernten sich, suchten einander nicht mehr.

Benny Wult stand unter der Markise des Hotels neben einem Bediensteten in Livree, der gerade seinen Regenschirm aufspannte, um einen aus dem Taxi steigenden Hotelgast trocken durch den Regen zu geleiten. Mit wenigen Schritten war Benny über den Gehweg und im Taxi. Die nie zuvor erlebte Sensation des niederprasselnden Regens... Erst als er saß, drangen die Tropfen durch die Kleider auf seine Haut. Der Orgasmus, der ihn völlig erschöpft und völlig entspannt hatte, vibrierte in ihm nach, und es hätte ein angenehmes Vibrieren sein können, wenn nicht diese Unruhe gewesen wäre, schon jetzt: das Verlangen nach Wiederholung. Tausend Trommelstöcke trommelten auf das Dach des Taxis.

Benny beschrieb die Straße und gab an, wo er ungefähr hinwollte.

»Da fahr ich nicht mehr hin. Ist mir zu heiß. Beim vorigen Mal...«

»Dann setzen Sie mich an der Kreuzung mit der Avenue ab.«

Auch der Regen war so ein mythisches Phänomen für ihn. Ob er die Stadt wegspülen würde wie eine Sandburg? Schon jetzt drang das Straßenbild in flüssiger Form durch alle Fenster ins Auto. Farbiges Licht strömte in bizarren Bächen an den Fassaden herab.

Aus den Kanaldeckeln stieg kein Dampf mehr auf. Regenwasser floß unter den parkenden Autos durch, zwängte sich gurgelnd zwischen Räder und Bordsteine. Das Wellpappehaus des Blinden lag als brauner Brei im Rinnstein, wo auch das braune Apothekerfläschchen schwamm. Vom Blitz war nur noch ein schwaches Zucken hoch oben zwischen den Wolkenkratzern übrig. Der Donner antwortete so spät, daß man ihn eigentlich schon gar nicht mehr erwartete.

Er fand Scant schließlich ein paar Straßen weiter, im Kleinen Elefant, etwa da, wo Benny ihn – in einer anderen Zeit – zum erstenmal gesehen hatte.

»Tag, Herr Wult, mein guter Kompagnon. Ich kann riechen, daß Sie bis auf die Haut durchnäßt sind. Regen stinkt.«

Er war hörbar angetrunken. Benny setzte sich auf den Hokker neben ihn und bestellte ein Mineralwasser.

»Aber Sie riechen noch nach etwas anderem ... Nach Liebe, würde ich sagen.«

»Diese Bemerkung überrascht mich bei einem, der alles tut, damit ich im Liebesbetrieb genug Arbeit habe. Da müßte so ein Geruch doch selbstverständlich sein ...«

Er grinste. »Von Berufs wegen hätten Sie sich gewaschen. Da das nicht geschehen ist, denke ich mir mein Teil. Regen und Liebe, so riecht eine nasse Katze, wenn sie nach Hause kommt. Und außerdem ... glauben Sie, ich würde den Geruch meiner Mörderin nicht aus Tausenden herauskennen? Erzählen Sie. Haben Sie sie gefunden?«

»Ja und nein. Ich weiß nicht. Es war ... sie war ...«

»Sagen Sie nichts. Ich wußte es gleich. An ihrer Liebe, glauben Sie mir, lag es nicht. Aber dieser Mord – und als Opfer glaube ich mitreden zu dürfen –, dieser Mord, da war sie nicht mit dem Herzen dabei. Ich spürte es. Ich roch es. Sie tat genau, was Sie ihr befahlen, aber das war auch alles. Für die Geschworenen, für das Gericht trug sie die gleiche Schuld, und das hat sie auf den Stuhl gebracht. Okay. Aber es gibt noch eine andere Art von Gerechtigkeit, die sie vor dieser... dieser Hölle hier bewahrt hat. Offensichtlich wurde sie für zu gut befunden. Was sage ich. Frau Gini hat, wie sie es so gern wollte, ihr Leben noch einmal leben dürfen, aber – und so war es nicht geplant – zu diesem einen Funken verdichtet, der wahrscheinlich ein winziges Brandloch in Ihr erbärmlich in die Länge gezogenes, langsames Leben gesengt hat. Ja, seien Sie ehrlich: Sie sitzen mit dem verkohlten Streichholzkopf in der Hand da, während sie schon längst wie eine dünne Rauchschwade aufgestiegen ist. Brandblase, Herr Wult? Selbst die bleibt nicht im Gedächtnis haften.«

»Sie da... ich hier... und zwischen diesen beiden Welten, für uns beide unerreichbar, das Kind.«

»So sieht's aus, leider.«

»Aber dann hat Gott sie gestraft mit einem Himmel.«

»Ach was, Gott... Das beste, was man von Gott behaupten kann, ist, daß er sich noch nicht in sein eigenes Standbild verwandelt hat. Noch nicht. Aber ein Podest hat er schon unter den Füßen, wenn Sie verstehen, was ich meine. An seinen Sohlen klebt ein Sockel wie bei einem Zinnsoldaten. Ich bitte Sie, kommen Sie mir jetzt bloß nicht mit Gott.«

Auf dem blassen Gesicht des Blinden war ein feines Lächeln erschienen, an dem die toten Augen nicht beteiligt waren. Und doch schien es, als würde er Benny genau ansehen.

»Sie haben es die ganze Zeit gewußt, nicht? Sie haben es vorhergesehen.«

»Och...«

»Schlimmer noch. Sie haben uns gelockt. Verleitet. Dieser Ventilator, das war Ihr Werk. Leugnen Sie nicht. Sie haben sich umbringen lassen... von mir, nicht von ihr... um uns auseinanderzutreiben. Aus Haß.«

»Ach, was soll's? Morgen ist wieder ein Tag, so müssen Sie

denken. Sie haben Frau Rorqual doch noch, mit ihrem erotischen Swimmingpool?«

Morgen war wieder ein Tag, in der Tat. Und übermorgen noch einer. Und so ad infinitum. Wiederholung. Langeweile. Die Wiederholung war die Tantalusqual.

Benny Wult hatte den Blinden am Revers gepackt, wurde aber vom Barmann zur Ordnung gerufen. »Sich schlagen, okay. Aber wir belästigen hier keine Invaliden. Verstanden?«

Das widerliche Lächeln, das nur um den Mund spielte und nicht von den Augen genährt wurde, blieb. »Was beschweren Sie sich denn, Herr Wult? Sehen Sie mich an. Ich bin schon alt. Sie fangen gerade erst an. Sie haben noch Ihr ganzes Leben vor sich. Morgen ist wieder ein Tag.«

265/1/11.93

265/2/11.93

265/3/11.93

265/4/11.93

suhrkamp taschenbücher
Eine Auswahl

Oz: Black Box. st 1898
– Eine Frau erkennen. st 2206
– Der perfekte Frieden. st 1747
Paz: Essays. 2 Bde. st 1036
– Gedichte. st 1832
Penzoldt: Idolino. st 1961
Percy: Der Idiot des Südens. st 1531
Plenzdorf: Legende vom Glück ohne Ende. st 722
– Die neuen Leiden des jungen W. st 300
Poniatowska: Stark ist das Schweigen. st 1438
Praetorius: Reisebuch für den Menschenfeind. st 2203
Proust: Auf der Suche nach der verlorenen Zeit. 10 Bde. suhrkamp taschenbücher
Puig: Der Kuß der Spinnenfrau. st 869
– Der schönste Tango der Welt. st 474
Ribeiro: Brasilien, Brasilien. st 1835
Rochefort: Zum Glück gehts dem Sommer entgegen. st 523
Rodoreda: Auf der Plaça del Diamant. st 977
Rothmann: Stier. st 2255
Rubinstein: Nichts zu verlieren und dennoch Angst. st 2230
Russell: Eroberung des Glücks. st 389
Sanzara: Das verlorene Kind. st 910
Semprún: Die große Reise. st 744
– Was für ein schöner Sonntag. st 972
Sloterdijk: Der Zauberbaum. st 1445
Späth: Stilles Gelände am See. st 2289
Sternberger: Drei Wurzeln der Politik. st 1032
Strugatzki / Strugatzki: Die häßlichen Schwäne. st 1275
– Eine Milliarde Jahre vor dem Weltuntergang. st 1338
Tendrjakow: Die Abrechnung. st 965
Unseld: Der Autor und sein Verleger. st 1204
– Begegnungen mit Hermann Hesse. st 218
Vargas Llosa: Der Geschichtenerzähler. st 1982
– Der Hauptmann und sein Frauenbataillon. st 959
– Der Krieg am Ende der Welt. st 1343
– Lob der Stiefmutter. st 2200
– Tante Julia und der Kunstschreiber. st 1520
– Wer hat Palomino Molero umgebracht? 1786
Walser, Martin: Die Anselm Kristlein Trilogie. (Halbzeit, Das Einhorn, Der Sturz). st 684
– Brandung. st 1374
– Ehen in Philippsburg. st 1209
– Ein fliehendes Pferd. st 600
– Jagd. st 1785
– Jenseits der Liebe. st 525
– Liebeserklärungen. st 1259
– Lügengeschichten. st 1736
– Das Schwanenhaus. st 800
– Seelenarbeit. st 901
– Die Verteidigung der Kindheit. st 2252
Walser, Robert: Der Gehülfe. st 1110

265/5/11.93

265/6/11.93